Bisher erschienen im Himmelstürmer Verlag:
Pink Christmas
ISBN print 978-3-86361-076-0 Herbst 2011
Pink Christmas 2
ISBN print 978-3-86361-184-2 Herbst 2012
Pink Christmas 3
ISBN print 978-3-86361-343-3 Herbst 2013
Pink Christmas 4
ISBN print 978-3-86361-421-8 Herbst 2014
Pink Christmas 5
ISBN print 978-3-86361-497-3 Herbst 2015
Pink Christmas 6
ISBN print 978-3-86361-588-8 Herbst 2016
Pink Christmas 7
ISBN print 978-3-86361-665-6 Herbst 2017
Pink Christmas 8
ISBN print 978-3-86361-729-5 Herbst 2018
Pink Christmas 9
ISBN print 978-3-86361-792-59 Herbst 2019
Pink Christmas 10
ISBN print 978-3-86361-861-2 Herbst 2020
Pink Christmas 11
ISBN print 978-3-86361-936-7-2 Herbst 2021
Alle Bücher auch als E-book

Himmelstürmer Verlag, 31619 Binnen
Himmelstürmer is part of Production House GmbH
www.himmelstuermer.de E-mail: info@himmelstuermer.de
Originalausgabe, Oktober 2022
Nachdruck, auch auszugsweise, nur mit Genehmigung des Verlages
Rechtschreibung nach Duden, 24. Auflage.
Coverfoto: Adobe Stock
Umschlaggestaltung: Olaf Welling, Grafik-Designer AGD, Hamburg. www.olaf-welling.de

ISBN print 978-3-98758-030-7
ISBN epub 978-3-98758-031-4
ISBN pdf: 978-3-98758-032-1
Die Handlung und alle Personen sind frei erfunden. Jegliche Ähnlichkeiten mit realen Personen wären rein zufällig.

Frauke Burkhardt
Robin Cruiser
Ben Ebenho
Marc Förster
Peter Förster
Yavanna Franck
Matt Grey
Mark H. Muelle
Lily Novak
Stefan Orben
Gerhard Riedl
Reto-Dumeng Suter

PINK CHRISTMAS 12

Etwas andere Weihnachtsgeschichten

Inhalt

Matt Grey	Der Weihnachtsengel	7
Yavanna Franck	Duschen für Anfänger	15
Stefan Orben	Oh, du schönes Weihnachtsfest!	37
Stefan Orben	Zum Glück eingeschneit	41
Marc C. Muelle	Alexandre und Aloys – Liebe nach dem Krieg	47
Robin Cruiser	Weihnachten total verkatert	87
Frauke Burkhardt	Weihnachtsfrieden	113
Peter Förster	Eiswein oder Glühwein? Richtig wärmt nur die Liebe	121
Matt Grey	Gefährten der Nacht	145
Ben Ebenho	Unsere Geschichte	159
Reto-Dumeng Suter	Alles fließt	187
Gerhard Riedl	Wenn Santa zweimal klingelt	213
Marc Förster	Special Weihnacht auf Gran Canaria	237
Lily Novak	Der gestrandete Weihnachtsmann	257

Matt Grey
Der Weihnachtsengel

Lizzie Angel

Verfluchte Kälte! Hätte ich mir doch nur meinen Pelzmantel übergezogen! Aber nein, Madame war wieder einmal zu eitel und wollte ihr wunderschönes, weißes Engelskleid mit den zwei aufgenähten, übergroßen Flügeln der ganzen Welt präsentieren. Und was passiert? Kein Schwein ist in dieser besonderen Nacht unterwegs. Ist logisch. Wer außer dem Showgirl Lizzie Angel stöckelt schon in der Weihnachtsnacht kurz nach Mitternacht durch die verlassenen Gassen von St. Georg? Die meisten Kneipen sind sowieso geschlossen. Ich glaube, das „Kunterbunt" war einer der wenigen Schuppen, die heute Nacht die Türen geöffnet hatten. Aber es hat sich wahrlich nicht gelohnt. Zehn bis fünfzehn heimatloser Kerle sind aufgetaucht, um meine spezielle Weihnachts-Travestie-Show zu sehen. Immerhin hat einer der Gäste wie wild gepfiffen und applaudiert, als ich zu meinem letzten Auftritt als Weihnachtsengel ansetzte. Die anderen haben aber nur ihre Biergläser angestarrt. Da nützte auch mein frivoles „Stille Nacht" und meine goldene Haarpracht nichts. War sowieso alles unecht. Die Musik mit Gesang kam vom Band und meine wallenden Engelslocken waren nichts anderes als eine Perücke, die ich billig in einem Online-Shop bestellt habe. Wenigstens hält sie mir jetzt in dieser Eiseskälte die Ohren warm. So wandle ich nun also einsam durch die Heilige Nacht wie einst Maria und Josef. Wenigstens ist mein Ziel nicht ein Stall mit Krippe, sondern eine Dreizimmerwohnung mit Bett und Daunendecke. Aber seit Helmut vor einem Monat zu seinem neuen Lover gezogen ist, ist alles grau und düster in meinem Daheim. Er brauche einen richtigen Kerl und nicht so ein Ding, das einmal Mann und dann wieder Frau sei, hat er zu mir gesagt und mir damit mein Herz gebrochen. Was kann ich denn dafür, dass es mir Spaß macht, meine feminine Seite auszuleben? Früher, als unsere Liebe noch ganz frisch war, fand er mich nach meiner Verwandlung zur Femme Fatale auch amüsant.

Weihnachten allein zu sein, ist einfach nur scheiße. Ich werde mich unter meiner Kuscheldecke verstecken und erst nächstes Jahr wieder hervorkriechen. Wann ist meine nächste Show im Kunterbunt? Ich muss zuhause in meinem Terminkalender nachschauen. Immerhin, die Weihnachtsrevue ist nun vorbei und das Engelskostüm wandert für ein Jahr wieder in den Keller.

Jetzt aber rasch, bevor meine kleine Stubsnase einfriert! Noch ein paar Schritte und mein Gang durch die Kälte endet vor meinem Zuhause.

Knut Hansen
Autsch! Das war die Hauswand. Mein Schädel brummt. Warum dreht sich denn die ganze Straße um mich herum? Kein Wunder, dass ich ständig mit irgendwas zusammenstoße. Wie heißt mein Hotel schon wieder? Auf jeden Fall muss die Absteige irgendwo hier in der Nähe sein. Der blöde Arsch von Taxifahrer hat mich viel zu früh aus dem Fahrzeug geworfen. Nur weil ich mich in seinem Fahrzeug übergeben musste. Was kann ich dafür, wenn er zu schnell durch die Straßen jagt und dabei mein Magen rebelliert? Den Autositz und das Armaturenbrett kann man ja wieder reinigen. Immerhin hat er mich von St. Pauli bis zum Rathaus befördert. Die letzten Meter solle ich gefälligst zu Fuß laufen, hat er gemeint, während er ein paar Geldnoten aus meinem Geldbeutel fischte und mich dann allein am Straßenrand zurückließ.

Hätte ich doch das Angebot der dicken Hilda angenommen und die Nacht für fünfhundert Euro in ihrem Zimmer verbracht, dann stände ich jetzt nicht in dieser klirrenden Kälte. Aber ich stehe nicht auf Sex mit übergewichtigen Dirnen. Für das viele Geld bekomme ich in Gütersloh eine fesche, junge Polin.

Weihnachtsferien in Hamburg! War vielleicht doch nicht so eine glanzvolle Idee! Allein zu saufen macht eindeutig keinen Spaß. Mein Kumpel Max steht jetzt bestimmt unter einem Mistelzweig und küsst seine Gertrud. Seit er seine neue Flamme hat, hat er keine Zeit und Lust mehr auf unsere berüchtigten Sauftouren. Ob hier wohl noch eine Bar offen hat? In den Fenstern leuchten zwar künstliche Kerzen und Sterne, aber die Türen sind verschlossen. Himmel! Ich muss dringend das überschüssige Bier loswerden, sonst wird meine Hose demnächst nass. Ich verschwinde einfach rasch in diese dunkle Gasse und lasse den Dingen ihren Lauf. Hier gibt es keine grelle Weihnachtsbeleuchtung und ich kann in meine Ruhe an eine Hausmauer pissen. Ich brauche dafür keine Zuschauer. Weit und breit niemand zu sehen! Also rasch die Hose öffnen!

Igor P.
Verdammt! Kein einsamer Spaziergänger weit und breit. Ich hasse Weihnachten. Überall dieser Firlefanz. Leuchtende Sterne, glitzernde Kugeln und künstliche Tannen. Die Straßen sind viel zu hell beleuchtet. Es sind fast keine finstern Ecken und Winkel zu finden, wo man sich gemütlich verstecken und auf einsame Opfer warten kann. Warum tue ich mir den ganzen Scheiß überhaupt an? Die Leute sitzen zuhause, schlagen sich den Bauch voll und reißen Geschenkpapier auf. An mich denkt keiner. Niemand tut mir den Gefallen und spaziert durch die eisige Kälte. Schon gestern Abend hatte ich Pech. Nur ein Penner kreuzte meinen Weg an der Alster. Und was hatte er dabei? Natürlich nichts! Kein einziges Weihnachtsgeschenk für mich. Deshalb habe ich ihn zur Strafe kräftig geschüttelt und ihm am Schluss meine harte Rechte mitten ins Gesicht gepflanzt. Das war seine eigene Schuld. Warum hatte dieser Idiot keine Geldbörse dabei?

Meine Hände sind schon klamm. Wenn nicht bald einer auftaucht, kann ich nicht mehr richtig zupacken. Das wäre fatal. In meinem Job kann ich mir das nicht leisten. Allmählich frieren mir auch die Füße und das Gehirn ein. Morgen findet dann bestimmt jemand meinen blaugefrorenen Körper am Straßenrand liegend. Dann bekäme ich immerhin wieder einmal eine fette Schlagzeile in der Zeitung. Meine letzte liegt schon über eine Woche zurück. Da erschien nämlich ein Artikel über mich. Er war aber verflucht kurz und die Überschrift lautete: „Räuber belästigt alte Dame!" Dabei habe ich sie gar nicht belästigt, sondern wollte nur nach ihrer Handtasche greifen. Für die paar Euro hat sich der ganze Ärger nicht gelohnt. Die Alte hat so laut schrien, dass tatsächlich ein junger Mann sein Smartphone zückte und die ganze Szene filmte. Als ich Reißaus nehmen wollte, hat mir die alte Schachtel auch noch einen Tritt in mein sowieso kaputtes Schienbein gegeben, sodass ich humpelnd die Flucht ergriff. Zum Glück war der junge Typ nicht an einer Verfolgung interessiert, sonst säße ich jetzt wohl hinter schwedischen Gardinen, wobei eine warme Gefängniszelle gar nicht so schlecht wäre.

Noch eine Stunde werde ich weiter durch die Straßen schleichen. Wenn ich bis ein Uhr immer noch kein Opfer entdeckt habe, gehe ich zu Vladimirs ungemütlichem Zimmer ohne Heizung zurück. Wir haben uns beide mehr von unserem Trip ins weihnachtliche Hamburg erhofft. Bis jetzt sind unsere Beutezüge durch die Hansestadt sehr mager ausgefallen. Aber im heimatlichen Osten gibt es für uns überhaupt nichts zu holen.

Also, nochmals die Augen auf! Vielleicht ist doch noch eine wohlgenährte Weihnachtgans unterwegs, um gerupft zu werden.

Hamburg, Weihnachtsnacht

Die grell geschminkte Dame, die sich beruflich Lizzie Angel nennt, hält erschrocken inne. Ein kläglicher Schrei hat soeben die klirrende Kälte durchschnitten. Sie lauscht. Ein Röcheln ertönt aus der Gasse, die neben ihr in die Dunkelheit führt. Sie versucht angestrengt, mit ihrem Blick die schwarze Wand zu durchbrechen. Schließlich erkennt sie die Umrisse einer am Boden liegenden Gestalt. Eine weitere menschliche Silhouette beugt sich gerade über sie und versucht ihren Kittel zu öffnen. Ein Raubüberfall! Täglich kann man darüber in den Hamburger Zeitungen lesen. Betrunkene werden häufig Opfer solcher Taten.

Lizzie Angel überlegt nur kurz. Dann tönt ihre tiefe, männliche Stimme laut durch die Finsternis: „Hier spricht die Polizei! Hände über den Kopf und keine Bewegung!"

Der Räuber, ein Pole namens Igor, reagiert, wie Lizzie es sich erhofft hat. Er springt geschmeidig auf, blickt sich gehetzt um und erkennt am Eingang zur Gasse eine seltsame Gestalt. Igor weiß nicht, womit er es zu tun hat. Er glaubt nicht, dass er tatsächlich einen Polizisten vor sich hat. Aber die Gestalt mit den riesigen Flügeln wirkt auf ihn wahrhaft bedrohlich. Wer weiß, welch seltsame

Kreaturen sich in der Weihnachtsnacht in Hamburg herumtreiben! Vielleicht hat Gott höchstpersönlich seine Engel in dieser Heiligen Nacht zur Erde geschickt, um das Böse zu stoppen. Igor hält es deshalb für klüger, sich sofort aus dem Staub zu machen, und verschwindet mit großen Sätzen in der finsteren Nacht.

Lizzie atmet erleichtert auf und eilt, so schnell es ihre Highheels zulassen, auf das am Boden liegende Opfer zu. Sie riecht die penetrante Alkoholfahne des Mannes, als sie sich über ihn beugt.

„Wie geht es Ihnen?", fragt sie sanft.

Knut, der alkoholisierte Tourist, blickt auf und seine Augen weiten sich. „Heiliger Gott!", entfährt es ihm, bevor seine Sinne bereits wieder schwinden.

Eine Polizeistreife, von Lizzie alarmiert, erscheint nur wenige Minuten später am Tatort, kümmert sich zuerst um das bewusstlose Opfer und lauscht dann Lizzies Story. Der jüngere der beiden Polizisten, ein fescher Kerl, wie Lizzie findet, denn sie steht auf Männer in Uniform, bietet ihr an, sie nach Hause zu fahren. Man wisse ja nicht, ob sich der Täter noch in der Nähe aufhalte. Lizzie bedankt sich überschwänglich für das Angebot, wirft kokett ihre blonden Locken zurück und bemüht sich in dem engen Polizeigefährt Platz zu finden, ohne dabei ihre Engelsflügel zu beschädigen.

„Einen Besoffenen mitsamt seinem Schutzengel haben wir auch noch nie transportiert", meint der ältere Polizist lachend während der kurzen Fahrt.

Als das Polizeiauto vor Lizzies Zuhause anhält, drückt die Künstlerin dem hübschen Polizisten unbemerkt ihre Visitenkarte in die Hand, schenkt ihm ihr schönstes Lächeln und zwinkert ihm verführerisch zu. Dann winkt Lizzie den beiden Polizisten nach, bis das Fahrzeug hinter der nächsten Kurve verschwindet. Dann ist sie wieder allein, aber dennoch glücklicher als eine Stunde zuvor. Sie ist sich absolut sicher, dass der junge Ordnungshüter ihr Lächeln erwidert und ihr ebenfalls zugezwinkert hat.

Was danach geschah

Als Knut am nächsten Morgen mit heftigen Kopfschmerzen in einem Zimmer des Krankenhauses aufwacht, weiß er zwar nicht mehr genau, wie er zu der großen Beule am Hinterkopf gekommen ist. Aber eines erzählt er jedem Arzt und jeder Krankenschwester auf dieser Station, nämlich, dass ihn der Weihnachtsengel persönlich in der vergangenen Nacht gerettet hat.

Als Lizzie an Silvester ihre neue Show im Kunterbunt präsentiert, entdeckt sie unter den vielen Zuschauern ein bekanntes Gesicht, das sie bewundernd anstarrt und ihr nach jedem Witz und Song riesigen Applaus schenkt. Nein, es ist natürlich nicht der junge Polizist, sondern sein älterer Kollege. Ein Mann, der im neuen Jahr Lizzies Herz im Sturm erobern wird! Sie lächelt ihm zu, als ob sie dies bereits jetzt wüsste.

Und was wurde aus Igor? Seine Karriere als Berufsverbrecher endet, als er am 26. Dezember erwischt wird, weil er die Tür eines geschlossenen Kiosks gewaltsam öffnet. Er landet im Knast, trifft hier den Gefängniskaplan, einen schwulen Polen, der seit Jahren in Hamburg tätig ist, da er in seiner Heimat nicht gerade willkommen war. Die beiden unterschiedlichen Männer verlieben sich, was Igor kaum glauben kann, da er angenommen hatte, er sei ein Heterokerl. Er wird eines Besseren belehrt und unterstützt seinen Freund nach der Haftentlassung bei vielen sozialen Projekten.

JUNGE LIEBE

Matt Grey
American Boy und sein Prinz
Herzklopfen in London

Band 108

Himmelstürmer Verlag

Yavanna Franck
Duschen für Anfänger

Mit sehr viel Mühe schleppte Jesper das riesige und unhandliche Paket vom Auto in die Wohnung. Puh, so schwer hatte sich diese Kiste auf dem Einkaufswagen doch gar nicht angefühlt. Nun ja, sperrig schon, aber der nette und äußerst attraktive Typ aus der Warenausgabe des Baumarktes hatte es praktisch fast allein in Jespers Kombi geschwungen.

Jes war dankbar, sich vor Jahren für den alten Passat Variant entschieden zu haben. Kein modernes Auto, aber geräumig und das reinste Transportwunder. Nicht, dass Jesper plante, sich das Wohnungswechseln zur Angewohnheit werden zu lassen. Verflucht sei Theo, der ihn nach drei Jahren großer Liebe ganz unverhofft aus der Bude geschmissen hatte.

Nun, Jes war ein unverbesserlicher Optimist und hatte beschlossen, das Beste aus der misslichen Situation herauszuholen. Er übernahm mit sehr viel Mut und wenig Erfahrung die Renovierung einer abgewohnten Hinterhofwohnung. Sie war die Einzige, die zu finden ihm gelungen und die außerdem bezahlbar war. Die letzten vier Wochen waren mit dem Entfernen der verkeimten Badewanne, alter Farben und Tapeten ins Land gegangen. Inzwischen war längst der Dezember ins Land gezogen und in den Fenstern der Nachbarn blinkte bunt und aufdringlich die Weihnachtsdeko. Nach besinnlicher Feiertagsromantik stand ihm noch lange nicht der Sinn. Viel zu viel Arbeit lauerte in den eigenen vier Wänden auf ihn. Dabei verspürte Jesper immer noch jede Menge Dankbarkeit seiner Schwester gegenüber, die extra aus dem 600 km entfernten Hamburg zu ihm nach Mannheim gereist war und ihn bei den bisherigen Renovierungsaktionen tatkräftig unterstützt hatte. Beim Anbringen der schweren Velourtapete übernahm er freiwillig den todesmutigen Part auf der hohen Leiter, während Rebecca den unteren Teil der klebrigen Bahn vom Mauerwerk weghielt. Insgesamt schätzte sich

Jesper glücklich. Mal von Theo abgesehen, der sich Hals über Kopf in ein smarten Erstsemestler an der Uni verliebt hatte, mit dem Jes, dank 32-jähriger Lebenserfahrung, nicht mithalten konnte.

Nun aber besaß er eine hübsche kleine Zweizimmerwohnung, der man den ehemals katastrophalen Zustand nicht mehr ansah und der mittlerweile nur noch die Duschkabine auf der von ihm mit viel Geschick eingebauten Duschwanne fehlte. Und genau dieses Teil verbarg sich in dem monströsen Paket. Vielleicht hätte er sich doch lieber für Kunststoff entscheiden sollen, dann müsste er sich jetzt nicht so quälen, verfluchte er insgeheim seinen erlesenen Geschmack für Glas und Edelstahl. Und doch fühlte er sich zuversichtlich. Während der Zeit mit Theo oblag ihm lediglich das Kochen und leichte Hausarbeit. Jegliche handwerklichen Fähigkeiten schlummerten unerkannt und verschüttet in seinem Inneren.

Rebecca weilte inzwischen längst wieder in der alten Heimat. Aber er und sie hatten ein wahres Schmuckstück aus der ehemaligen Bruchbude gezaubert und der Löwenanteil daran ging auf seine Leistung zurück. Nun, den Duschaufsatz würde er genauso souverän installiert bekommen. Zusammenbauen, auf die Duschwanne draufsetzen, befestigen und fertig- hörte sich ganz simpel an.

In der Wohnung angekommen, wuchtete er den schweren Karton zunächst nur bis in den Flur. Auspacken konnte er später, jetzt brauchte er ein wenig Entspannung. Und einen Kaffee. Krachend rutschte ihm das Bündel aus den Händen. Jesper zog den Kopf ein und stöhnte verhalten. Oh Mann, das war jetzt echt laut gewesen. Hoffentlich weilte der Mieter in der Wohnung drunter gerade nicht zu Hause, der musste das Gefühl haben, die Decke würde herunterfallen! Jesper spürte das schlechte Gewissen in sich nagen. Er kannte die Bewohner unter sich zwar nicht, aber durch den Renovierungslärm der letzten Wochen musste er einen sehr schrecklichen Eindruck hinterlassen haben. Lauschend drehte er den Kopf zur Tür. Nichts zu hören, wohl Glück gehabt. Jesper zog die Jacke aus, strampelte die Schuhe von den Füßen und stapfte in die Küche. Endlich

Pause. Aus dem Radio dudelten weihnachtliche Weisen, wie, um ihn zwangsweise auf die bevorstehenden Feiertage einzuschwören.

Als er mit ausgestreckten Beinen auf dem Sessel lümmelte, den duftenden, wohlig warmen Kaffeebecher zwischen den Händen, spürte er lang vermisste Ausgeglichenheit, ja, Zufriedensein. Zu Hause, so fühlte sich das also an. Zum ersten Mal eine eigene Wohnung, nicht länger von Lover zu Lover umherziehend. Er legte den Kopf in den Nacken, atmete tief durch und genoss die Ruhe und den Kaffeeduft.

Dann läutete es an der Tür. Hektisch fuhr Jesper hoch, stieß sich das Schienbein am Wohnzimmertisch und entdeckte ein Loch am großen Zeh der rechten Socke. Verdammt, wer klingelte jetzt um diese Zeit? Und keine Muße, noch Schuhe zu finden. Er stolperte zur Wohnungstür, fuhr sich fahrig durch den zotteligen Blondschopf und öffnete. Peinliche Sekunden, die sich wie Gummiband zogen und den Moment wie in Zeitlupe dehnten. Wer war der Mann da draußen? Geschätzte 1,80 groß, schwarzes, kurzes Haar, gestutzter Vollbart, dunkle, tiefliegende Augen, gefurchte Stirn.

„Alles in Ordnung hier oben?" Die Stimme des Fremden klang warm und freundlich. Jesper schluckte. „Wie bitte? Ich meine ja, was soll denn sein?"

„Es hat ordentlich gerumst, hätte ja auch etwas Schlimmes passiert sein können. Also dachte ich, ich schau lieber mal nach."

Der Nachbar von unten!

„Oh, das tut mir leid. Ich bin gerade eingezogen. Ich weiß, viel Lärm, in letzter Zeit. Mir ist eine Kiste umgefallen. Entschuldigung für den Krach." Er zog schuldbewusst den Kopf ein und linste vorsichtig nach unten. Der Nachbar zog die Stirn noch krauser und nickte bedächtig.

„Dann ist ja gut. Hätte ja sein können, dass Sie Hilfe brauchen. Ich gehe dann mal wieder. Und vielleicht in Zukunft besser aufpassen. Ich hatte Bereitschaft letzte Nacht und deswegen noch geschlafen."

Jesper nickte schnell und einsichtig. „Ja, geht klar, ich sehe mich vor. Und sorry für die Belästigung."

Atemlos lehnte er an der geschlossenen Tür. Ärger im neuen Haus konnte er nicht gebrauchen, schon gar nicht in der von allen Seiten gepriesenen Besinnlichkeit der Adventszeit. Er würde künftig vorsichtiger sein und sich nichts zu Schulden kommen lassen. Leise schlich er ins Wohnzimmer zurück. Ob er unter den Umständen heute noch mit dem Aufbau der Dusche beginnen sollte? Allerdings, jetzt war der Typ von unten ja ohnehin wach und vielleicht musste er auch in der anstehenden Nacht wieder arbeiten. Also holte er das Cuttermesser aus der Küche und begann, das am Boden liegende Gebinde auseinander zu schneiden. Jesper versuchte, möglichst keine lauten Geräusche zu machen, aber natürlich fielen die zusammengeschnürten Einzelkartons beim Durchtrennen der Kunststoffbänder komplett auseinander. Er hockte wie ein Häufchen Unglück inmitten der separat verpackten Schienen, Duschwände und Schraubenbeutel auf dem Boden und wartete auf das neuerliche Klingeln an der Tür. Es blieb aus, also weitermachen.

Er schnitt handbreite Streifen erst längs, dann quer in die Pappe, damit der gesamte Kram am Ende in den chronisch vollen Papiercontainer passte. Sehr praktisch, so nahm der Abfall gleich leicht verstaubare Abmessungen an und er stopfte ihn sofort in einen Müllsack.

Nach einer Stunde hatte er die Duschkabinenteile zumindest so weit sortiert, dass er eine leise Ahnung bekam, wie das fertige Werk am Ende aussehen könnte. Wieso mussten die Bestandteile sich auch alle so ähnlichsehen? Was gehörte auf die linke Seite, was nach rechts? Kaum vorstellbar, dass aus diesem Berg Einzelsegmente solch ein schickes Duschdomizil wie in der Musterausstellung gelingen sollte. Inzwischen bereute er, den Aufbau nicht gleich mitgebucht zu haben. Irgendwo musste jedoch eine Anleitung zwischen all den Teilen sein? Er schob den gesamten Haufen auseinander, aber eine Erklärung über die Geheimnisse des Zusammenbaus fand sich dabei nicht. Also noch in der Verpackung? Die lag in handliche Stücke zerschnitten im Müllsack. Seufzend hob Jesper den Sack mit den zerkleinerten Pappresten hoch und schüttelte ihn aus. Zwischen dem Minihimalaya aus Pappe, segelte eine Handvoll weißer Papierstücke sanft zu Boden. Jesper wurde übel, das sah verdammt nach der gesuchten Anleitung aus. Resigniert sammelte er jedes noch so kleine Schnippselchen ein und verfrachtete sie auf den Wohnzimmertisch. Dann tappte er zum Schreibtisch, um das durchsichtige Klebeband zu finden.

Gegen Mitternacht war das aufwändige Puzzle zu den Klängen von „Last Christmas" annähern wiederhergestellt. Nur am Ende fehlte etwa ein Viertel vom Blatt der insgesamt sechsseitigen Anleitung. Die Schnipsel waren einfach zu winzig, um sie sinnvoll anzuordnen. Jesper schnaufte resigniert. Wieso musste er immer so gründlich beim Zerlegen sein? Genug für heute. Morgen war auch noch ein Tag und nach Feierabend würde er sich der nervigen Duschkabine wieder annehmen. Er hasste sie schon jetzt. Zur Belohnung goss er sich ein halbes Glas Rotwein ein, trank in kleinen Schlucken und genoss die herbe Wärme des Chiantis in seinem Inneren. Gute Nacht, Jesper, sagte er und zog sich ins Schlafzimmer zurück.

Als er am nächsten Tag aus dem Büro nach Hause kam, lag der Stapel der Duschkabinenteile wie eine Drohung im Raum. Erst gestern träumte er im Baumarkt noch vom schnellen Duschgenuss am selben Tag, nun, dann vielleicht heute, oder morgen früh! Der Gedanke reichte für einen gehörigen Motivationsschub und energiegeladen schnappte er sich die geflickte Anleitung und begann zu lesen.

Als erstes also sollte er die Scheiben in Schienen klemmen, natürlich richtig herum und irgendwie mussten dann alle Teile zusammengesteckt und an den markierten Stellen Schrauben eingedreht werden …

Jesper streckte den schmerzenden Rücken durch und linste zur Küchenuhr, verdammt, fast ein Uhr nachts! Aber immerhin konnte er zufrieden in sich hineingrinsen: Die Duschkabine stand und wirkte genauso schön und edel glänzend wie in der Ausstellung. Ein paar Schrauben waren übrig und drei schmale Schienen. Und eine Tube mit einer weichen Paste, aber er fand in der Anleitung nichts, wofür er das alles verwenden sollte. Bestimmt Ersatzteile, falls mal eine Kerbe oder so an den Scheiben oder am Rahmen war, eigentlich keine schlechte Idee. Ob er die Dusche gleich probieren sollte? Wohl besser nicht. Irgendwas stand seiner Erinnerung nach im Mietvertrag in Sachen Ruhezeiten oder so. Nächtliches Duschen, wenn rundherum alles schlief, war gewiss nicht erwünscht. Er schwappte sich rasch am Waschbecken eine Handvoll Wasser ins Gesicht. Zum letzten Mal, ab morgen konnte er jeden Tag genüsslich duschen, solange er Lust verspürte.

Und es war ein Genuss! Nach all den Wochen seit dem Rausschmiss aus Theos Wohnung war dies seine erste, eigene Dusche. Obwohl Jesper sonst eher sparsam mit Wasser umging, schwelgte er dieses eine Mal wohlig im Luxus, nicht auf die Uhr oder den Wasserverbrauch zu achten. Erst, als seine Haut begann, schrumpelig wie ein halbvertrockneter Apfel zu werden, stieg er auf den feuchten Badvorleger und trocknete sich ab. Im Bad war alles feucht, der Spiegel beschlagen, der Bodenbelag klamm. Jesper griff nach seinen Klamotten und stapfte zum Anziehen ins Wohnzimmer. Im Anschluss schnappte er sich den Autoschlüssel, um ins Büro zu fahren. Zum Frühstücken fehlte die Zeit, ein Croissant und ein Kaffee to go von der Tankstelle würde reichen müssen. Dann fiel ihm ein, dass heute ja das Weihnachtsmeeting mit dem Vorstand war, also holte er noch rasch die Krawatte aus dem Schrank und stellte sich auf einen langen Arbeitstag ein.

Um neunzehn Uhr zweiunddreißig stieg Jesper endlich aus dem Auto. Er zog sich den Schlips vom Hals und stopfte ihn in die Tasche. Der Tag hatte viel länger als erwartet gedauert, stellte er fest.

Aber dafür würde er morgen erst mittags im Büro sein müssen, immerhin ein Lichtblick. Leider waren zu dieser Stunde die Parkplätze in der Nähe längst besetzt. Die Suche nach einem freien Platz und der zusätzliche Heimweg hatten ihn nochmals zwanzig Minuten gekostet, ehe er erschöpft vom Tag die Treppe in den dritten Stock hinaufstapfte. Als er an der Wohnung im Zweiten vorbeischleichen wollte, wurde die Tür heftig von innen aufgerissen.

„Sie!", fuhr der aufgebrachte Nachbar ihn an. „Was um alles in der Welt haben Sie sich dabei gedacht?"

Jesper zuckte hilflos mit den Schultern.

„Wovon reden Sie? Ich komme eben erst nach Hause und weiß nicht, was Sie meinen."

„Nicht? Dann sehen Sie sich das an!" Der Mann zog ihn heftig an der Schulter mit sich.

Jesper registrierte kurz, dass die Wohnung den gleichen Schnitt hatte, wie seine eigene, dann stand er im Badezimmer.

„Dort!" Der Mann riss den Arm nach oben und deutete auf die Decke.

Jesper folgte mit den Augen in die gezeigte Richtung, dann wurde ihm schlagartig übel. Die Decke war ein einziger, nasser Fleck. An mehreren Stellen hatte sich bereits der Putz gelöst und langsam patschten stetige Tropfen in am Boden bereitstehende Eimer.

„Ich verstehe nicht …!", stotterte er hilflos. „Wie kann das sein?"

„Haben Sie das Wasser nicht abgedreht?"

„Doch, natürlich, aber irgendetwas muss passiert sein. Meine neue Dusche …!"

Jesper riss sich los und stürzte aus der Wohnung. Zwei Stufen auf einmal nehmend, aufschließen, dann stand er in seinem Badezimmer und schlug die Hände vor das Gesicht. Unter der Duschwanne lief in einem sanften, steten Strom ein zarter Wasserstrahl hervor. Im gesamten Bad stand es bereits und nur die erhöhte Türschwelle hatte die Überschwemmung der restlichen Wohnung verhindert.

Hinter sich klappten Türen, dann hörte er jemanden schnaufen.

„Ich habe dann mal eben den Haupthahn zugedreht, zum Glück sind die Wohnungen identisch und ich wusste, wo er sich befindet."

Jesper blickte sprachlos auf die Katastrophe vor sich.

„Danke", stammelte er hilflos, „ich habe nicht mal genug Tücher, um das alles aufzuwischen."

Der Mann sah ihn zweifelnd an. „Das ist wohl eher eine Aufgabe, der wir uns beide widmen sollten. Ich hoffe, Sie haben eine Hausratversicherung abgeschlossen?"

„Ja, sicher, gleich am Anfang. Aber ich verstehe das alles nicht."

„Suchen Sie Handtücher heraus und alles, was geeignet scheint, ich hole auch welche aus meiner Wohnung."

Zwei Stunden später kippte Jesper den letzten Schwall Wasser ins Waschbecken.

„Gibt es ein Bier in dieser Wohnung?"

Jes nickte, dann saßen die beiden Männer erschöpft und mit aufgeweichten Händen und Knien in der Küche.

„Manfred", stellte sich der Bärtige vor und trank sein Bier in großen Schlucken.

„Jesper", antwortete sein Gastgeber und nippte langsam und nachdenklich an einem Kölsch. Manfred deutete mit der Flasche in Richtung Bad. „Seit wann gibt es in der Wohnung denn eine Dusche? Ich habe unten eine Badewanne …"

Jesper schmunzelte wissend. „Ja, das war hier auch so. Aber die sah so abgenutzt aus, dass ich sie rausgeschmissen und die Dusche eingebaut habe."

„Und du bist Sanitärinstallateur von Beruf?"

Jes schüttelte überrascht den Kopf. „Nein, Bürokaufmann, aber der hübsche Verkäufer im Baumarkt meinte, so schwer ist das gar nicht. Also habe ich es einfach gemacht."

Manfred stöhnte. „Oh je, ich ahne Furchtbares. Ich bin nämlich tatsächlich Installateur und ich wünschte, du hättest dir jemandem vom Fach geholt." Dann erhob er sich und ging zurück in das blitzblanke Bad. Jesper folgte ihm und sah dem Mann bei der Begutachtung zu.

Manfreds Fazit klang ziemlich ernüchternd. „Der Wasseranschluss ist nicht dicht und das Abwasser kann nicht richtig ablaufen. Da ist fast alles schiefgegangen, was nur möglich ist."

„Verdammt, hätte ich bloß auf meine Schwester gehört", murmelte Jesper. „Es tut mir wahnsinnig leid, ich meine, der Schaden in deiner Wohnung ist heftig."

Manfred nickte. „Ja die Decke muss ich neu verputzen und streichen. Und dich bitte ich, die Dusche bis auf weiteres nicht mehr zu benutzen."

„Klar!", beteuerte Jesper. „Ich kümmere mich gleich morgen um einen Handwerker."

Manfred sah ihn aus freundlich funkelnden Augen an. „Musst du nicht, ich würde das übernehmen, wenn du magst. Vielleicht können wir uns gegenseitig unterstützen und nebenbei ein bisschen besser kennenlernen."

Jesper durchzog ein Kribbeln im Bauch und er nickte erleichtert. „Gern, auch wenn ich offensichtlich in Sachen Handwerk nicht sonderlich begabt bin. Aber ich könnte für uns kochen, darin bin ich nämlich ziemlich gut."

Sein Gast grinste breit. „Da hätte ich nichts dagegen. Der Boden muss jetzt zunächst richtig durchtrocknen, ehe wir den Schaden in Ordnung bringen können. Aber gegen ein Kennenlernmenü am Wochenende hätte ich nichts einzuwenden."

Jesper lag mit offenen Augen auf seinem Bett und konnte trotz der Erschöpfung nicht schlafen. Was für ein Tag! Ein entspannter Beginn mit seiner neuen Dusche und am Abend drohte alles mit einer großen Katastrophe zu enden. Und dann das!

„Manfred." Er sprach den Namen laut aus und ließ ihn genüsslich auf der Zunge zergehen. Ein schöner Name und ein schöner Mann. Ob da mehr draus werden konnte? Jesper spürte

Verunsicherung, hoffte aber, dass sein Bauchgefühl ihn nicht täuschte. Wann hatte ein Mann ihn zum letzten Mal so angesehen?

Er stopfte sein Kissen unter den Kopf, drehte sich auf die Seite und blickte mit wachen Augen zu dem Sternenhimmel vor seinem Fenster. Schon in fünf Stunden musste er aufstehen, aber eigentlich war ihm das egal. Er schloss lächelnd die Augen. Morgen war schon Freitag und am Wochenende würde er diesen Mann wieder sehen, was konnte der Tag ihm anhaben? Wahrscheinlich wäre es sinnvoll, auf dem Heimweg den Einkauf zu erledigen, am Wochenende würde wenig Zeit dafür bleiben. Und sollte er vielleicht einen Weihnachtsbaum kaufen? Früher, als er noch bei seinen Eltern lebte, hatten die den Baum immer am ersten Adventssonntag aufgestellt und gemeinsam mit ihm und Rebecca geschmückt. Der erste Advent war zwar schon lange vorbei, aber was spielte das für eine Rolle? Dann fiel ihm ein, dass er weder Schmuck noch Lichterketten für die Dekoration sein Eigen nannte. Das ganze Zeug würde jetzt, zur Saison, vermutlich deutlich teurer als noch vor einigen Wochen, sein. War es das wert? Jesper erinnerte sich an die vergangenen Weihnachtsfeiern bei Theo. Einen Baum gab es bei ihm immer, im Erker des riesigen Wohnzimmers. Und jedes Mal üppig mit roten Kugeln, Glocken und goldenem Lametta geschmückt. Der Platz für einen zwei Meter Baum fehlte in Jespers Wohnung. Er hatte weder Balkon noch Erker. Und den ganzen Aufwand zu betreiben, erschien ihm lächerlich, je länger er darüber nachsann. Für wen schließlich sollte er das tun? Zu Theos Freundeskreis gehörte er nicht mehr und ihm allein würde das kleine künstliche, elektrisch beleuchtete Bäumchen genügen. Ein Geschenk von Rebecca, als er ihr erzählt hatte, mal wieder keine Zeit für Familienweihnacht an der Alster zu haben. Mit Theo zusammen hatte ihm die Entfernung zu den Eltern wenig ausgemacht. Und an dem klassischen Gänsebraten und den nervigen Besuchen der gesamten Verwandtschaft hing sein Herz ohnehin nicht. Weihnachten mit Freunden mochte er hingegen sehr. Jeder beteiligte sich an den Essensvorbereitungen, welche dadurch immer kreativ und abwechslungsreich gerieten. Bis auf das eine Jahr, in dem die Vorspeise aus mit Plätzchenformen ausgestanzten belegten Broten bestand. Jesper musste in Erinnerung an Theos entgleiste Gesichtszüge erneut schmunzeln.

Als Jesper am Freitagabend den Einkaufswagen genervt durch die übervollen Gänge des Supermarktes schob, arbeitete sein Kopf ununterbrochen. Warum, verflixt, hatte er nicht gestern noch seine Kochbücher konsultiert? Er plante ein 3-Gänge-Menü, ohne zu wissen, was er überhaupt zubereiten wollte. Hinzu kam, dass im Markt ein Gedränge wie auf einer Großdemo herrschte. Weihnachten war erst in zehn Tagen und die Menschen kauften ein, als ob eine Hungersnot bevorstünde! Dabei hatte er vorgehabt, gemütlich durch die Regale zu schlendern und ad hoc zu entscheiden, woraus seine Kochkreation bestehen sollte. Nun, das war vermutlich sogar für einen üblichen Freitag ohne anstehende Feiertage eine illusorische Vorstellung. Kurzentschlossen packte er Sellerie, einen kleinen Rotkohl, Pilze, Rouladen und Kartoffeln zu einer Auswahl verschiedener Obstsorten in den Korb. Passenden Wein, wozu auch immer der passen müsste, hatte er im Vorratsschrank zu Hause.

Neben dem Parkplatz des Supermarktes bemerkte Jesper einen Weihnachtsbaumverkauf. Dort herrschte emsiges Treiben und einen Moment lang war er geneigt, sich in das Getümmel zu stürzen. Aber dann fiel ihm das fehlende Zubehör ein und dass dann zwangsläufig noch ein Einkauf im Baumarkt oder Möbelgeschäft erforderlich wäre. Darauf verspürte er nun wirklich keine Lust. Sein Elektrobäumchen würden reichen, Punkt. Schließlich würde er vermutlich ohnehin allein in seiner Wohnung hocken oder kurz entschlossen vielleicht doch in den Norden zur Familie fahren, 600 km waren bei den Spritpreisen jedoch ein starkes Argument dagegen. Darüber würde er später nachdenken, zunächst stand nämlich das Wochenende bevor, an dem Manfred die Duschkatastrophe beheben würde. Der Gedanke daran zauberte ihm ein Lächeln ins

Gesicht. Alles, was er zu tun hatte war, ein anständiges Essen zuzubereiten. Eine Kiste Bier wäre vielleicht auch nicht die schlechteste Idee, sein bärtiger Nachbar schien welches zu mögen.

Der Wecker klingelte um halb sechs und Jesper rieb sich mit den Fingerknöcheln den Schlaf aus den Augen. Wie gerne würde er jetzt eine erfrischende Dusche nehmen. Aber aktuell besaß er nur das kleine Handwaschbecken und damit ließ sich die Müdigkeit nur schwer aus dem Körper vertreiben. Missgelaunt stand er auf und erfrischte mit einer Handvoll Wasser sein Gesicht. Er rief sich in Erinnerung, warum er an einem Samstagmorgen so unnatürlich früh aufstehen musste und die Aussicht auf den angekündigten Besuch am Vormittag steigerte seine Laune beträchtlich. Er hatte Manfred ein Entschädigungsessen versprochen und das sollte er bekommen. Zunächst aber brauchte er dringend Kaffee. Mit dem Pott in der einen Hand, sortierte er mit der freien Rechten seine Vorräte auf den Tisch. Spätestens jetzt war der Zeitpunkt gekommen, an dem er über die Bestandteile seines Menüs entscheiden musste. Und er hoffte, tatsächlich alle Zutaten zu besitzen.

Als Manfred verabredungsgemäß um halb zehn an der Tür schellte, standen bereits zwei Gläser mit Rotweincreme im Kühlschrank. Auf dem Herd köchelte der Rotkohl sanft vor sich hin und durchzog die Wohnung mit dem würzigen Duft von Äpfeln, Schmalz und Nelken. Die Selleriecremesuppe würde, garniert mit ein paar Pilzen, heute als Vorspeise und der Rest dann morgen als Sonntagsessen herhalten.

Manfred hatte sich an der Tür die Schuhe ausgezogen und mit einem frischen Kaffee zu Jesper an den Küchentisch gesetzt. Neugierig beobachtete er dessen geschicktes Hantieren mit den Rouladen Klammern.

„Ich kann nicht kochen", erwähnte er fast beiläufig. „Ich gehe immer zu meiner Oma, wenn ich was Selbstgekochtes möchte. Sonst eher Tiefkühltruhe, Sushi oder Frittenbude. Aber das sieht richtig gut aus, was du da machst."

Jesper grinste zufrieden. „Reiner Selbsterhaltungstrieb. Ich habe keine Familie hier in der Nähe und ständig außer Haus gibt mein Geldbeutel nicht her. Und mein Ex legte Wert auf gepflegte Küche."

Jes kniff die Lippen zu einem schmalen Strich zusammen. Wie würde Manfred auf den letzten Satz reagieren? Verstand er die bewusst platzierte Frage hinter der Aussage? Oder hatte sich sein Bauchgefühl getäuscht? Vorsichtig linste er zu seinem Gast hinüber und blickte in ein breit grinsendes Gesicht.

„Das klingt ganz hervorragend." Dabei ließ er im Raum stehen, ob er das Essen oder Jespers Offenbarung meinte.

Manfred trank den Kaffee aus und stellte den Becher auf den Tisch. „So, ich mache mich dann mal an die Arbeit. Ich muss ausmessen und schauen, was alles zu besorgen ist und dann noch zum Baumarkt."

Jesper hörte ihn erst im Flur und dann im Bad hantieren.

Sein Herz klopfte aufgewühlt.

„Das nenne ich ein kulinarisches Erlebnis!" Manfred lehnte sich wohlig seufzend in seinem Stuhl zurück. „Habe lange nicht mehr so gut gegessen."

Jesper lächelte schüchtern. „Danke schön. Selbstgemacht ist eben doch etwas anderes als Tiefkühlkost." Und nach einer kurzen, nachdenklichen Pause fügte er hinzu. „Wie kommt es, dass du alternativ zu deiner Oma gehst? Ist sonst niemand da? Ich meine, Freunde, Familie?"

Manfred musterte ihn aus dunklen Augen. „Ich bin bei meiner Großmutter aufgewachsen, mehr Familie gibt es nicht. Meine Eltern und mein Bruder sind vor vielen Jahren bei einem Unfall ums Leben gekommen. Nur ich habe überlebt, kann mich aber weder an meine Angehörigen noch an das Geschehene erinnern. Ich war noch nicht mal zwei Jahre alt, kenne nur Fotos und die Erzählungen von ihnen."

„Puh," schnaufte Jesper und strich sich verlegen mit den Fingern durchs Haar. „Da bin ich wohl in ein Fettnäpfchen getreten. Sorry, falls die Frage für dich unangemessen war."

Manfred winkte ab. „Kein Problem, wie gesagt, ich kann mich an nichts erinnern und hatte ein schönes Leben bei der alten Dame." Dann griff er nach dem Espresso, den Jes neben den leergegessenen Tellern platziert hatte. „Und Freunde … ja, da gibt es einige. Vielleicht erzähle ich dir gelegentlich von ihnen." Er zwinkerte Jesper verschwörerisch zu.

Und wieder versank seine Wohnung im Chaos, doch diesmal nahm Jesper diese Tatsache entspannt in Kauf. Weder musste er sich um Lärmbelästigung gegenüber dem Mieter in der Wohnung unter ihm sorgen noch, dass die Installation erneut schief gehen konnte. Diesmal war ein Fachmann am Werk. Und Manfred sah in seiner blauen Latzhose sehr süß aus.

Er hatte die Duschkabine samt Sockel komplett abgebaut, den Wasseranschluss neu verlegt und den Abfluss gereinigt und abgedichtet. Inzwischen befand sich die Duschwanne wieder an Ort und Stelle. Die Kabine lag erneut in alle Einzelteile zerlegt und Jesper hatte ihm zähneknirschend die übrig gebliebenen Stücke und die gepuzzelte Anleitung dazu gereicht, was Manfred zu einem schallenden Gelächter veranlasst hatte. Zumal er die Anleitung beim neuerlichen Aufbau nicht einmal benötigte. Und so kam es, dass nur wenige Tage nach der Duschkatastrophe eine perfekt ausgerichtete und installierte Duschkabine Jespers Wohnung zu einem kleinen Paradies verzauberte. Und er war im Nachhinein erleichtert, sich für das Modell aus Glas und Edelstahl entschieden zu haben. Es sah großartig aus.

Der Erfolg des gestrigen drei-Gänge Menüs inspirierte ihn am heutigen Sonntag zu einer aufwendigen Backkreationen. Energiegeladen wirbelte er durch die Küche. Manfred liebte Schokolade und Bananen und nun kühlte ein Schokoladenkranz auf dem Backrost, während die Bananencreme im Kühlschrank dem Erstarren entgegenharrte.

Kurze Zeit später stapfte Manfred von seinem Kontrollgang des Bads in die Küche und schnupperte genüsslich. „Das riecht super lecker, hm, Schokolade!" Frech brach er ein Stück aus dem warmen Backwerk und stopfte es sich in den Mund, ehe Jesper protestieren konnte.

Doch er konnte ihm nicht böse sein. Dazu funkelten Manfreds Augen viel zu verschmitzt, so wie die eines Kindes, welches die List der Eltern beim Verstecken der Osternester durchschaut hat.

„Das Silikon ist ausgehärtet, deine Duschkabine einsatzbereit." Er wischte sich mit dem Handrücken die Kuchenkrümel vom Mund.

Jesper konnte sich das Lachen nicht verkneifen. „Sieh mal in den Spiegel, du hast eine breite Schokoladenspur quer über die gesamte Wange."

Manfred runzelte die Stirn. „Das, mein Lieber, ist bedenklich. Aber ich glaube, ich habe eine Idee, was ich dagegen tun kann."

Er nahm Jespers Hand und zog ihn sanft in das frisch hergerichtete Badezimmer. „Du hast beim Kauf eine hervorragende Wahl getroffen. Die Dusche ist nicht nur ein Blickfänger, sondern rein platztechnisch auch für zwei Personen geeignet." Er zog Jesper in seine Arme. „Ich hätte nichts dagegen, das mal auszuprobieren. Was meinst du?"

In Jespers Bauch kreisten Schmetterlinge und er schmiegte sich in die Umarmung. „Und du bist ganz sicher, dass wir damit kein Unheil anrichten können?"

„Was die Bäder, dieses und das in meiner Wohnung angeht, sicher nicht. Was das mit uns beiden macht, dafür übernehme ich keine Garantie."

„Dieses Risiko will ich gern eingehen."

Jesper lag schlaflos in seinen Decken und linste immer wieder zu dem leise schnarchenden Mann im Nebenbett. Er war viel zu aufgewühlt, um Ruhe zu finden. Manfred hatte sich als sanfter und zärtlicher

Liebhaber erwiesen und Jesper war das Herz zerschmolzen. Wann war er das letzte Mal so verliebt gewesen? Er wünschte, ja er hoffte, dass dies nicht nur ein One-Night-Stand bleiben würde. Manfred nach seinen Gefühlen für ihn zu fragen hatte er sich nicht getraut.

Irgendwann musste er doch eingeschlafen sein, denn er erwachte, als ein frisch geduschter Haarschopf über ihm erschien und sein Gesicht mit kühlem Wassertropfen besprenkelte.

„Guten Morgen, mein Lieber." Manfred küsste seine Stirn. „Ich muss zur Frühschicht und deswegen schon los. So eine morgendliche Dusche ist eine feine Sache. Daran könnte ich mich glatt gewöhnen."

Jesper riss die Augen auf und rappelte sich hoch. „Wenn ich dafür nicht jedes Mal stundenlang kochen muss, können wir das gern wiederholen."

Würde Manfred wiederkommen? Der lächelte geheimnisvoll, als ob er Jespers unausgesprochene Frage gehört hatte.

Ein Hauch von Duschgel hing wie ein Andenken an unvergessliche Momente in der Luft, als die Wohnungstür leise ins Schloss fiel.

Mit jedem Tag der folgenden Woche verblasste die Erinnerung an das romantische Wochenende mehr und Jesper zweifelte, ob es in der Realität stattgefunden hatte, oder er lediglich einem verklärten Wunschtraum nachhing.

Er entdeckte den Mann seiner Träume lediglich zwei kurze Male im Hausflur auf dem Weg nach draußen und das vorsichtige Klingeln an der Tür der Wohnung unter ihm verhallte ungehört. Manfred hatte ihm beide Male nur freundlich zugewunken.

Rebecca rief mittlerweile jeden Tag an und bettelte, ob er zur Familienweihnacht in den Norden käme. Zumindest bis Freitag schob er die Arbeit vor. Dann würde er sich entscheiden müssen, denn am Montag war schon Heiligabend und spätestens Sonntag würde die Tour nach Hamburg anstehen.

Verzweifelt stand er am Samstagmorgen im überfüllten

Supermarkt und überlegte, ob er Pralinen als improvisierte Geschenke oder lieber Lebensmittel für die Feiertage zu Hause einkaufen sollte. Kurzentschlossen und ein Stück weit verbittert, schlug er den Weg zum Süßwarenregal ein. Dann erstarrte er. Manfred verharrte vor dem Austeller mit den Schokoweihnachtsmännern und hatte mindestens 10 Stück davon in seinem Einkaufswagen.

„Jesper!", ein freudig-überraschtes Lachen strahlte über das bärtige Gesicht. Der Mann wirbelte ihm in einer schnellen Bewegung entgegen und nahm ihn freundschaftlich bei den Schultern. „Wo warst du all die Tage, ich habe mehrfach versucht, dich zu erreichen, aber du warst nie da, wenn ich von der Arbeit kam."

„Ich habe erst 16.30 Uhr Feierabend", stammelte Jes und wusste nicht, ob er sich freuen oder ärgern sollte. „Und da war jeder meiner Versuche, dich zu erwischen, ebenfalls erfolglos."

Manfred kratzte sich mit schuldbewusster Miene den Bart. „Stimmt, ich hatte eine Menge zu tun und war fast jeden Nachmittag bis in die Abendstunden unterwegs. Und jetzt weiß ich nicht, ob ich noch das Recht habe, dich wegen Weihnachten zu fragen. Ist mittlerweile viel zu kurzfristig und du hast gewiss schon etwas vor."

Jesper schoss die Röte ins Gesicht und er vergaß seinen Ärger und den Entschluss, Rebeccas Drängen nachzugeben. Pralinen waren sowieso ein blödes Geschenk.

Er blickte in Manfreds dunkle Augen und schüttelte verhalten den Kopf. „Nun, nicht wirklich. Ich muss mich nur zwischen einer Reise quer durch Deutschland oder dem Hierbleiben entscheiden. Mehr Alternativen habe ich aktuell nicht. Der Freundeskreis ist bei meinem Ex geblieben und ich habe noch nicht sortiert, ob ich einen von ihn wiedersehen möchte."

Manfred setzte das freche Grinsen auf, das Jesper an ihm so gefiel. „Dann darf ich dich einladen, den Heiligen Abend mit mir in einer Überraschungsrunde zu verbringen?"

„Überraschungsrunde? Was erwartet mich, soll ich etwas mitbringen, gibt es einen bestimmten Dresscode?"

Manfred lachte schallend. „Mit Überraschungen tust du dich schwer, was? Du musst nichts mitbringen. Nur gute Laune und vielleicht ein Hemd statt T-Shirt zur Jeans. Das reicht völlig, wir gehen schließlich nicht in den Buckingham Palace."

Jesper lächelte verhalten. „Dann bin ich gespannt, was mich erwartet. Gut, ich nehme die Einladung an, obwohl mich deine Andeutungen irritieren. Und dann muss ich jetzt tatsächlich noch für das Wochenende und die Feiertage ein paar Sachen einkaufen, ehe die Massen hier alles leergeräumt haben."

Manfred nickte strahlend. „Sehr gut, ich hole dich dann Montag um 15 Uhr ab. Ich freue mich riesig!"

„Ich auch.", antwortete Jesper und auf einmal waren die Schmetterlinge in seinem Bauch wieder da.

Am liebsten hätte er gejubelt vor Erleichterung.

Zum Glück hatte er mit Rebecca gestern noch telefoniert und die Familienweihnacht abgesagt, denn jetzt fehlten ihm einfach die Nerven dafür.

Sämtliche Oberhemden lagen, hektisch aus dem Kleiderschrank herausgerissen, auf dem Bett und Jesper konnte sich nicht entscheiden, welches er anziehen sollte. Das Weiße wirkte in der Kombi mit einer schwarzen Jeans zu overdressed, das Blaue fand er zu dunkel und auf grün hatte er keine Lust. Das bordeaux- oder lachsfarbene?

Als die Klingel schellte, griff er kurz entschlossen das Weinrote und warf es sich über die Schultern. Noch während er zur Tür ging, schlüpfte er in die Ärmel und begann hektisch die Knöpfe zuzunesteln.

„Bist du zu früh oder habe ich zu lange gebraucht?", entschuldigte er sich und versuchte einen Blick auf Manfreds Armbanduhr zu erhaschen.

„Punkt drei", resümierte Manfred, „aber macht nichts, es ist nur eine halbe Stunde zu Fuß und wir haben genügend Zeit."

Er half Jesper, ganz Gentleman like, in den Mantel. Dann

standen sie gemeinsam auf der Straße und Jesper wurde sich bewusst, dass es kein Zurück mehr gab. Er würde Weihnachten mit einem Mann verbringen, mit dem ihn eine Nacht, seine Verliebtheit und die Nachbarschaft verband. Sollte der Abend in einer Katastrophe, so wie der Duscheinbau enden, würde er sich eine neue Wohnung suchen müssen. Jesper schüttelte sich, als ob er die unangenehmen Gedanken damit abstreifen konnte.

„Wohin gehen wir, wirst du mir das verraten?"

„Komm einfach mit." Manfred legte seine Rechte um Jespers Schulter. Alle Sorgen fielen mit einem Schlag von ihm ab, Jes fühlte sich geborgen und verschwendete keinen Gedanken mehr an negative Gefühle.

„Das Bellatrix? Es ist wieder geöffnet?"

Manfred wandte sich lächelnd zu dem überraschten Jesper um.

„Hm, schon seit dem letzten CSD. Kennst du es von früher?"

Jesper nickte. „Ja, wir waren sehr häufig hier. Am Abend konnte man gut essen, es gab eine umfangreiche Getränkekarte und die Partys waren legendär. Bis zu dem Brand vor knapp zwei Jahren. Die Wiedereröffnung ist völlig an mir vorbei gegangen." Nach einigem Zögern ergänze er. „Nun, im Sommer hatte ich den Kopf ziemlich voll, wegen Theo, na, du kannst es dir sicher vorstellen." Jesper blickte sehnsuchtsvoll zu den erleuchteten Fenstern. Er nahm Bewegungen und ein warmes Funkeln wie von Kerzen hinter den Jalousien wahr. „Ich hoffe, du hast einen Tisch reserviert, es scheint ziemlich voll zu sein."

Manfred strahlte ihn an. „Nicht nur einen Tisch, das ganze Bellatrix gehört heute uns. Willkommen in meiner Familie." Und er nahm Jesper bei der Hand.

Jesper blieb mit offenem Mund gleich hinter der Eingangstür stehen. Er erkannte das „Bellatrix" kaum wieder. Links vom Tresen, der Eingangstür gegenüber, stand ein riesiger Weihnachtsbaum, der im goldenen Lichterglanz funkelte. Daneben bog sich unter der Last unzähliger Speisen ein Buffet, von dem es verführerisch nach Zimt, Äpfeln, Gänsebraten und heißem Würzwein duftete. Tische und Stühle waren an der rechten Seite aufgebaut, um in der Mitte des Lokals eine Tanzfläche zu schaffen. Aus der Musikbox plätscherten sanfte, weihnachtliche Klänge, die sich unaufdringlich unter das Stimmengemurmel mischten.

„Fredi!", eine füllige, ältere Dame warf sich Manfred freudig entgegen. „Da bist du ja endlich, mein Junge." Manfred löste sich sanft aus ihrer Umarmung.

„Oma, das ist Jesper, Jesper, meine Oma."

„Deiner Oma gehört das Bellatrix?"

Die alte Dame wandte sich zu Jesper um. „Willkommen zu Hause, Jesper. Fredi hat so oft von dir erzählt, ich freue mich, dich endlich kennenzulernen."

Der Angesprochene wurde feuerrot.

„Du hast was?", fragte er entgeistert an Manfred gerichtet.

„Nur Gutes.", verteidigte sich der.

Manfreds Oma hakte sich bei ihm unter und zog ihn mit sich. „Du kannst mich Jenna nennen, so rufen mich die Jungs hier auch." Dann schob sie ihren Mund näher an sein Ohr. „Fredi ist schwer verliebt und wir waren alle sehr neugierig, seine große Liebe endlich kennenzulernen."

Jes errötete erneut und nahm erst jetzt die anderen Gäste wahr. Ungefähr zehn Männer verschiedenen Alters wuselten durch das Bellatrix. Aber niemand schien ihn spöttisch oder auch nur unfreundlich anzusehen, ganz im Gegenteil. Ihn umfing eine freundliche, aufgeschlossene Atmosphäre voller lächelnder Gesichter. Jenna führte Jes zur Garderobe, wo er endlich den viel zu warmen Mantel ablegte.

„Fröhliche Weihnachten, Jesper."

Jes nickte den Unbekannten zu.

„Diese Menschen sind meine Familie", sagte Manfred und reichte Jesper ein Glas Glühwein. Jesper nahm es und wärmte seine kühlen Finger.

„Und Jenna?"

„Sie ist tatsächlich meine leibliche Oma. All die Männer hier sind unsere Freunde, die, wie ich, keine eigenen Angehörigen haben und Weihnachten sonst allein verbringen müssten."

Jesper wurde warm ums Herz. „Das hört sich gut an."

Manfred schloss ihn samt Glühweingläsern in die Arme.

„Jes, ich bin froh, dass du hier bist. Das ist für mich seit langem das glücklichste Weihnachten, deinetwegen."

Er küsste ihn sanft und Jesper nahm wie im Rausch wahr, dass die anderen Gäste um sie herumstanden und ihnen zuprosteten und applaudierten. Er lehnte seine Stirn an Manfreds und lächelte mit einem warmen und wunderbaren Gefühl in seinem Inneren.

„Ich liebe dich so sehr, bitte lass uns diesen Moment festhalten und etwas Hoffnung für die Zukunft mitnehmen. Ich wünsche mir nichts mehr, als dass wir eine haben."

„Heute ist Weihnachten und es gibt keinen besseren Zeitpunkt, sich etwas zu wünschen. Fröhliche Weihnachten Jesper. Ich liebe dich auch."

YAVANNA FRANCK

BARKAROLE 1
DIE GRENZEN DER FREIHEIT

Himmelstürmer Verlag

Stefan Orben
Oh, du schönes Weihnachtsfest!

„Zur rechten Zeit

Ausgerechnet in der Weihnachtszeit,
war uns die vertraute Bindung entzweit.
Auch, wenn es schon so zu befürchten war,
war der Grund am Ende nur mir so klar.

Ein Mensch, der in mein Leben trat,
plötzlich und das völlig unverzagt,
zeigte mir das Lebensgefühl,
wo du mir stets warst viel zu kühl.

Oh, du schöne Weihnachtszeit,
wie war ich an diesen Tagen so verweint.
Wusste nicht ein und gar nicht aus,
das ganze Leben war mir ein Graus.

Doch wie immer zählt nur das Ende,
mein Leben nahm ne große Wende,
kann jetzt lieben, lachen, leben
und nach meinem Glücke streben.

Oh, du schöne Weihnachtszeit,
ich war dafür schon so lange bereit.
Jetzt genieße ich die heimeligen Tage
und sage;
Danke, dass du mir ihn gebracht,
in dieser einen Nacht -

Ein Engel kam am Vorabend der Heiligen Nacht,

damit hast du mir das größte Geschenk gemacht."

Es trat eine Stille ein, die nur an Weihnachten möglich ist. Das Feuer knisterte im Kamin und die zahlreichen Kerzen, die im Wohnzimmer aufgestellt waren, tanzten nach ihrem flackernden Rhythmus um den Docht herum.

Ich atmete den würzigen Duft von Tannengrün, Zimt und Nelken ein und beobachtete, wie das Kerzenwachs von den vier erleuchteten Kerzen auf dem Adventskranz hinunter tropfte.

Dann blickte ich wieder hoch, in das nachdenkliche Gesicht von Tom, der auf dem gegenüberliegenden Sessel saß und fragte flüsternd: „Wie gefällt es dir?"

Tom nickte kaum merklich und stand auf.

Während ich schon etwas sagen wollte, dass er doch bleiben solle, kam Tom überraschend zu mir rüber und setzte sich auf meinen Schoß.

Er sagte nichts, sondern küsste mich nur sehr leidenschaftlich, was wir beide einige Minuten lang einfach nur genossen. Wir küssten uns lange und intensiv, hielten uns fest und tauschten Zärtlichkeiten aus, die immer leidenschaftlicher wurden und wir uns gegenseitig allmählig auszogen.

Tom zog mich mit in unser angrenzendes Schlafzimmer und drückte mich auf unser Bett, wo er mich mit seinen Küssen ganz verrückt machte.

Er elektrisierte meinen gesamten Körper, als er mit seiner Zunge über meine Hoden, meinen Penis und die Eichel leckte. Ruckartig zog ich Tom zu mir hinauf und küsste ihn mit solch einer Leidenschaft, dass wir beide außer Atem kamen. Schließlich drehte ich mich unter ihm hinweg und nahm ein Massageöl vom Nachttisch, dass ich großzügig auf seinem Rücken verteilte.

Ich setzte mich anschließend rücklinks auf ihn und massierte zunächst seinen Rücken, die Arme, die Beine und am Ende seinen Po.

Als ich spürte, dass seine Erektion kurz vor dem Höhepunkt

stand, führte ich meinen Penis in Toms Po ein und nahm ihn, wie ich ihn zuvor noch nie genommen hatte. Wir stöhnten laut, unsere Körper schwitzten und unsere Sinne spielten verrückt.

Völlig ausgelaugt, fielen wir nebeneinander auf das Bett zurück und küssten uns zärtlich. Tom grinste verschmitzt und sagte: „Ich liebe dich."

Bevor ich etwas entgegnen konnte, stand Tom auf und ging aus dem Schlafzimmer.

Als ich mich gerade aufgesetzt hatte, um Tom hinterherzugehen, kam er auch schon wieder und drückte mich zurück aufs Bett. Er schmiegte sich an mich und zog einen Brief aus einem Umschlag, den er auf meinem Bauch ablegte.

Dann las er vor:
„Oh, du schöne Weihnachtszeit!

Am Tage als die dritte Kerze brannte
und ich durch den Park so rannte,
lernte ich den Menschen kennen,
der mein Herz gebracht zum Brennen.

Nach einem Wasserfall
und einem Lauf,
kam der Knall
und ne Ehe ging dann drauf.

Als die vierte Kerze erlosch,
mein Hals geschnürt, wie von nem Frosch,
doch innerlich da war mir klar,
Worte können lügen, aber du bist wahr.

So kam der Vorabend, vor der Heiligen Nacht,
du kamst

und bliebst,
ich habe Monate über dich gewacht.

Ich stützte dich
und fing dich auf,
wenn der Tag so trübe war,
deine Tränen, wie Kristall so klar.

Du gingst weit weg
und bliebst doch da,
denn im Herzen warst du immer nah.

Wir trafen uns,
welch ein Glück
unsere Herzen voneinander so verzückt.

Ich kam zu dir,
um neu zu leben
und dir meine Liebe,
für immer zu geben."

Mit Tränen in den Augen, zog ich Tom ganz nah zu mir und hielt ihn eine ganze Weile einfach nur fest. Mein Körper zitterte – Vor Gefühlen und weil es mich so langsam fröstelte, weil wir immer noch nackt auf dem Bett lagen; Ich weiß es nicht.
    Schließlich sage ich: „Ich liebe dich auch."

Stefan Orben
Zum Glück eingeschneit

Ich liebe die Weihnachtszeit. Aber natürlich nur die besinnliche Atmosphäre, die Gerüche und die ganzen verdammten Leckereien – Keine Zeit im Jahr ist so verlockend und verführerisch, wie die Advents- und Weihnachtszeit. Von allen Seiten bekommt man Dosen mit frisch gebackenen Plätzchen, saftigen Lebkuchen und zuckersüßen Pralinen, die einen den ganzen Tag über anschreien und rufen: „Komm! Greif zu" Ich bin so lecker!"

Wenn das nicht alles so schön und wirklich unfassbar lecker wäre, müsste der ganze Dezember einfach per Gesetz verboten werden – Denn für diesen einen Monat, braucht man mindestens ein halbes Jahr, um die angesammelten Fettpölsterchen wieder loszuwerden.

Doch man wird mit den Jahren auch weiser und intensiviert die sportlichen Aktivitäten im Dezember so sehr, dass man den Kalorienbomben erst gar keine Möglichkeit gibt, sich an irgendwelchen Körperbereichen abzusetzen.

So wie auch heute. Es ist der erste Weihnachtsfeiertag und ich jogge durch den bereits verschneiten Wald, der an unser kleines Städtchen angrenzt.

In Thermo—Klamotten, Mütze, Schal und Handschuhen dick eingepackt, laufe ich mit zwei Paar Socken in Laufschuhen über den Waldweg, auf dem über bereits plattgetretenen Schnee, eine dünne Schicht Neuschnee liegt und unter meinen Schritten aufwirbelt.

Neben meinen Laufschritten ist nichts zu hören – Das liebe ich auch so an der Weihnachtszeit – Wenn die Natur, tief und fest schläft und alles um einen herum so still ist. Die Erde bleibt einen Moment lang wie stehen und entschleunigt sich und uns alle auf eine ganz besondere Art und Weise.

Doch dann wird diese Stille plötzlich von einem Geräusch unterbrochen. Nein, es ist kein Geräusch, es ist eine Stimme, ein Rufen:

„Hallo! Hallo! Ist da irgendjemand?"

Ich bleibe kurz stehen, um ausmachen zu können, von woher der Ruf gekommen ist, doch ich höre keine neuen Laute, weshalb ich erst einmal langsam weitergehe.

Nach vielleicht 100 Schritten höre ich dieselben Rufe und kann die Stimme jetzt ausmachen.

Ich rufe: „Hallo! Wo sind Sie denn? Brauchen Sie Hilfe?"

Die Stimme ruft zurück: „Ja, bitte! Ich bin hier!"

Als die Stimme „hier" gerufen hat, kann ich es auch endlich sehen. Keine 50 Meter von mir entfernt, sehe ich eine Person an einem flachen Abhang stehen. Hinter der Person steht ein Auto, das sich anscheinend mit den Vorderreifen festgefahren hat.

Ich gehe zu der Person hin und frage, als ich sie erreicht habe: „Hi, wie kann ich denn helfen?"

Die Person schaut mich nun direkt an und ich erkenne, dass es ein Mann ist. Er ist vielleicht etwas jünger als ich, 18 oder auch schon 20, das kann ich nicht wirklich sagen, aber obwohl er eine Mütze trägt, die einen Großteil seines Gesichts verbirgt, sehe ich, dass er sehr hübsch ist und verlegen drein guckt.

Ich frage erneut: „Kann ich dir helfen? Bist du verletzt?"

Der junge Mann schüttelt den Kopf. „Nein, ich bin nicht verletzt. Ich bin mit dem Wagen nur weggerutscht und komme nicht mehr aus dem Schnee raus."

Süß, denke ich mir, als ich seine Stimme zum ersten Mal höre. „Naja, ich bin zwar nicht unsportlich, aber rausziehen werde ich dich mit bloßen Kräften nicht können. Kannst du niemanden anrufen, der dir helfen kann?"

Der junge Mann schüttelt erneut den Kopf. „Nein, ich hasse Handys. Ich wollte auch eigentlich nur die Abkürzung durch den Wald nehmen, um zu meiner Schwester zu fahren."

Ich nicke. „Jetzt fängt es wieder an zu schneien … Wie weit hast du es denn noch bis zu deiner Schwester?"

Der junge Mann schaut ungläubig nach oben und sagt: „Es sind noch 15 Kilometer bis zu meiner Schwester, 10 Kilometer bis zu mir nach Hause ... So eine Scheiße... Hast du vielleicht ein Handy dabei?"

Ich lege meinen Kopf schräg und erkläre: „Nein, ich bin auch eher der analoge Typ. Aber wenn du willst, dann komm doch mit zu mir. Ich wohne keine drei Kilometer weit weg. Ich wollte zwar gerade zum Joggen los, aber wenn sich das jetzt so einschneit, wäre ich sowieso umgekehrt. Ich bin übrigens Alex."

Der junge Mann schaut kurz zu seinem Auto und sagt schließlich: „Wenn es dir nichts ausmacht, dann nehme ich dein Angebot gerne an. Ich bin Benjamin."

Ich nicke und reiche Benjamin meine behandschuhte Hand, der die Geste erwidert. Ich sage: „Dann komm mal mit."

Benjamin zögert und erwidert: „Moment, Alex."

Benjamin geht zu seinem Auto und holt noch eine kleine Reisetasche raus, dann schließt er den Wagen ab und folgt mir nach Hause.

Nach einer guten Dreiviertelstunde haben wir es dann auch endlich geschafft. Das Schneetreiben hat immer mehr zugenommen und wir mussten die letzten Meter durch den Schnee richtig viel Kraft aufbringen, um überhaupt noch voranzukommen.

Vor der Haustür, die gottseidank großzügig überdacht ist, bleiben wir stehen. Ich schließe die Haustür auf und sage erschöpft: „Puh, geh schon mal rein. Ich ziehe kurz meine oberste Schicht hier draußen aus."

Benjamin zieht seine Stiefel aus und klopft seine Jacke ab, bevor er hineingeht. Ich ziehe neben den Laufschuhen meine Jacke und die obere Hose aus, bevor ich hinter Benjamin ins Haus gehe und die Tür hinter mir schließe.

Ich sehe, dass Benjamin seine Jacke ordentlich an einen Kleiderhaken gehängt hat und hänge meine direkt daneben. Ein schönes Gefühl, mal wieder zu zweit nach Hause zu kommen, denke ich mir und werfe meine Hose über einen kleinen Ständer, den ich mir im Winter immer zur Garderobe stelle. Kai ist jetzt schon seit über drei Jahren weg und ich wohne seitdem allein in diesem Haus ... ob Benjamin schwul ist?, denke ich weiter und gehe ins Wohnzimmer.

Benjamin sitzt am Esstisch auf einem Stuhl und schaut mich unsicher an.

Ich sage: „Fühl dich einfach wie zuhause. Ich springe kurz unter die Dusche. Brauchst du frische Klamotten?"

Benjamin schüttelt den Kopf. „Nein danke, ich habe Wechselkleidung dabei. Ich wollte ja eigentlich bei meiner Schwester übernachten."

Ich nicke. „Gut, dann mach dir das schon mal gemütlich, ich komme gleich wieder. Wenn du Durst hast, dann bediene dich einfach in der Küche."

Zehn Minuten später komme ich ins Wohnzimmer zurück. Der weihnachtliche und würzige Duft meines Wintertees stieg mir bereits in die Nase, als ich aus dem Badezimmer gekommen bin.

Zwei Tassen stehen auf dem Couchtisch und die darauf stehende Kerze hat Benjamin auch angemacht. Doch etwas stimmte an dem gemütlichen Bild nicht. Benjamin steht am Fenster, als Schatten vor dem weißen Schneetreiben, das draußen herrscht.

Ich gehe zu ihm. Er trägt nun statt seiner Straßenkleidung, einen Trainingsanzug. Er hat kurzes und hellblondes Haar und ist ein Paar Zentimeter kleiner als ich.

Ich frage unsicher: „Ist alles in Ordnung?"

Benjamin schüttelt nur den Kopf und starrt unentwegt nach draußen. Als ich mich neben ihn stelle, sehe ich, dass sein Gesicht tränennass ist und lege meine Hand behutsam auf seine Schulter. „Kann ich etwas für dich tun? Willst du deine Schwester anrufen?"

Benjamin schüttelt erneut den Kopf und erwidert mit leicht heißerer Stimme: „Vielleicht später. Mir hätte dasselbe passieren können ... Dasselbe wie meinen Eltern ... Unseren Eltern ... Heute vor einem Jahr. Sie waren auch auf dem Weg zu meiner Schwester ... Wir wollten zusammen den ersten Weihnachtsfeiertag feiern … Aber sie sind von der Straße abgekommen … Auf der Landstraße … Deshalb fahre ich nur noch durch den Wald."

Ich muss schlucken und weiß im ersten Moment gar nicht, wie ich mich verhalten soll. Doch als sich neue Tränen in Benjamins Augen sammeln, nehme ich ihn einfach in den Arm.

Auch, wenn er sich seine Trauer bei mir ausweint, finde ich es schön. Ihn zu halten, und meine Nähe zu geben. Benjamin weint lange, sehr lange und doch bleiben wir einfach am Fenster stehen und ich gebe ihm die Zeit, die er braucht.

Ich streiche ihm über seinen bebenden Rücken und spüre, wie seine Tränen mein Shirt durchnässen. Ich rieche den Duft seiner Haare und wünschte mir, dass wir einfach für immer so dastehen könnten.

Nähe und Geborgenheit. Das ist es doch, was die Weihnachtszeit ausmacht, denke ich mir und bemerke, dass Benjamin aufgehört hat zu weinen.

Als wir uns aus unserer Umarmung lösen, schaut mir Benjamin tief in die Augen. Dann kommt er wieder einen Schritt auf mich zu und küsst mich auf den Mund. Ich erwidere seinen Kuss und so stehen wir noch einige Minuten am Fenster – Halten uns einander fest und küssen uns.

Schließlich sage ich: „Soll ich uns einen neuen Tee aufgießen?"

Benjamin lächelt. „Gern - dann rufe ich in der Zwischenzeit meine Schwester an und sage ihr, dass ich eingeschneit bin und leider nicht kommen kann."

JUNGE LIEBE

Himmelstürmer Verlag

Stefan Orben
DEIN OUTING
MUSS KEIN
TRAUM SEIN

Band 114

Marc C. Muelle
Alexandre und Aloys – Liebe nach dem Krieg

„Du bringst jetzt den Müll raus und machst dann den Rasen", befahl die Stimme der Frau, die sich selbst meine Mutter nannte.

Ich erwiderte beides in der letzten Woche gemacht zu haben und dass jetzt meine Schwester dran sei. Womit ich bei der Stimme, die sich für die Herrin der Familie hielt, keine Chancen besaß.

„Mädchen mähen keinen Rasen. Und wenn ich dir befehle, den Müll rauszubringen, machst du das auch!"

Nun, ich stand gerade nicht sehr hoch im Ansehen der Stimme, die sich für die Vorsitzende des Familiengerichtes hielt. Schließlich hatte ich ihr und dem Wesen, das sie als Gatte bezeichnete, erst vor wenigen Tagen offenbart, dass ich niemals mit einer Frau ins Bett gehen würde. Was ich wiederum mit Männern schon getan hatte.

Seitdem war die Stimmung zu Hause sehr verstimmt. Vielleicht hätte ich mit dieser Wahrheit warten sollen, bis ich eine eigene Wohnung besaß. Die Emotionen zwischen den Wesen, die sich als Familie ausgaben war jedenfalls welk und düster.

Als ich noch immer keine Anstalten machte, der Stimme zu folgen, bediente sie sich eines schärferen Tons:

„Wenn du nicht sofort machst, was ich sage, rufe ich deine Großmutter an und erzähle, was für einer du bist!"

Gut, für einen kurzen Moment zog ich in Erwägung, mich der vorherrschenden Stimmung zu beugen. Dann aber nahm ich meinen Mut, den Autoschlüssel und verließ das Haus dynamisch; also, ich knallte die Tür richtig zu.

Etwas später saß ich bei meinen Großeltern in der Küche und wusste nicht, wie ich sie möglichst vorsichtig einweihen sollte. Natürlich hatte ich mich zuerst erkundigt, ob die Stimme, die mich nach Heterohausen zurückzwingen wollte, schon angerufen habe. Hatte sie nicht und somit war es mir selbst überlassen, mich zu outen.

Im Nachhinein war es eigentlich zu erwarten, dass die beiden Menschen, die mich zehn Jahre großgezogen hatten, sich schon so ihre Gedanken über ihren Enkel gemacht hatten. So souverän war ich an dem Sommernachmittag 1983 aber nicht. Ich fand nicht den richtigen Faden.

„Warum ist deine Mutter in der letzten Zeit eigentlich so gereizt, besonders wenn es um dich geht?", fragte mein Großvater und ich fiel fast vom Stuhl. Opa war alles, nur nicht gesprächig; eher das geduldig souveräne Familienoberhaupt, das durch geduldiges Zuhören regierte.

„Ach, Alwis", seufzte Oma von der anderen Tischseite. „Jetzt mach es ihm doch nicht so schwer." Dann zog sie ein Stofftaschentuch aus ihrer Kittelschürze und schnäuzte sich leise. „Irgendwann musste dieser Tag ja mal kommen."

Wie bitte? Sollte das heißen, dass die beiden es längst wussten? Ich war komplett aus der Spur.

Großmutter nahm meine Hand und lächelte leicht traurig:

„Wenn ein Junge alle ABBA-Titel auf dem Klavier spielen kann, aber die nette Marita, die doch auch so gerne ABBA hört, nicht einmal ansieht, macht man sich so seine Gedanken."

In mir entwickelte sich ein sonderbarer Gefühlscocktail. Einerseits war ich schockiert, dass die Großeltern längst im Bilde waren, zudem fürchtete ich, von ihnen mit ähnlicher Herzenswärme verdammt zu werden, wie von meinen Eltern. Auf der anderen Seite genoss ich die so bodenständigen Betrachtungen meiner Großmutter. Nein, keiner von beiden war auch nur ansatzweise feindselig.

„Du hattest nie was mit Fußball und dich nie mit den anderen Jungs gerauft. Du hast schon mit sieben Bilder gemalt und lieber Musik gemacht. Na ja, und wenn dein Onkel Frederik zu Besuch ist, passt zwischen euch kein Blatt Papier", machte sie weiter, erhob sich dabei und holte zwei Flaschen Bier und einen Sekt aus dem Kühlschrank. Die Hopfengetränke waren für Opa und mich, der Schaumwein für sie.

Wie bitte, sollte das etwa heißen, Onkel Freddy war auch schwul? Nun, das sollte man bei einem Mann, der Hotels in San Francisco besaß und betrieb zumindest nicht ausschließen. Mir sollte zugutegehalten werden, dass ich noch ganz am Anfang meiner steilen Karriere in Homohausen war.

Wir stießen mit den Flaschen und dem Glas an; mein herzliches Willkommen - auch als Sodomit.

Ich wunderte mich:

„Wie könnt ihr so cool damit umgehen, aber eure eigene Tochter nicht?"

Achselzuckend überließ mein Großvater die Erklärung seiner Frau, keine Überraschung.

„Vielleicht hat sie die gräfliche Erziehung nicht vertragen. Die letzten drei Kriegsjahre konnte Irmgard nicht zu Schule gehen, weil die zerbombt war."

Ich nickte, kannte die Geschichte. Alle Kinder auf dem Schloss bekamen Unterreicht vom Privatlehrer des Grafen und dabei ging es vor allem um Etikette.

„Jedenfalls lebt sie nach der Devise: Was sagen die Leute", seufzte Großmutter. „Schämt sich für ihren eigenen Bruder. Und noch mehr für den Sohn."

Sonderbar, sollten die Kinder nicht nach den Eltern kommen? Andererseits tat ich das ganz und gar nicht.

Oma entschied, dass ich zum Abendessen bleiben solle und dann in meinem Dachzimmer übernachten würde. Sie erhielt keinen Widerspruch. Und dann scheuchte sie ihren Gatten und mich aus der Küche, um zu kochen. Ein wunderbares Versprechen, war sie doch früher Köchin auf Schloss Westerwinkel gewesen und ließ uns auf ein dreigängiges Abenteuer hoffen.

„Eine rauchen", schlug Großvater minimalsilbig vor. Wunderbare Idee, eine Zigarette wäre genau das, was ich gerade brauchte.

Wir gingen durch das kleine Wohnzimmer auf die Veranda, nahmen dort Opas Zigarren und einen Aschenbecher mit und schritten weiter zur alten Laube zwischen den Obstbäumen im Garten. Meine schon 20 Jahre alte Schaukel hing noch immer am großen Birnbaum, etwas aus der Balance gewachsen, aber sehr stabil.

Vor der Laube stand eine verschnörkelte Bank aus Gusseisen und ein dazu passender Tisch; auch schon seit Ewigkeiten.

Großvater nahm Platz, zündete seine Zigarre mit einer derartigen Ruhe an, dass ich mit meiner Benson & Hedges schon fast fertig war. Dann sog er etwas Luft an und blies eine Wolke aus, die mich immer wieder an die Geschichte von Jim Knopf und Lukas den Lokomotivführer erinnerte; ein Buch, das ich von Frederik bekommen hatte, als ich neun war.

„Du hast Glück", brummte Opa und nahm einen Schluck Bier. Dann stand er auf und suchte etwas im Schuppen.

Irgendwie wurde ich stutzig, denn bei den wenigen Worten, die er machte, musste man sehr genau hinhören. Und es hatte so geklungen, als wolle er sagen, dass ich im Gegensatz zu ihm in den besseren Zeiten lebte. Nun, das konnte ich nicht abstreiten, schließlich hatte er zwei Weltkriege er- und überlebt; ich nur die üblichen Gräueltaten pubertärer Mitschüler und emotionsloser Eltern.

Er schien zu finden, was er suchte, brachte zwei Schnapsgläser und eine Flasche kalten Selbstgebrannten zum Tisch.

„Bei den Homanns gibt es in jeder Generation wenigstens einen", sprach er, goss den Schnaps ein und hielt mir ein Glas hin. „Sonderbar, wo weder Frederik noch du euch jemals fortpflanzen werdet."

Ich starrte auf das mir hingehaltene Glas, dann in Opas Augen, auf seinen leicht ironisch lächelnden Mund, wieder auf das Glas. Was, bitte sollte das heißen? Nein! Das war nicht möglich!

Er hielt mir fordernd das Glas hin, was ich dann auch ergriff.

„Wie bitte …", weiter kam ich nicht.

Er nickte. Ich kippte den Hochprozentigen.

„Auch ich habe einen Mann geliebt."

Ich verschluckte mich.

1947 – Gefangenenlager in der Kommandantur Minsk
Die Wärter mochten ein Übel sein, aber noch viel schlimmer waren die Verräter im eigenen Lager. Da machten die Deutschen keine Ausnahme; im Gegenteil.

In der Baracke von Aloys Homann war es vor allem Egbert Zingel, vor dem man sich in Acht nehmen musste. Und vor den Wanzen. Kakerlaken gab es weniger, denen war es einfach zu kalt. Außerdem findet man Küchenschaben da, wo es was zu essen gibt. Und das geschah in der Baracke sehr spärlich; außer anscheinend für Egbert Zingel, der seinen Wächtern und dem Lagerleiter wohl die eine oder andere Information steckte – für Nahrung in Gegenzug. Nur so war zu erklären, dass er deutlich genährter aussah, als alle anderen.

Da jeder die gleiche Ration an altem Brot und abgestandenem Wasser erhielt, waren die großen und stattlichen Gefangenen schlechter dran als die kleinen, gedrungenen. Egbert Zingel redete sich damit heraus, ein besonders guter Essenverwerter zu sein; war er doch gerade mal 1,68 hoch und auch sonst nicht sehr repräsentativ. Schon sein Äußeres spiegelt eine gewisse Hinterhältigkeit und Verschlagenheit wider. Das zumindest empfand Aloys Homann. Er selbst gehörte mit 1,78 zum Barackendurchschnitt; womit seine gesamte Person eigentlich auch schon beschrieben war.

Aloys war das vierte Kind einer zehnköpfigen Familie, verfügte über keine hervorstehenden körperlichen Merkmale oder herausragenden Talente und war damit sehr zufrieden. Die Bühne menschlicher Eitelkeiten überließ er gerne anderen.

Wobei das gesamte Gefangenenlager ein apokalyptisches Drama aufführte, mit den Deutschen als Besetzung am letzten Ende der Nahrungskette. Zwischen den Wächtern, Wärtern und ihnen rangierten noch die Polen und Tschechen; sehr wohl auch Gefangene, aber eben deutlich näher am Russischen. Außerdem gab es Gerüchte, dass Polen und die Tschechei sich wohl dem entstehenden Ostbündnis kommunistischer Prägung anschließen wollten. Dann würden diese Gefangenen abrücken, was die Hierarchie zwischen Deutschen und Russen deutlich reduzierte, die Gesamtsituation aber sicher nicht verbesserte.

Eines Morgens, auf dem gewohnten Weg zu einer der vielen Baustellen, auf denen die Gefangenen schuften mussten, wurde Aloys aus der Kolonne geholt. Schlosser sei er, wurde ihm auf Russisch unterstellt. Nach drei Jahren im Lager hatte er genügend Sprachkenntnisse, es zu verstehen; und zu ahnen, dass wohl Egbert Zingels Griffel mit im Spiel waren.

Die Bolschewiken hatten Aloys nämlich mehrfach auf Karteikarten erfasst, mit dem Beruf „Hauer im Bergbau". Ein Ausweis der Zeche Radbod - eines seiner letzten Besitztümer - war Beweis genug. Nur wenige wussten, dass Aloys eigentlich Schlosser auf der Zeche gewesen war; Egbert Zingel gehörte zu dieser Minderheit.

Man brachte Alwis, wie er von den meisten gerufen wurde, mit einem Fuhrwerk in den Innenhof der Ortspräfektur. Das war schon mal ein Ereignis: er wurde gefahren. Ja, er musste den Karren nicht selbst ziehen, bekam von keinem Wärter Stöße oder Hiebe und durfte sich neugierig umsehen. Den Kopf hielt er trotzdem leicht gesenkt, immer unerwartete Schläge befürchtend. Die Fahrt dauerte gut eine dreiviertel Stunde; also bestimmt mehr als fünf Kilometer.

Das Klappern der Hufe hallte von den Wänden des Präfektur-Gebäudes wider, als das Fuhrwerk ihn allein zurückließ. Alwis wagte nicht, sich wirklich umzusehen. Ganz sicher war er nicht unbeobachtet. Vielleicht war das ein mieser Plan von Egbert Zingel, um sich bei den Machthabenden einzuschleimen; mit welchem Argument auch immer. Aber Alwis würde auf keinen Fall versuchen zu fliehen. Womit denn auch, diesen halb zerfallenen Stiefeln, die schon weit mehr gelaufen waren, als ihnen und ihm guttat? Und wohin? 1.500 Kilometer nach Westen? Mit einer Überlebens-Chance unter null?

Als nach fünf Minuten noch immer nichts geschah, wagte Alwis einen Rundblick, der ihm einen näheren Hinweis für seine Anwesenheit bot: Fahrzeuge aller Art standen ziemlich unsortiert umher. Allen gemein, dass sie nicht wirklich einsatzfähig waren. So hatte

Egbert Zingel sich also angebiedert; mit der Information, einen Schlosser in den eigenen Reihen zu haben. Nun, Alwis hatte nicht vor, dem Leidensgenossen zu danken. Wo Zingel seine Finger drin hatte, gedieh Böses.

Ein rauer Ruf kam aus einer im Schatten liegenden Tür und eine winkende Hand war zu sehen. Die eindeutige Aufforderung, er möge gefälligst herkommen, der man als Kriegsgefangener besser folgte.

Der Mann in der Tür war ebenso groß wie Alwis, wischte sich mit einem zerfransten Tuch die Hände und nickte ihm dann emotionslos zu.

„Bist du der Schlosser?", kam die Frage auf Russisch. Und doch klang es nicht nach Muttersprache.

Während er dem Mann unsicher die Hand zum Gruße hinhielt, musterte Alwis ihn. Unter dem fleckigen Arbeitskittel war Sträflingskleidung zu sehen. Also auch ein Gefangener. Aber in deutlich besserer Verfassung als die Deutschen. Es musste ein Tscheche oder Pole sein, von denen hieß es, sie würden deutlich besser behandelt. Schlechter war auch nicht möglich.

Der Mann schlug seine Hand aus:

„Keine Freundschaft!", blaffte er. „Reparieren!" Damit zeigte er auf den ramponierten Fuhrpark.

Alwis zuckte mit den Schultern: Alles klar.

„Womit anfangen?"

„Ich Alexandre, du bist?", kam die Gegenfrage.

Man tauschte die Vornamen aus, ohne Gefahr zu laufen, sich kennenzulernen.

So begann Alwis' Einsatz als Fahrzeugreparateur. Zuerst waren es reine Schlosserarbeiten, wie die Fahrwerke, Federn, Ladeflächen und Kotflügel in Form zu bringen; Schweißen, Dengeln, Hämmern, Schrauben. Die Drehbank war handbetrieben, die Werkzeuge stumpf.

In den folgenden Wochen stellte sein Boss fest, dass Alwis auch

Ahnung von Kraftstoff und Elektrik besaß.

Gesprochen wurde Polnisch, das er deutlich besser beherrschte als Russisch und zugleich die Muttersprach des anderen war. Damals konnte fast jeder Mann, der auf einer Zeche arbeitete Polnisch. Seit 1870 wurden polnische Familien ermutigt, ins Ruhrgebiet zu ziehen. Man brauchte billige und willige Arbeitskräfte in den neu entstehenden Gruben und Flözen. Die Kirche hatte damals noch ein gewaltiges Wörtchen mitzureden: Wenn schon Fremde, dann katholische. Deshalb gibt es in Deutschland sehr viele Italiener und Familiennamen, die auf „ski" enden.

Zugegeben, der Pole Alexandre war nicht wirklich Alwis' Boss, genoss es aber sichtlich, so angeredet zu werden. Und wenn es dem Chef gut geht, geht es dem Angestellten besser. Allerdings waren beide darauf bedacht, keine Form von Sympathie entstehen zu lassen. Keinesfalls in den Verdacht einer Verbrüderung kommen.

Die Werkstatt in der Präfektur hatte – wie so ungefähr alles nach dem zweiten Weltkrieg – schon bessere Zeiten gesehen. Sie bestand aus zwei Gruben, über denen man Fahrzeuge abstellen konnte, einer Werkzeugbank, einem Lager- und Aufenthalts-Kabuff und zwei Dieseltanks mit Handpumpen. Die meiste Zeit wurden beide ihrer Arbeit überlassen. Die Gefahr einer Flucht war gar nicht erst gegeben; sämtliche Ein- und Ausgänge wurden vom Militär überwacht. Und der für die Autoreparatur zuständige Präfektur-Beamte saß an einem Fenster im zweiten Stock und hatte alles im Blick.

Aufträge kamen zumeist in Form von Formularen, die ziemlich sicher das Produkt des Beamten waren. Alexandre las sie dann vor, denn Alwis stand mit dem russischen Alphabet auf Kriegsfuß.

Und vielleicht war es gerade diese distanzierte Situation, die ihm guttat. Niemand wollte sein Freund sein, er bekam klare Aufgaben und die Möglichkeit, ziemlich selbständig zu arbeiten. Und besseres Essen.

Abends wurde er zunächst mit dem Fuhrwerk abgeholt; nicht allein, denn es gab noch andere Spezialisten im deutschen

Gefangenenlager, die man für wichtigere Aufgaben als den Wiederaufbau von Häusern einsetzte. Nachdem Alwis einen langen Pritschenwagen mit Holzvergaser wieder hergerichtet hatte, fuhren sie schließlich damit ins Lager. Und am nächsten Morgen wieder in den Einsatz.

Natürlich war es Egbert Zingel, der bei den Mitgefangenen böse Stimmung machte. Alwis habe eine bessere Behandlung als die anderen. Dass ausgerechnet Egbert nicht richtig ausgehungert war, wagte niemand dagegenzuhalten.

Es beschreibt das einzige wirkliche Thema zwischen den Männern: Essen. Während der Kriegseinsätze hatte das noch ganz anders geklungen. Wie im Rudel der Machos üblich, war es nur um Frauen gegangen und was man alles machen wolle, wenn man heimkam. Jetzt wusste man nicht mal mehr, ob die Familie noch lebte. Oder ob man selbst noch einmal mit heiler Haut die Heimat wieder sah. Viel näher lag die größte Not: Hunger. Sie waren jetzt schon drei Jahre in Gefangenschaft und noch immer starben täglich Männer an Unterernährung oder Krankheiten oder beidem. Nur Egbert Zingel sicher nicht. Und, musste Alwis zugeben, er selbst momentan auch nicht.

Eines Tages änderte ein Mercedes L300 die Lage etwas. Von Ochsen gezogen, wurde der graue LKW in die Präfektur gezogen; angesichts des eigenen Fuhrparks ein Juwel, das Alexandre und Aloys wieder in Bewegung bringen sollten.

Die beiden Männer konnten nicht vermeiden, gemeinsam an dem Wagen zu arbeiten; zumeist schweigend. Wenn sie schwere Teile bewegten oder komplizierte Mechaniken einstellten, war es unvermeidbar, dass man sich berührte. Dabei fühlte Alwis sich sonderbar unwohl und versuchte, es möglichst zu vermeiden.

Als sie den Motor nach einigen Wartungsarbeiten, bei denen Original-Teile von Mercedes garantiert nicht verfügbar waren, wieder einsetzten, musste der Keilriemen neu gespannt werden. Das geht nur, wenn man zu zweit kräftig zieht und zulangt. Es war im

Hochsommer und beide Männer arbeiteten mit freiem Oberkörper.

Als sie mit vier Händen am Riemen zerrten, glaubte Alwis festzustellen, dass auch Alexandre jeden Körperkontakt scheute. Was zu den albernsten Haltungen der beiden führte; nur um zu vermeiden, dass die Schultern sich berührten. Mit der Folge, dass der Riemen von der Scheibe schnappte und beide zu Boden gingen. Jetzt lagen sie übereinander, Haut auf Haut.

Beide sprangen auf, klopften sich den Dreck ab und rieben den Schweiß mit schmierigen Tüchern eher noch weiter rein als runter. Sonderbar, dachte Alwis, wer mit Kameraden Tage und Nächte im Graben verbrachte, sollte keine Aversionen gegen männlichen Körperkontakt haben.

Es war ein Sekundenbruchteil, in dem sich die Blicke beider Männer trafen, jeder damit beschäftigt, Berührungen sonderlich zu empfinden. Sie schauten sofort wieder weg, um im nächsten Moment noch mal hinzusehen. Und dann mussten sie lachen, so richtig lachen. Sie hatten sich gegenseitig erwischt!

Der nächste Versuch führte zum gewünschten Ergebnis: der Keilriemen saß. Und Alwis fühlte sich nicht mehr unangenehm in Alexandres Nähe.

Zwei Tage später, als sie es schafften, den Mercedes-Motor wieder zum Leben zu erwecken, ließen sie die Vorsicht fahren und fielen sich begeistert in die Arme.

Mehr aber auch nicht. Bis zur kommenden Nacht.

Bis zu seiner Militärzeit träumte Alwis nicht viel; was man als Soldat und Kriegsgefangener dann aber schnell lernte. Jeder Kamerad hatte mehr Katastrophen, Leid und Tod erlebt, als eine kleine Menschenseele verarbeiten konnte. Wer in der Nacht erwachte, hörte mit großer Wahrscheinlichkeit Schreie, Stöhnen, Jammern und Weinen von Männern in ihren Albträumen. Alwis erwischte sich manchmal selbst dabei.

Nur dass der Traum in dieser Nacht viel verstörender wurde:

Alwis stand im heimischen Schlafzimmer und erging sich in der Morgentoilette; was in den 40ern des letzten Jahrhunderts ein Stück Seife, eine Emaille-Schüssel, eine Kanne mit etwas Wasser, ein Rasiermesser, einen Kamm und ein kleines raues Handtuch bedeuteten. Selbst im Schlaf genoss er den Geruch von Seife und Sauberkeit; beides im Lager mehr als selten. Er wollte mit dem nassen Kamm sein dunkelblondes Haar in Form bringen, als er im Spiegel in seine Augen sah. Irgendwas an seinem Blick war anders, neugieriger, lebendiger, gespannter.

Elli, seine Frau, war bereits aus der Wohnung, heizte die Küche im Schloss an, der Graf wollte um sieben dampfenden Tee und ein warmes Frühstücksei genießen.

Alwis konnte dem eigenen Blick nicht ausweichen. Er fand sich selbst plötzlich attraktiv; ein Novum. Ja, er würde sich selbst küssen, wenn er konnte.

Plötzlich erkannte er einen Unterschied, dann noch mehr: Der Mann im Spiegel war nicht mehr Aloys Homann, sondern der Mechaniker Alexandre. Und er sah höchst begehrenswert aus! Im nächsten Moment wurde aus dem Gesicht im Spiegel ein ganzer Kopf vor dem Glas, der Rest vom Mann kam aus der Wand und stand dann, ganz ohne Kleidung, vor Alwis.

Alexandre roch gut; nicht nach Seife, sondern wie er halt roch. Er atmete tief und ruhig. Trotzdem stand Aufregung in seinen Augen. Vorsichtig hob er eine Hand, berührte Alwis' Lippen sanft. Der war wie gelähmt, nicht vor Angst, sondern Erregung. Alexandre nahm ihn gefühlvoll in den Arm, küsste ihn.

Alwis öffnete seine Lippen, ließ die Zunge des Mannes ein, sog ihn förmlich an sich. So etwas hatte er noch nie empfunden. Langsam zog er Alexandre an sich, machte einen Schritt zurück, zum Bett.

Aloys schlug die Augen auf. Es war Nacht und nichts roch gut. Er lag auf seiner Pritsche im Gefangenenlager, hörte das Röcheln und Husten einiger Mitgefangener und war doch noch völlig gefangen von seinem Traum. Noch immer hatte er Alexandres Körpergeruch in der Nase, hörte den Atem des Mannes, spürte seinen Kuss.

Die stickige Luft einer schlecht gelüfteten Lagerbaracke dämpfte seine Erinnerungen, bis zwei Erkenntnisse zurückblieben: Er fühlte sich von Alexandre angezogen und Alexandre war ein Mann.

Alwis hörte die schlimmen Stimmen der Moralwächter – und von denen gab es nicht nur in der deutschen Gesellschaft mehr als genug. Und Ankläger. Egbert Zingel hatte mit seiner Verleumdungsstrategie dafür gesorgt, dass zumindest zehn Mithäftlinge wegen Vorwürfen der Homosexualität verurteilt wurden. Qualvoll verhungert in kalten Erdlöchern.

Alwis blickte an sich hinab. Und wollte sein noch immer geschwollenes Glied hinrichten.

Das vordergründige Entsetzen über seinen Männertraum wurde in den nächsten zwei Stunden nicht leiser. Aber überhörbarer; immer dieselben Vorwürfe. Stattdessen schimmerte ein noch nie erfahrenes Glück wie ein Edelstein durch die Decke der Selbstvorwürfe: die leise Erfüllung sehnsüchtigen Sehnens.

Alwis beschloss, das mit einer eiskalten Dusche zu beenden.

Nun, diese Dusche war im Sommer nicht eiskalt. Dabei gab es einige Egbert Zingels, die unrechtes Verhalten kommentierten; nein, herbei logen. Wer im Tageslicht duschte – na ja, sich von dünnen Rinnsalen langsam reinigen ließ, erhielt Kommentare. Und Kommentare waren gefährlich. Zu langer Schwanz: jüdische Vorfahren; dichte Körperbehaarung: jüdische Vorfahren; alles rasiert: amerikanische Spione. Duschen am Morgen oder Abend kam einem Offenbarungseid gleich. In der Nacht taten es fast ausschließlich Kranke, weil sie sich nicht mit den Gesunden zugleich reinigen durften.

Es war niemand da; nur das leise Rinseln kleiner Wassertropfen aus Duschköpfen, die deutlich mehr Wasser verteilen könnten. Wenn es verfügbar war.

Und dann vollführte er einen sonderbaren Tanz: den ganzen

Körper reinigen, den Schwanz abschmirgeln (es gab Sand, keine Seife), nur nicht den Kopf waschen. Denn da drin war noch immer Alexandre. Und Alwis war nicht bereit, die Erinnerung an seinen Geruch abzuwaschen. Ganz bestimmt nicht die an den Kuss!

Mit wenigen Handbewegungen wurde der verspannte Unterleib gelockert. Sperma spritzte auf den Boden und wurde eiligst fortgespült.

Der Genuss währte nicht lange. Beim Abtrocknen setzte sich die kirchliche Konditionierung durch: Was hast du getan? Alwis antwortete, es handle sich ja nur um einen Traum. Wie kannst du nur sowas träumen? Nun, kein Mensch hatte Einfluss auf seine Träume. Wie kannst du jetzt noch begeistert sein? Tja, darauf hatte er leider keine Entgegnung für den inneren Priester.

Also bekam er jetzt eine gehörige Portion Schuldgefühle, die ihn den Tag über verfolgten.

Bei der Arbeit mit Alexandre in der Werkstatt achtete er besonders darauf, sich möglichst unauffällig zu benehmen. Trotzdem konnte er nicht verhindern, besonders auf den Geruch zu achten.

Natürlich schwitzten beide Männer bei körperlicher Arbeit. Nur, dass Alwis den Geruch des anderen nicht mehr als störend empfand, sondern am liebsten den ganzen Tag nur Alexandre geatmet hätte.

So ein Mist, er war verliebt. In einen Traum. Dass daraus Realität würde, erwartete er nicht eine Sekunde. Schließlich war er Vater zweier Töchter. Ach ja, verheiratet war er ja auch!

Wochen später musste er sich eingestehen, dass die Träume wohl nur Ausdruck seiner emotionalen Situation waren. Denn es blieb nicht bei dem einen. Und im Gegensatz zu einer Liebelei ebbten Alwis' Gefühle für Alexandre nicht ab. Das war nochmal eine andere Folter als der ewige Hunger und die Krankheiten im Lager.

Inzwischen war es Anfang Oktober, das Wetter nicht mehr heiß und die Arbeit mit Alexandre unerträglich. Wo er am liebsten die

Nähe des Mannes genoss, hielt Alwis Abstand. Wenn er mit ihm arbeitete, vermied er Berührungen, wo sie zwangsläufig waren.

Am Nachmittag stand Alwis im Alkoven an der Tonne mit Regenwasser und wusch sich den Schweiß vom Oberkörper, als Alexandre in die Bude kam und die Tür hinter sich schloss. Er lehnte mit dem Rücken dagegen, verschränkte die Arme und tat, was keiner von beiden sonst je machte: er sprach persönlich.

„Was habe ich dir getan?"

Alwis starrte und erstarrte.

„Du gehst mir seit Wochen aus dem Weg", machte Alexandre weiter und es war schon fast geschwätzig. „Hat dieser Zingel was über mich im Lager erzählt?"

Alwis schüttelte sprachlos den Kopf. Was sollte Egbert erzählen? Der kannte Alexandre doch gar nicht. Oder war der Pole eventuell Thema bei Spitzelbesprechungen mit den Russen gewesen? Vielleicht weil die beiden in der Werkstatt zusammenarbeiteten; für andere Gefangene schon ein Privileg.

Alexandre machte zwei Schritte auf ihn zu, legte seine Hände auf Alwis' nackte Schultern, dass es ihn wie Strom durchzuckte. Erschrocken ließ der Pole ihn los.

„Hast du so eine Angst vor mir?"

Alwis schüttelte den Kopf. Den Mund würde er kaum aufmachen können. Und wenn, dann um den Mann vor ihm zu küssen. Wie gerne würde er das jetzt tun! Wenn er auch nur halb so gut schmeckte, wie im Traum …

„Du hast keine Angst vor mir?", schlug der Pole vor und sah plötzlich sehr hoffnungsvoll aus.

Alwis nickte.

Beide starrten einander in die Augen, sich mit einer schier unmöglichen Möglichkeit beschäftigend.

Keine Chance, sich zu bewegen, ohne die Gefahr, viel Porzellan zu zerschlagen. Alwis war sich bewusst, mit der Wahrheit allen von Kirche, Gesellschaft und Politik verordneten Wahrheiten ins

Gesicht zu schlagen. Der Pole vor ihm war keine Gefahr mehr, sondern ein sehnender Wunsch, von dessen Intensität er schier erschlagen wurde:

„Ich habe von dir geträumt", gab der Schlosser zu. Und spürte im Nacken alle verinnerlichten Moralinstanzen toben. Sollten sie doch.

Alexandre legte die Hände wieder auf seine Schultern. Wenn sie da doch nur blieben! Blieben sie aber nicht. Sie wanderten weiter zu seinem Kopf, hielten ihn zärtlich fest und zogen Alwis' Mund heran.

Es war wie in den Träumen und doch noch viel wundervoller. Alwis öffnete einfach seine Lippen, ließ Alexandres Zunge herein und spielte mit ihr. Und doch war es so anders: So viel von seinem Partner floss gerade über seine Zunge in sein Inneres. So viel Verdrängtes! Wäre es so intensiv, wenn es nicht verdrängt war? Aloys, hör auf zu denken.

Alexandres Hand war in seinem Nacken; nicht um ihn an einer Flucht zu hindern, sondern weil sie dahin gehörte. Beide rochen nach Schweiß; ein wunderbarer Austausch von Körperharmonie.

Eine Stimme aus dem Hof rief sie.

Beide perlten voneinander ab, wie Wassertropfen auf der heißen Herdplatte.

Die Inspektorin kam, sich nach dem Gesundheitszustand erkundigen.

Dass beide schwitzten, war nicht auffällig. Auch nicht ihre feindliche Haltung einander gegenüber. Das beruhigte Elena Slutskaja. Sie hatte genügend Erfahrung mit deutschen Gefangenen. Um sicher zu gehen, befahl sie, dass nur einer von beiden sich in dem kleinen Kabuff aufhalten dürfe. Und verschwand wieder.

Die gerade noch so ineinander begeisterten Männer standen sich gegenüber, mit dem Rücken an die jeweils andere Wand gekrallt. Sehnsüchtige Blicke nagelten sich fest. Aber was tun?

Alexandre machte den Anfang, ging vorsichtig auf Alwis zu, langte dann aber an ihm vorbei, nahm dessen verschwitztes Unterhemd vom Hocker und hielt es unter seine Nase. Der Pole holte tief

Luft und strahlte.

Dann zog er sein Hemd aus, wischte sich noch einmal über Hals, Nacken, die Achseln und reichte es dann Alwis. Der griff zu wie ein Ertrinkender beim Anblick des Rettungsrings. Nein, sie würden in diesem Alkoven keine Gefühle mehr austauschen. Aber seit heute war beiden klar, was sie füreinander empfanden.

Ohne weitere Worte wurden sie auch an diesem Abend zu ihren Lagern gebracht. Nur dass jeder das Unterhemd des anderen trug.

Die folgende Nacht konnte Alwis nicht abwarten: Er trug, was Alexandre den ganzen Tag am Leib hatte, direkt auf der Haut; er roch wie Alexandre! Auf seiner Pritsche hielt er es nicht aus, da würde ihn jeder belauschen. Unter die Duschen war auch keine Lösung, da würde Alexandres Geruch abgewaschen. Also auf zu den Latrinen.

Im Lager gab es die üblichen Donnerbalken – Holzstämme auf Pfählen, über Kalkgruben gehalten. Nur dass den Russen der Kalk ausging, weil sie ihn für Raketentreibstoff brauchten. Es roch wie in einem schlecht gemisteten Stall. Sehr schlecht gemistet.

Aber auf dem Donnerbalken bist du allein. Na gut, nicht wirklich, denn von 2.000 Gefangenen erleichterten sich mindestens vier zugleich mit dir. In der Nacht waren es etwas weniger. Was zugleich ein Vorteil war. Denn zwischen dem Furzen, Stöhnen und Drücken ordnete sich das Geräusch einer schnell bewegten Vorhaut akustisch unter. Auch wenn der Vorgang mehrmals zum Ergebnis führte. Ja, Alwis genoss ganze fünf Mal den Geruch des Hemdes seines neuen Geliebten; auch wenn es niemals sein Geliebter sein würde. Wer geil ist, denkt nicht wirklich.

Am nächsten Tag setzte sich das surreale Gefangenen-Ritual fort: beide tauschten ihre Unterhemden, in denen sie die Nacht verbracht hatten. Und nutzten jede sich ergebende Gelegenheit gegenseitiger Berührungen. Und tauschten die Unterhemden am nächsten Tag wieder. Alwis wusste genau, was Alexandre damit machte.

So sehr sie die vordergründige Geilheit damit befriedigen mochten, ihr Sehnen nach dem Geliebten erfüllte das nicht. Im Gegenteil, die Berührungen bei der Arbeit verstärkten nur noch den innigen Wunsch nach Nähe.

Ende November, es kündigte sich der erste Schnee an, machte Alexandre etwas ganz verrücktes. Er brach ins Dachgeschoss der Präfektur ein.

Aber ganz von vorn:

Es befanden sich mehr Fahrzeuge in der Wartung, als die beiden Mechaniker leisten konnten. Inzwischen war es üblich, dass sie bis spät am Abend arbeiteten und Alexandre dann mit einem Wagen zu seinem Lager fuhr und Alwis auf dem Weg an seinem absetzte. Das war kein Beweis von Vertrauen, sondern die Folge vieler erfolgloser Fluchtversuche anderer Gefangener. Die an den aufgelesenen Flüchtlingen statuierten Exempel waren mehr als deutlich.

Alexandre, der fast täglich ausgefüllte Auftragsformulare in die zweite Etage brachte, hatte sich auf seinem Weg mehrfach „verirrt". Dabei fand er heraus, dass über dem dritten Geschoss noch eine Dachwohnung lag; ungenutzt. Am Ende des Korridors war eine Besenkammer und von da aus gab es eine schmale Treppe – schon eher eine Leiter - ins Dachgeschoss.

Das knapp zwei Meter hohe Appartement besaß einen Aufenthaltsraum und ein Schlafzimmer. Die kleinen Ausstellfenster blickten zum Himmel. Und überall lag Staub. Da die Kemenate nicht verschlossen war, konnte man nicht wirklich von „einbrechen" sprechen.

Es war schon dunkel, als Alexandre ihn durch den Hintereingang in die Präfektur führte. Das funzelige Licht einer alten Taschenlampe warf mehr Schatten als Licht; was gut so war. Schließlich sollte niemand von außen sehen, dass sich jemand im Gebäude aufhielt.

Als der Pole schließlich im Dachgeschoss das Licht anschaltete, war Alwis zunächst verängstigt. Dann verstand er, dass die kleinen Dachfenster flach mit den Schindeln verbaut waren. Von unten waren sie sie nicht zu sehen.

Da standen sie nun und schauten sich unsicher an. Alexandres Atem ging hörbar schneller; bestimmt nicht vom Treppensteigen.

Alwis nahm seine Hände und zog ihn zu sich heran. Endlich konnten sie sich ungefährdet küssen. Und wie sie das taten! Während ihre Münder und Zungen untrennbar wurden, lotste Alexandre ihn zum Schlafzimmer und zerrte seine Kleider förmlich vom Leib.

Das Bett war schmal und hatte eine alte Matratze ohne Laken. Egal. Alwis, der sonst so ruhige, sanftmütige, warf Alexandre auf die Liege und begann ihn am ganzen Körper zu küssen. Mit Begeisterung stellte er fest, dass auch der Pole im Schritt rasiert war. Sicherlich kein Zeichen sexueller Aktivität, sondern den Flöhen und Läusen geschuldet, die sich mit Vorliebe in Körperbehaarung einnisteten.

Wenige Küsse später näherte sein Mund sich dem stark pulsenden, hoch aufgerichteten Glied. Und schloss die Lippen darüber. Alwis wollte alles, den Geruch, das Zucken im Mund, das Zucken in seinem eigenen Lendenbereich. Und obwohl er noch nie wirklich darüber nachgedacht hatte: Er wollte alles, was Alexandre ihm geben konnte.

Der Pole stöhnte immer stärker, versuchte spürbar seinen Orgasmus hinauszögern. Warum? dachte Alwis, wir können doch mehrere Male. Dem entsprechend schob er sich den Schwanz bis zum Anschlag in seinen Hals. Sonderbar, was ihm bisher als verwerflich und pervers erklärt worden war, fühlte sich nicht nur wunderschön an, sondern auch richtig. Und schweineheiß.

Alexandre stöhnte laut und grunzend, als er in Alwis' Mund kam. Der schluckte begierig die Flüssigkeit und hatte dabei das Gefühl, ein leicht salziges Konzentrat vom Körperduft des Polen zu genießen. Auf jeden Fall schmeckte das nach mehr.

Schon wurde Alwis auf den Rücken geworfen und Alexandre hockte sich auf ihn. Während sie sich wieder und wieder küssten, spielte eine Hand mit seiner rechten Brustwarze. Dabei griff der Pole zugleich nach dem deutschen Schwanz und schob ihn sich vorsichtig zwischen die Hinterbacken. Vergleichen konnte und wollte er gerade nicht. Genießen war angesagt. Was der Polenarsch gerade mit seinem Germanenschwanz machte, war nicht in Worte zu fassen. Und was die Hände mit den Brustwarzen vollführten, verwirrte den kurz vor dem Orgasmus stehenden Deutschen umso mehr. Egal wovon, er wollte mehr, er brauchte mehr! Das war die Wahrheit des Lebens; seines Lebens! Alwis spürte, wie sein Freund die Initiative übernahm, ihn immer wieder bis zum Höhepunkt führte, um dann kurz davor mit einer anderen Bewegung es noch spannender zu machen. Eigentlich hätte er schon viermal kommen können. Aber es hätte ihn um die folgenden Abenteuer beraubt.

Alexandre ritt seinen Schwanz stöhnte dabei immer wieder seinen Namen: Alwis, Alwis, Alwis, Alwis, Alwis.

Als es zu dem nicht vermeidbaren Orgasmus kam, wagte der Deutsche endlich eine Regung:

„Alex...an...DREEEEE!"

Es musste durch das ganze Treppenhaus hallen. Nicht zu vermeiden.

Der Pole beugte sich über Alwis, küsste ihn und behielt den noch immer zuckenden Schwanz zwischen seinen Backen.

„Ich will alles", seufzte er und ließ sich dann auf die Brust seines Arbeitskollegen fallen.

Alwis streichelte seinen Hinterkopf und spürte einen Konflikt: Das Ding zwischen seinen Beinen hätte schon wieder Lust für eine neue Runde. Aber das Herz wollte nur eins: Alexandre genau da festhalten, wo er gerade lag, auf ihm!

Die Realität erledigte den Rest: Im Hof fuhren Fahrzeuge vor.

Binnen weniger Sekunden war sämtliche Romantik und Erotik zerbombt. Alwis sprang zur Eingangstür und betätigte den Lichtschalter. Es wurde dunkel. Behutsam schlich Alexandre zum Dachfenster, das zum Innenhof blickte, hob die Luke vorsichtig an und stellte sich auf die Zehenspitzen. Regungslos beobachtete er, was sich da tat.

Alwis hockte auf der Matratze und zog sich wieder an. Langsam verebbte auch der letzte erotische Rausch in seinem Blut. Was hatte er getan? Was würde jetzt geschehen, wenn man sie erwischte? Er war doch gar nicht ... Das Wort konnte er nicht einmal denken. Andererseits liebte er Alexandre; anders als seine Frau, anders als alles andere.

Stimmen im Hof waren zu hören, aber nicht wirklich verständlich. Er musste abwarten, denn in die kleine Öffnung der Dachluke passte nicht einmal Alexandres Kopf komplett hinein. Der sprach leise auf Polnisch zu ihm:

„Sie durchsuchen unsere Baracke. Gut, dass wir die Jacken mitgenommen haben."

Alwis sah sich schon in einem dunklen Loch sitzen, zehn Tage ohne Brot und Wasser. Und Alexandre im nächsten Loch daneben. So würden sie sterben.

Immer wieder waren Stimmen und Schritte zu hören. Jetzt auch aus dem Gebäude.

„Sie durchsuchen die Präfektur", flüsterte Alexandre.

Alwis schlich zur Eingangstür und lauschte. Die Geräusche wurden lauter, kamen näher. Schritte auf Stufen, mehrere Männer sprachen; wahrscheinlich Russisch. Er erkannte Egbert Zingel unter ihnen; sein hohes, durchdringendes Schnarren. Aber nicht verständlich.

Unter dem Türspalt kam schwaches Licht hindurch. Sie mussten in der zweiten Etage sein. Räume wurden geöffnet und wieder geschlossen.

Alwis war erstarrt, mit dem Ohr am Türblatt und den Augen auf den Lichtschein am Boden. Er hielt den Atem an.

Zingels Stimme wurde immer schriller; und enttäuschter. Die anderen sagten immer weniger. Dann Stille.

Der Aufgang zum Appartement war nicht leicht zu finden. Alwis betete, dass kein Ortskundiger unter den Wächtern war.

Den Trick mit der Stille kannte er von Zingel; die Gesuchten sollten sich in ruhiger Sicherheit wiegen und dann durch Geräusche verraten. Hoffentlich behielt Alexandre am Fenster die Nerven; von der Tür aus war er nicht zu sehen.

Nach drei, vier Minuten höchst vorsichtigen Atmens hörte Alwis wieder Schritte. Ob sie jetzt hochkamen?

Aber die Geräusche wurden leiser, entfernten sich. Das Licht unter dem Türspalt erlosch. Was aber noch nichts wirklich heißen konnte.

Schließlich hörte man das blecherne Schließen von Autotüren, Motoren sprangen an und Reifengeräusche sagten, dass die Wagen wieder verschwanden. Was noch immer nichts heißen musste.

Zum Glück verstand Alexandre das ebenso.

Es verging mehr als eine halbe Stunde, in der jeder auf seiner Position verharrte, am Fenster und an der Tür. Jedes kleinste Knacken oder Knistern eines sich abkühlenden Gebäudes ließ wieder Panik aufkommen.

Dann erklang deutlich das Schließen einer Pforte, ein Auto wurde angelassen und fuhr vom Hof.

Alexandre schloss das Fenster und Alwis setzte sich zu ihm auf die Matratze.

„Das waren Wächter aus unseren beiden Lagern. Die suchen uns."

„Wir kommen öfter später. Wie kommen die darauf, dass wir geflohen sind?", wunderte Alwis sich.

„Da war ein Deutscher bei ihnen, in Gefangenenuniform", berichtete der Pole.

„Egbert Zingel", stöhnte Alwis. „Der Lagerspitzel. Der muss Verdacht geschöpft haben, dass mit uns was nicht stimmt. Und er bekommt viel Essen, wenn er Männer verpetzt, die Männer lieben. Oder gemeinsam fliehen wollen."

Alexandre gab ihm erst einen Kuss und griff dann nach seiner verstreuten Kleidung.

„Egal was, wir bekommen Ärger."

Alwis sah das genauso. Aber was tun?

„Wenn sie herausfinden, was wir gemacht haben, stecken sie jeden von uns nackt für eine Woche in den Kerker", wusste der Pole. „Das überleben wir nicht. Also machen wir, was sie befürchten: Wir fliehen."

Mit weit aufgerissenen Augen starrte Alwis ihn an. Erst wollte er widersprechen, dann aber gefiel ihm der Gedanke. Allein würde er es nie nach Hause schaffen. Aber mir Alexandre schon. Seit zwei Tagen war der L300 LKW zur Wartung in der Werkstatt und am Nachmittag fertig geworden.

„Wenn wir den Mercedes nehmen", grinste er vorsichtig.

Essen, im Sommer 1983
„Essen ist fertig", rief meine Großmutter und beendete so Opas Erzählung.

Als wäre es das Normalste der Welt, stand er auf, ging ins Haus, gab ihr einen Kuss auf die Wange und brummte:

„Sorgen wir dafür, dass unser Enkel ein gutes Leben haben kann." Für ihn eine üppige Aussage.

Es gab Eier in der Form und dann arme Ritter; mein Lieblingsessen. Aber so richtig genießen konnte ich es nicht, weil ich verzweifelt versuchte, die Minen meiner Großeltern zu deuten. Wie konnte Opa diese Geschichte verschweigen? Nun, er konnte es seit fast 40 Jahren. Und wusste Oma wirklich nichts – oder schwieg auch sie einfach nur?

Frühjahr 1993 - Wałbrzych
Ich hatte in den letzten zehn Jahren aus verschiedenen Familienquellen ein paar weitere Details über die Gefangenschaft meines Großvaters herausgefunden. Leider musste ich einige Großonkel und geschwätzige Tanten anbohren, um essenzielle Informationen zu bekommen. Denn seit dem Abend in der Gartenlaube weigerte sich mein Opa stur, sich überhaupt an sowas zu erinnern.

Ich hatte ihn sogar einmal auf einem Familienspaziergang isoliert und um weitere Details gebeten.

„Das hat nicht einmal dein Onkel Frederik geschafft", grinste mich damals mein Großvater an und entzündete eine weitere Zigarre, um den Abstand zwischen uns zu vergrößern. „Und der ist immerhin mein Sohn."

Was, Frederik war auch im Spiel?, zitterte ich innerlich.

Aber auch mein Onkel hielt dicht. Na ja, eher leicht undicht: Er wies mich etwas später darauf hin, ins Stammbuch der Familie zu schauen. Nun, keine Überraschung, Frederik hieß mit zweitem Vornamen Alexandre – obwohl das gar nicht der katholischen Richtlinie von Patenschaften entsprach – und auch nicht der deutschen Schreibweise. Als ich ihn dann näher fragen wollte, war er schon wieder auf dem Weg in die Staaten. Und Telefonate in die USA waren damals sehr teuer; vor allem, wenn der Anzurufende eine endlose Warteschleife auf dem Anrufbeantworter besaß.

Trotzdem sammelte ich einige Informationen und dann schickte mich mein Arbeitgeber Krupp nach Polen; ausgerechnet in die Nähe von Waldenburg, oder Wałbrzych, wie es jetzt hieß.

Es war nicht schwer, einen Automechaniker mit Vornamen Alexandre ausfindig zu machen; zumal ich dank meines Onkels Herbert den Familiennamen kannte. Schließlich musste man 1948 dem Kriegsrückkehrer Alwis neue persönliche Dokumente beschaffen. Und die Beamten wollten mehrfach wissen, wie er heimgekommen war. Besonders hilfreich war ein Schreiben, das dieser Alexandre an der deutsch-polnischen Grenze unterzeichnet hatte, als er den Schlosser zurück in seine Heimat brachte.

Mein Onkel Herbert war begeistert, dass sich ein Großneffe für die Historie interessiert. Hätte er doch nur gewusst!

Zurück nach Waldenburg. Da gab es zwei Autohäuser und nur eines mit Alexandres Familiennamen. Also fuhr ich hin. Und dann wurde es wirr!

Natürlich führte Alexandre das Autohaus nicht mehr, sondern

sein ältester Sohn. Aber ja, man würde den Vater informieren, dass ich nach ihm fragte. Nein, Alexandre war nicht mehr in der Firma. Ein leicht säuerlicher Unterton war nicht zu überhören.

Ich bekam seine Adresse und fuhr zu einem völlig unerwarteten Paradies: Ein Landhaus mit Pferden. Schon beim Anblick stellten sich mir die Armhaare auf. Wunderschöne, gepflegte Plätze für Springen und Dressur, Longierzirkel und Paddocks.

Plötzlich kam mir die Frage, wie ich selbst überhaupt zum Reiten gekommen war. Denn in der Familie gab es keine Historie dazu. Den ersten Reitunterricht hatte mir mein Opa bezahlt. Jetzt wusste ich, warum.

Man beachte, dass Großvater damals schon über 82 war und so rechnete ich damit, einen entsprechend vom Alter gezeichneten Mann zu treffen. So was von falsch!

Als mich die Haushälterin bat, vorsichtig zu sein, dachte ich, es ginge um Alterstzustand oder Krankheit.

In der ersten Etage öffnete sie mir ein Wartezimmer und ließ mich mit einer Tasse Tee allein. Auf der anderen Seite der nächsten Tür entwickelte sich ein polnischer Dialog (ja, auch ich beherrsche diese Sprache): So ein blöder Journalist will in alten Fakten wühlen – Ist er ein Journalist? – Wer kommt aus Deutschland und kenn deinen Namen? – Hat er eine Visitenkarte? – Nein.

Die Tür wurde energisch aufgestoßen und nicht die Haushälterin stand im Rahmen. Ich muss gestehen, dass selbst im Alter von 77 Alexandre eine unvergleichliche Ausstrahlung besaß. Es kam aber noch besser.

Der silberhaarige Herr, noch immer in guter Form, schritt unaufhaltsam durch den Raum, blieb vor mir stehen, reichte mir seine Hand und seufzte in einer nicht zu täuschenden Leidenschaft:

„Alwis!"

Er setzte an, mich zu umarmen, stutze dann aber.

„Du kannst nicht Aloys sein, aber du bist er. Also bist du sein Enkel." Eine sonderbare Äußerung der Enttäuschung – und Freude.

Jetzt riss er mich an sich, hielt mich fest und küsste meine Wangen. Dabei hörte ich, in der deutschen Betonung:

„Alwis, Alwis, Alwis ..."

Bis er mich weinend von oben bis unten musterte, ganz vorsichtig atmete. Ich spürte, wie er sich der Erkenntnis verweigert, das seien nur die Arme des Enkels. Ach Quatsch, die Polen sind da viel besser: Er genoss es!

Ganz der stolze Gutsherr, gewann Alexandre schnell seine Fassung wieder und wollte mir sein Reich zeigen. Seit vielen Jahren der Erfahrung mit schwulem Coming-out wusste ich die Ablenkung zu erkennen. Andererseits würde ich in all der so inszenierten ländlichen Glücklichkeit keine Wahrheit aus ihm herausbekommen. Ich fragte also nach der Gelegenheit, auszureiten. Der folgende Gesichtsausdruck von Überraschung, Freude und Zuversicht hätte bei meinem Großvater zwei Jahre Übung und vier Tage in der Abfolge benötigt.

Mir wurden Reithose und Lederstiefel in einer Qualität gebracht, die es seit 40 Jahren nur noch für Millionäre gab. Und ich bekam die Auswahl zwischen einer wunderschönen Schimmelstute, einem Wallach mit extremem Stockmaß und einem Lipizzaner Hengst. Wer immer sich mit Pferden beschäftigt, wird verstehen, dass ich den Hengst nehmen musste. Na ja, vielleicht auch eine schwule Sache.

Dass ich meinen Rucksack nicht ablegte, ließ die Angestellten mit den Stirnen runzeln. Ich für mein Teil wollte gewappnet sein. Bei einer so intensiven Recherche sollte man die richtigen Unterlagen dabeihaben: Block, Stift, Diktafon und Taschentücher.

Zugegeben, auf dem Rücken eines sensationellen Rappenhengstes kannst du mit Block, Stift und Diktafon nicht viel anfangen. Ich war dankbar für die Taschentücher. Denn die brauchten Alexandre und ich gleichermaßen.

Wir ritten vier Stunden über Felder, durch Wälder und einmal sogar – auf seinen Wunsch – auf offener Straße an seinem ehemaligen Autohaus vorbei. Aber viel mehr als das, führte der Weg durch seine Vergangenheit. Und mein Großvater bestimmte ungewollt einen großen Teil davon.

Dabei summierte ich die möglichen Tage auf und vergaß sogar den Hengst unter mir: Beginnend mit der Flucht aus Minsk hatten sie bis zur Ankunft in Polen zwei Tage allein miteinander verbracht. In der Zeit daheim konnte Alexandre keinesfalls mit Alwis ... Dann noch die vier Tage bis Münster. Oh mein Gott: Mein Opa hatte mit seinem wunderbaren Kerl nur ganze sechs Nächte gehabt!

Jetzt mal ehrlich: Wer erwartet, dass mein westfälischer Großvater mir in einer Stunde in der Gartenlaube alles über die Raffinessen schwulen Lebens erzählt? Natürlich hatte der zähe alte Brocken sich nur das Notwendigste aus dem Hals ziehen lassen. All das mit den Küssen, dem Sex, erfuhr ich von Alexandre zum ersten Mal.

Aber ich muss ihn in Schutz nehmen: Der Pole war weder geschwätzig noch angeberisch. Im Gegenteil, es war seine Beichte; seine verbotene Erinnerung. Und er war so glücklich, sie mit mir zu teilen.

„Für mich ist es, als würde ich mit Alwis über alles sprechen", gestand er; selbst auf dem Rücken eines filigranen, sehnigen Fuchses. Mit vier weißen Beinen; Zeichen für perfekte Zucht – und Wahnsinn.

„Du weißt schon, dass ich sein Enkel bin", wiederholte ich – nicht zum ersten Mal.

Ja, ihm war klar, dass es kein Treffen der beiden mehr geben würde. Abgesehen vom Gesundheitszustand meines Großvaters hatte der mir mehr als einmal zu verstehen gegeben, dass seine nach dem Krieg selbst gewählte Familienordnung nicht in Unordnung gebracht werden durfte.

„Bzdury!", stöhnte ich. „Scheiße! Ihr liebt euch immer noch. Beide!"

Dann erst fiel mir ein, damit eine Narbe wieder geöffnet zu haben. In mir selbst auf jeden Fall. Ich wollte den Opa zurück, der mir bei einem Schnaps die schönste Liebe seines Lebens gestanden hatte.

Vor zehn Jahren.

Alexandre deute auf ein Ziel: eine kleine Kapelle. Ganz einfach zu verstehen – wer als erster ankam. Ich trug keine Sporen. Brauchte mein Rappe auch nicht.

Na, musste der sich umsehen, als er von einem kleineren Fuchswallach überholt wurde.

Die Kapelle war das Zentrum eines kleinen Dorfes, regiert von einem liebevoll gepflegten Gasthof. Wir saßen ab, banden die Pferde am Trog fest und schritten zum Kirchhofgatter. Ich war überwältigt, völlig durchgedreht und glücklich; letzteres, weil mein Hengst dann doch das Rennen gewonnen hatte. Obwohl ich nicht erklären konnte, warum dieser sehnige Fuchst auf dem letzten Kilometer zurückgefallen war. Der wirkte auch nicht begeistert darüber.

Alexandre nahm mich mit zu einem Familiengrab. Dort lagen seine Eltern und die 1962 verstorbene älteste Tochter. Und ich hörte sehr genau zu. Dort lag seine Vergangenheit. Besonders bei der Tochter war klar, dass es ihm weh tat.

„Wir waren Soldaten, wir haben Menschen getötet und uns herausgeredet, dass es unsere Befehle waren", sprach er düster. „Meine Tochter hat sich das Leben genommen, weil sie nicht anders konnte. Und ich habe zugesehen und geschwiegen. Das hier ist mein Preis dafür. Unser Gott lässt dich nicht einfach damit rausreden, dass du es nicht verstanden hast."

Noch in Reithose, Stiefeln und mit der Gerte in der Hand wusste ich nichts zu sagen. Außer dass ich an meine Mutter dachte. Hatte die mir nicht gedroht, alles meiner Oma weiterzusagen, wenn ich ihr nicht gehorchte? Auch sie hatte mehrfach den Preis dafür zahlen müssen; der Sohn sprach nicht mehr mit ihr, ihre gesellschaftlichen Lügengespinste entlarvten sich eines über das andere mit der Zeit. Das Schicksal lässt dich nicht einfach mit der Ausrede davonkommen, du hättest es nicht verstanden.

Dann griff Alexandre mich an der Schulter und drehte mich um zu einem noch sehr frischen Grab. Noch war nur ein Namenskreuz angebracht. Aber mehr als ein halbes Jahr alt musste es schon sein; oder es gab Turbo-Unkraut. Der Grabstein war noch in Arbeit.

Hier ruhte Alexandres heimlicher Geliebter. Natürlich nicht mein Opa, sondern der Mann, mit dem der Pole ein langes Leben verbrachte, nachdem er aus dem Krieg heimkam, seine Familie wieder ordnete, das Autohaus gründete, die verlogene Kirche auszahlte, die um ihren Status zeternden Söhne auszahlte, die früh verstorbenen Tochter – eine Lesbe – im Familiengrab beisetzte, einen passenden Partner fand – nur, um festzustellen, dass er im Schatten der Erinnerung an Aloys Homann stand.

Um ihn abzulenken, zeigte ich ein Foto meines Großvaters. Ich hatte es 1983 während seiner geheimen Beichte im Garten aufgenommen. Alexandre riss mir das Foto aus der Hand. Wir standen noch immer am Grab seines langjährigen Geliebten. Dann legte er das Bild zwischen die Grabblumen.

„Teodor, du hast mir fast jeden Tag zur Hölle gemacht, warst eifersüchtig, nachtragend und eine echte Tunte", sprach er zum Grab. „Du hast immer gegen Alwis gegeifert, weil ich im Traum von ihm sprach. Nun, hier so sieht er jetzt aus."

Zuerst verstand ich es als Rechtfertigung gegenüber diesem Teodor. Bis ich das Bild aus neutralen Augen betrachtete. Das da war nicht nur mein Großvater, sondern ein attraktiver älterer Herr; dicker K&K Schnurrbart, weit geöffnetes Hemd, zuverlässiges Lächeln. Au Backe, ich fand gerade meinen Großvater geil!

Und Alexandres Vorwurf galt gar nicht dem Verstorbenen, sondern sich selbst. Nicht Teodor war verlogen, sondern der noch Lebende. Alexandre war nicht mit sich im Reinen. Gerade erzählte er vom Tod seiner Tochter. Was sollte eine Lesbe in den 60ern auf dem Land? Über ihren Vater wurde getuschelt, die Mutter wollte sie in eine Ehe zwingen, eine Leidensgenossin fand sie nicht. Also wählte die Tochter den Freitod.

Ich blickte zur kleinen Spitze des Kapellenturms, die gerade die Sonne in zwei Hälften zu teilen versuchte. Damit versuchte ich, meine Tränen zu erklären. Alexandre wandte sich an mich:

„Was denkst du über all das?"

Hier am Grab des armen Teodor konnte ich nicht sprechen; er führte uns zurück zu den Pferden. Ich weiß, dass ich damals schon mehr als zehn Jahre nicht geritten hatte; weil meine Eltern mir gedroht hatten, meine beiden Pferde zu verkaufen, wenn ich mich noch immer weigerte, hetero zu sein. Nein, ich konnte nicht nachgeben; aber noch heute sticht es mir ins Herz, dass meine Eltern mich als eine gesellschaftliche Trophäe sahen. Ich habe die Pferde dann selbst weggegeben; ganz viele Tränen.

War das fair? Du musst deine eigene Familie verlassen, deine Tiere, nur weil du zu dir selbst stehst?

Auf diesem schmalen Weg vom Friedhof zu den Pferden wurde mir klar, dass ich so viel hinter mir lassen musste – nicht, weil es notwendig war, sondern weil Menschen, die sich meine Eltern schimpften, es als letzte Druckmittel nutzten.

Wieder im Sattel hörte ich zu. Alexandre versuchte noch immer, sich als netten, gütigen Mann zu darzustellen. Was ungefähr genauso verlogen war, wie Schwule, die immer noch in die Kirche gingen. Natürlich ging Alexandre noch in die Kirche.

So wunderbar die Zeit auf den Pferderücken war, irgendwann platzt mir dabei Opas Kragen – ja, der meines Großvaters, denn wenn dem der Kragen platzte, hagelte es Wahrheit und Wirklichkeit für alle, dass sie eine Woche ihre Kopfkissen vollheulten. Diesmal war es mein Kragen – gesteuert vom Großvater:

„Ihr hattet die Liebe eures Lebens", begann ich noch leise. Alexandre hielt an. „Ihr musstet danach jeder seinen Weg gehen; konsequent. Alwis entschied sich ganz bewusst für seine Familie; zeugte sogar noch einen Sohn, meinen Onkel, der – zum Glück – schwul ist." Innerlich fiel mir auf, wie Soap-Opera das war. Aber nicht für Opa.

„Mein Großvater hat festgestellt, dass er das Leben seiner Träume in einem halben Jahr, ausgerechnet in Russland gelebt hat.

Er hat nie wieder versucht, sowas noch einmal zu machen. Er hat sich nie beschwert. Er verstand, dass sich damals in seinem Umfeld ein schwules Leben nicht einrichten ließ. Zumindest nicht mit seiner Familie, die er wirklich liebte. Er hat dich nie vergessen. Er hat aber auch niemanden für euer Schicksal verantwortlich gemacht oder deswegen leiden lassen."

Alexandre fiel alles aus dem Gesicht, besonders der Gutsherren-Ausdruck. Es dauerte eine Weile, bis er sich fasste:

„Ich liebe meine Kinder."

Ich schwieg auf dem Rücken des fasziniert lauschenden Hengstes.

„Ich habe meine Frau geliebt."

Jetzt wurde meine Zündschnur kurz:

„Mit wem hat sie dich erwischt?"

Natürlich mit Teodor. Was mir Alexandres Schweigen bewies.

„Jetzt mal ehrlich, Teodor war nicht einfach eine billige Tunte", versuchte ich es.

„Er war nicht vorzuzeigen", war ein Rechtfertigungsversuch, den Alexandre selbst sofort nach nachbessern wollte. „Nein, das ist falsch. Teodor wollte mit mir offiziell und offen leben. Konnte ich nicht. Eine offene schwule Beziehung ist hier noch immer nicht möglich. Der arme Teo war mein Gutsverwalter und der dachte immer, ich hätte mit Alwis offen gelebt. Das hätte ich nie geschafft. Wir hatten natürlich ein gemeinsames Schlafzimmer. Wie sich die Familie darüber aufgeregt hat. Dabei war alles nicht offiziell." Alexandre nahm eines der Taschentücher, schnäuzte sich. „Nein, nach Alwis habe ich nichts mehr wirklich richtig gemacht."

Er schüttelte nur leise sein schönes Haupt. Und sah mindestens 20 Jahre jünger aus als mein Großvater. Und 40 Jahre unglücklicher.

„Meine Söhne hassen mich", sprach er dann ganz leise. „Sie schämen sich. Für mich."

Und da knallte mir eine Wahrheit ins Hirn, die ich sonst nie gesehen hätte: Mein Großvater schämte sich für nichts, was er getan hatte. Meine Großmutter musste wissen, unter welchen Umständen er heimgekommen war. Ich war plötzlich wieder an dem Abend vor zehn Jahren, wo Oma sich plötzlich so viel mehr Zeit mit dem Essen nahm, um Opa und mir Zeit zu geben. Gänsehaut: Die beiden wussten eigentlich schon immer, was mit ihnen los war.

„Hast du deiner Familie jemals Teodor vorgestellt?", fragte ich Alexandre – die Antwort schon wissend.

„Wie denn? Die Gesellschaft, die Kirche ..." Dann wurde es still.

Wir ritten zurück, wieder am Autohaus vorbei.

„Kann es sein, dass sich all deine Kinder und die Ex-Gattin schämen, weil du etwas verschweigst, das nicht zu verheimlichen ist?", fragte ich – nun, nicht ganz so wortgewandt. Bin ja kein gebürtiger Pole.

„Bei uns läuft das anders", verteidigte Alexandre sich. „Man weiß es und schweigt."

Mit einem traurigen Lächeln ließ ich ihn nicht durchkommen:

„So läuft das überall. Was im Krieg geschah, wird totgeschwiegen. Was peinlich vor den Nachbarn ist, wird totgeschwiegen. Was die Kirche verbietet, wird totgeschwiegen. Erst wenn dein Leben zu Ende ist, wenn du allein auf dem Sterbebett liegst, fragst du dich, warum eigentlich?"

War es ein bedrücktes Nicken, das ich da sah?

Genau diese Gelegenheit nutzte der Fuchswallach, um zu äpfeln. Nun, Pferde sind Veganer, fressen am meisten Gras und Heu. Davon muss täglich viel verdaut werden, um mehr als eine halbe Tonne Tier in Betrieb zu halten. Und diese Verdauung kommt mehrfach stündlich in Form von Pferdeäpfeln hinten raus. Was heutzutage der Normalbürger für eine Sauerei hält, ist der Himmel für Gärtner. Pferdeäpfel sind bester Nährboden.

Aber musste der Fuchs ausgerechnet direkt vor dem Autohaus kacken?

Ich erkannte die Gelegenheit, stieg vom Hengst und ließ Alexandre die Zügel halten. Im Gebäude des Autohauses fragte ich nach einer Schaufel, was die Anwesenden neugierig machte.

Während ich den Abraum vom Pferd mit einer geliehenen Schaufel auflas, kamen alle auf die Straße, um zu sehen, wer da mit zwei Pferdestärken stand. So auch Alexandres Ältester. Unsicher musste er lachen, wagte sich aber nicht näher. Bis ich ihm die gefüllte Schaufel zeigte und fragte, ob er es in den Garten oder in den Müll wolle.

Die offensichtliche Verwirrung in seinem Gesicht stellte eine völlig andere Frage, die ich – mit einer Schaufel voll Mist in der Hand – beantwortete:

„Nein, ich bin keine Affäre Ihres Vaters."

Offensichtliche Erleichterung, gefolgt von Scham darüber, bei einem unziemlichen Zweifel ertappt worden zu sein.

„Ich bin der Enkel vom deutschen Kriegsgefangenen, der zusammen mit Ihrem Vater geflohen ist."

Jetzt wurden nicht nur die Augen des Sohnes riesig, Erleichterung übernahm die Miene; und dann ein Lächeln voll ehrlicher Freude.

„Alwis? Du bist der Enkel von Alwis?"

Zum ersten Mal sah der Mann seinen eigenen Vater direkt an. Unsicher, aber nicht unfreundlich.

„Wollt ihr nicht hereinkommen, auf eine Tasse Kaffee?"

19.12.1947 – *Bahnhof Münster*

Jetzt waren sie so weit gekommen und so nah am letzten Ziel und doch wollten beide nicht weiter.

Alexandre und Alwis saßen im Mercedes L300, der in den frühen Morgenstunden neben Schutthaufen am Bahnhof Münster parkte. Wobei der Begriff „Bahnhof" eigentlich nicht passte, denn der lag ja als Schutt neben den Gleisen. Der Krieg hatte ihm sehr zugesetzt. Aber Züge fuhren.

Im Osten zeigte ein leichtes Dunkelblau am Himmel, dass der Tag anbrach. Zwischen seinen Füßen hielt Alwis einen Beutel mit den wenigen Habseligkeiten, die ihm geblieben waren; angereichert mit einigen Seligkeiten, mit denen Alexandre und seine Familie ihn bereichert hatten. Seine linke Hand lag in der Mitte der Sitzbank des Lasters; Alexandres unter ihr.

Beide starrte hilflos gerade aus; sich anzusehen wäre weder hilfreich noch erträglich. Alwis' Zukunft lag vor ihnen; er würde mit einem der nächsten Züge ins Südwestfälische fahren. Alexandres lag hinter ihnen, zurück nach Polen, wo sie vor vier Tagen losgefahren waren. Ja, die Fahrt nach Münster dauerte fast doppelt so lange, wie die gemeinsame Flucht aus Minsk.

Gesprochen hatten sie bei der Fahrt wenig. Der Inhalt ihrer raren Unterhaltungen war immer derselbe gewesen: Dass sie weder eine Wahlmöglichkeit besaßen noch eine Alternative, als jeder zu seiner Familie zurückzugehen. Wenn die Worte schon weh taten, die Nächte im Laderaum, auf zwei eng an eng liegenden Matratzen, schmerzten noch mehr. Ja, sie hatten Sex, aber viel wichtiger war jeder Augenblick der Gemeinsamkeit. Sie wussten, dass es täglich weniger Möglichkeiten der Vereinigung gab und hämmerten sich mit allen Gliedern eine Erinnerung an die Einigkeit in die Körper.

Auch wenn keiner der beiden als emotional galt und eher zurückhaltend mit Gefühlen war, bekamen sie immer wieder von Tränen Besuch. So sehr sie sich tagsüber versicherten, keine Alternative zu haben, in den Nächten hofften sie darauf, träumten davon. Hilflos.

Dabei waren es nur wenige Tage gewesen, die Alwis mit Alexandres Familie verbracht hatte. Und jeder davon hatte gezeigt, wo die Zukunft seines Geliebten war: Nicht in den Armen des Deutschen.

Wenn auch die polnische Großfamilie alles tat und anbot, Alwis kam sich wie ein Lügner, Betrüger, ein Dieb vor. Zudem zehrte an beiden, dass Alexandre jetzt natürlich wieder bei seiner Frau nächtigte.

Zunächst war der Plan gewesen, Alwis allein mit dem Mercedes LKW weiter nach Deutschland fahren zu lassen. Was Alexandre gar nicht gefiel; wie sollte ein deutscher Flüchtling mit einem deutschen

Fahrzeug durch das inzwischen kommunistische Polen und das nicht weniger linke Ostdeutschland kommen? Also hatten sie mit der Familie beschlossen, den Mann zurück in seine Heimat zu bringen.

Alwis verzichtete gerne auf den Laster, wusste er eh nicht, wohin damit. Und für Alexandre wäre er eine große Hilfe beim Aufbau seiner Werkstatt.

Es war inzwischen nach acht am Morgen und sie saßen noch immer da, lauschten gegenseitigen ihrem Atem und wagten nicht, etwas zu sagen; geschweige denn, sich zu bewegen.

Eine Linie aus weißen Wolken wuchs in der Ferne, näherte sich und brachte schließlich eine große schwarze Dampflokomotive mit sich, die grüne Passagierwagons in den zerstörten Münsteraner Bahnhof zog. Die Lampen an der Lokspitze und ein altes Ornament unterhalb leuchteten in der Morgensonne auf. Es sah aus, als lächelte die Lok.

Alwis spürte, es war Zeit, zu gehen. Wenn nicht jetzt, dann niemals. Und das würde ihrer beider Leben zerstören.

Seine linke Hand löste sich von Alexandres und griff nach dem Beutel am Wagenboden. Die Rechte öffnete die LKW-Tür. Der Blick ging noch immer geradeaus. Alwis stieg aus, so viele Dinge wollte er noch sagen – aber nichts würde der Schwere des Augenblicks gerecht. Vorsichtig schloss er die Tür des Lasters, ließ langsam die Klinke los und setzte dann einen Fuß vor den anderen.

Tränen rannen ihm über die Wangen. Gut, so würde er sich ganz sicher nicht noch einmal nach Alexandre umsehen.

„Zawsze będę cię kochał", flüsterte er weinend.

Hinter ihm saß ein verzweifelter Mann in einem Lastwagen und krallte sich ans Lenkrad; irgendwo musste er sich festhalten. Sein Gesicht war nass von Tränen. Es würden nicht die letzten auf dieser Fahrt sein.

„Ich werde dich ewig lieben", flüsterte er in gebrochenem Deutsch dem Geliebten hinterher.

Alwis ging weiter stur geradeaus; seine Zukunft begann mit

dieser Lok da vorne – und deren Anhängern. Er war sicher, dass es eine viel Bessere mit Alexandre geben konnte; aber nicht Mitte des 20. Jahrhunderts, nicht in einem Deutschland oder Polen der Jetztzeit. Und nicht mit dem Wissen um seine zwei Kinder – wenn die sich überhaupt an ihn erinnerten!

Starr geradeaus war der Blick gerichtet, in eine selbstbestimmte Zukunft. Er würde zurück zu seiner Familie gehen. Warum überhaupt hatte er eine? Aus eigener Willenskraft wäre das wohl nie geschehen. Ja, Alexandre war sein erster und würde der Einzige bleiben, aber hätte Alwis jemals einen eigenen Willen haben dürfen, es wäre keine Frau gewesen. Gesellschaft, Verwandte, Kirche, sie alle murmelten dich so leise und unaufhaltsam in den Zwang, eine Familie zu gründen, dass dein eigener Wille noch vor deiner Oma beerdigt war.

Alexandre saß in seinem Lastwagen und folgte mit den Augen der Person, die sich mit jedem Schritt weiter entfernte. Er war nicht in der Lage, etwas anderes zu tun. Seine Recht legte sich auf die Stelle der Fahrzeugbank, wo sie noch eben mit der seines Liebsten gewesen war. Und spürte, dass da jetzt ein Stück Stoff lag. Alwis hatte sein Unterhemd dagelassen!

Vorsichtig führte er das Gewebe an Mund und Nase, sog gierig den so gewohnten, geliebten Geruch. Die Augen liefen über und ein hilfloser Ruf der Verzweiflung stieß durch seinen Hals. Geh nicht! Oder nimm mich mit!

Alles Perspektiven ohne Substanz, mit einer glücklichen Illusion als Ziel. Ohne Überlebenschance.

Zwei kleine Stufen, dann stand Alwis vor einem Tisch, der einen Bahnkartenschalter ersetzte. Der Mann dahinter fragte, ohne aufzusehen:

„Wohin?"

„Polen", antwortete Alwis automatisch – weil sein Herz eines der wenigen Male nutzte, sich dem Schweigegelübde zu verweigern. Bevor der arme Bahnbeamte die entsprechenden Pläne herausholen konnte, änderte der Schlosser seinen Zielwunsch:

„Ascheberg?", war die unsichere Frage.

Die Kartenverkäuferstirn entfaltete sich, diesen Tarif wusste er auswendig. Neugierde erfasste den Mann und brachte ihn dazu, erstmalig die Augen zu heben.

„140.000 Reichsmark", war die nicht gerade nette Auskunft. „Oder eine Zwiebel."

Alwis hatte etwas Geld dabei – eine Sammlung aus Rubel, Sloti und Sonstnochwas. Alles zusammen wahrscheinlich der aktuelle Gegenwert einer halben Zwiebelschale. Der innere Aloys schlug vor, dann doch wieder mit Alexandre zurückzufahren. Es war nicht zu verhindern, dass er dann in Richtung des alten LKW schaute; nur um festzustellen, dass der sich gerade entfernte. Mit traurigen Abgaswolken aus dem Auspuff.

Der Anblick war endgültig. Sein Herz flammte noch einmal schmerzvoll auf und schien dann einfach stehenzubleiben. Zumindest spürte Alwis es nicht mehr. Alexandre verschwand. Für immer. Vielleicht würde man sich in Friedenszeiten noch einmal sehen; aber beiden war klar, dass sie dann nicht mehr dieselben waren.

„Woher kommen Sie?", erlangte der Mann am Kartenschalter Alwis' Aufmerksamkeit zurück. Seine Augen musterten den Schlosser.

„Aus Russland", gestand Alwis.

„Geflohen?", wurde vorsichtig gefragt. „Aus Russland?"

Alwis nickte unsicher.

„Kein Geld?", war die nächste Frage.

Kopfschüttelnd kam die Antwort: „Ist nicht so schlimm, dann laufe ich halt."

Ein Stempel trat plötzlich in Aktion, erschlug mehrere Papiere, erdrückte mehrere Formulare. Dann bekam Alwis die Unterdrückung mit einem unerwarteten Lächeln überreicht:

„Sie sollten dringend zu Ihrer Familie. Freie Fahrt. Bitte darauf achten: Erste Klasse. Nur, dass wir keine Erste-Klasse-Wagen haben."

Das Gesicht des Kartenverkäufers glühte schier. War hier noch ein Leidensgefährte?

„Jetzt aber Hopphopp!", brachte er Alwis komplett aus dem Ruder. Allein der Satz zeigte, dass auch der Kartenknipser nicht wirklich sein selbstgewolltes Liebesleben leben konnte. Andererseits setzte der Zug wirklich an, die Überreste eines Bahnhofs zu verlassen.

Das Pfeifen der Lok zwang ihn dann an Bord eines Wagons. Ein letzter Blick, aber Alexandres Lastwagen war nicht mehr da. Und damit die Liebe seines Lebens. Alwis seufzte, betrat ein Abteil, hockte sich auf den nächsten freien Sitz und schloss einen inneren Vertrag: Ich werde leben und ich werde, wenn immer sich die Gelegenheit ergibt, einem Mann, der nicht wirklich Frauen liebt, helfen. Vielleicht bekomme ich sogar noch einen Sohn!

19.12.1947 Herbern

Es war ein milder Spätherbst, ganz ungewöhnlich für die Tage vor Weihnachten. Elli Homann freute sich, denn damit konnte sie noch einige Knollen ernten. Die Herrschaften des Wasserschlosses ließen sie den kleinen Teil des Gartens für eigene Bedürfnisse bewirtschaften. Und das hatte sie wirklich nötig.

Nicht, dass sie kein Essen bekamen; aber die Jüngste, Margret, hatte gestern einen Porzellanschwan in der Größe eines Schäferhundes geschrottet – natürlich im Besitz der Grafen. Da gab es schon genaue Strafregeln. Zum Beispiel: kein Fleisch. Aber viel Gemüse.

Und sogar noch immer rote Beete!, freute Mutter Elli sich gerade, als die immer so anstrengende Margret meinte, das sei aber kein Fleisch.

„Papa!", hielt die immer liebe Erstgeborene Irmgard dagegen.

Elli wandte sich um, noch mit Spaten und Hacke bewaffnet. Und sah einen polnischen Soldaten auf sich zukommen. Der erst Impuls war, ihre Töchter zu beschützen. Dann ein kurzer Reflex: Das ist kein Pole!

Elisabeth Homann, geborene Geaer aus Rhade, sank auf ihre Knie, raffte die beiden Kinder in die Arme und flüsterte:

„Jetzt wird alles gut!"

August 2022 – Isny im Allgäu

Seit 39 Jahren trage ich diese Geschichte in mir. Viele andere habe ich schon niedergeschrieben, diese aber aufbewahrt. Kein anderer Zeitpunkt wäre passend gewesen, sie zu erzählen. Ein ganzes Buch hätte sie füllen können, aber nicht mit westfälischer Ehrlichkeit.

Es ist so, dass unser Verlag für die Pink Christmas-Sammlung zwei Kriterien wünscht: dass es was mit Weihnachten zu tun hat und möglichst einen aktuellen Bezug.

Nun, Weihnachten ist jedes Jahr; 2021 war beherrscht von Corona. Und diesmal überschattet der Ukraine-Krieg das Weltgeschehen. Kein Wunder, dass ich dabei an meinen Großvater und seine Flucht aus Russland denke.

Wobei ich nicht die vollständige Geschichte am denkwürdigen Abend in 1983 erfahren habe; mein Opa war bei weitem nicht so hilfreich, mir Details seines Lebens in Haft und seiner Flucht anzuvertrauen. Das meiste erfuhr ich zehn Jahre später bei meinem Besuch in Polen. Nebenbei: Ich hätte mit Alexandre genau dasselbe gemacht, wie mein Großvater.

Opa Alwis weigerte sich für den Rest seines Lebens beständig. Nein, er wollte nie wieder etwas über seinen Geliebten erzählen und noch weniger hatte er vor, diesen noch einmal zu sehen. Dafür aber spürte ich noch nach Jahrzehnten den Schmerz in ihm.

Im Nachhinein betrachtet, hat mein Großvater alles richtig gemacht; 1947 hätte eine andere Entscheidung drei Katastrophen zur Folge gehabt: Das Zerbrechen zweier Familien und eine schwule Existenz im Versteck.

Als es 1997 abzusehen war, dass mein Opa nicht mehr lange leben würde, rief ich Alexandre an. Er schickte mir einen Umschlag mit einem Brief darin; nicht für meine Augen. Selten war es so schwer, meine Neugier im Griff zu halten, aber ich habe es geschafft.

Mein wunderbarer Großvater wurde mit einem Liebesbrief seines Herzensmenschen beerdigt.

Ich sitze hier in einem kleinen Garten des Hauses, das ich mit meinem Mann bewohne, freue mich über eine Erinnerung, die mein so schweigsamer Großvater nur mit mir teilte und bin doch unglücklich.

Die Welt mag sich gebessert haben, aber sie ist noch immer keine gute. Viele nicht-heterosexuelle Menschen verstecken sich, müssen zusehen, wie Kirche, Gesellschaft und Parteien sie noch immer nicht akzeptieren. Das ist keine Freiheit.

Gerade in diesem Jahr ist den meisten aber klar geworden: Freiheit ist erst die zweite Stufe. Zuerst braucht es Frieden. Ich hoffe, dass wir den schnellstmöglich wieder haben werden.

Ich wünsche allen, dass sie ihr Leben so verbringen können, wie sie es wollen. Und friedvolle Weihnachten 2022.

Marc H. Muelle

OKTOBER VERSTECKEN

Himmelstürmer Verlag

Robin Cruiser
Weihnachten total verkatert

„Vorsicht, Sebastian! Schau doch! Halt mal an ..."

Sebastian trat beherzt auf die Bremse und schaute erst anschließend in den Rückspiegel. Glück gehabt, es war niemand hinter ihnen auf der Landstraße, der bei dem waghalsigen Manöver und den winterlichen Straßenverhältnissen hätte auffahren können.

„Was ist denn los, Simone?"

Doch Sebastian sprach mit sich selbst. Seine beste Freundin war bereits vom Beifahrersitz gesprungen. Etwas forderte ihre volle Aufmerksamkeit, denn sie antwortete ihm nicht. Nach einem erneuten Blick in den Rückspiegel öffnete er die Fahrertür, stieg aus seinem Auto aus und ging darum herum, um zu sehen, was Simone so spontan beschäftigte. Sebastian konnte noch immer nicht erkennen, was sie da tat, daher wiederholte er sich.

„Nun sag schon, Simone. Was hast du denn?"

Sie drehte sich langsam zu ihm um und hielt dabei etwas behutsam an ihre Brust gedrückt. Simones keuchender Atem bildete in der eisigen Luft helle Wölkchen und ihre Augen strahlten.

„Sie doch, Sebastian. Ein kleines Kätzchen!"

Noch bevor er etwas sagen konnte, fuhr sie mit ehrfurchtsvoller Stimme fort.

„So ganz allein hier auf der Landstraße. Und noch so klein."

Das schwarz-weiße Fellknäuel drehte sich an Simones Winterjacke gekuschelt und sah Sebastian mit großen Augen an. Im Gegensatz zu Simone, die Mitglied in diversen Tier- und Naturschutzvereinen war, hatte Sebastian nicht viel für streunende Katzen in Spanien oder Straßenhunde aus Bulgarien übrig. Daher war er auch nicht sonderlich von dem maunzenden Tierchen in Oldenburg beeindruckt, das derweil versuchte, sich aus Simones Händen zu befreien.

„Und nun? Wir können hier nicht ewig stehen. Denk dran, du

wolltest den Jumping-Fitness-Kurs besuchen."

Sebastian war an diesem Samstag vor dem vierten Advent lediglich Simone zuliebe vormittags unterwegs ins Gym. Sie hatte ihn überredet, doch auch mal zu vernünftigen Zeiten unter Leute zu gehen. Er bevorzugte ansonsten neben seinen ausufernden Arbeitszeiten im Homeoffice die Super-Spätschicht im Fitnessstudio, wo er sich nach einem langen Tag am Schreibtisch an den diversen Stationen auspowern konnte, ohne allzu vielen Menschen zu begegnen. In seinem Job als Projektmanager einer Unternehmensberatung hatte er schon den lieben langen Tag mit anstrengenden Angestellten der Firmen zu tun, die er betreute. Im Feierabend verzichtete er gern auf Gespräche. Und sollte ihm mal nach männlicher Gesellschaft sein, ging er einfach in einen Club oder die Sauna, wo er ohne viele Worte und unnötige Verpflichtungen Druck ablassen konnte. Diese Art von schwulem Workaholic-Lebensstil schien ihm für seine 28 Jahre perfekt. Weniger perfekt war dagegen ein Aufenthalt an der Landstraße bei mindestens zwei Grad unter null, um eine streunende Katze zu betüddeln.

Simone konnte das kleine Bündel allerdings nicht sich selbst überlassen. Es war gerade einfach so auf die Landstraße gerannt! Wer wusste denn, ob das nächste Auto bremsen würde? Andererseits hatte Sebastian recht, sie waren gerade auf dem Weg ins Gym. Und was sollten sie mit einem kleinen Kätzchen anfangen? Unglücklich schaute sie auf den Fellball in ihren Händen hinunter. Das Kätzchen schaute sie an, als wollte es sagen: Nimm mich mit. Lass mich nicht hier in der Kälte zurück. Zuerst glaubte Simone, sich geirrt zu haben, doch dann kamen ihr die Schnurrhaare des Kittens ungewöhnlich kurz vor. Sie sah genauer hin und ihr stockte der Atem. Sie waren angesengt! Und was war das da an der hinteren Pfote? Bei genauerem Hinschauen entdeckte Simone dort schorfige Spuren einer Verbrennung an den kleinen rosafarbenen Ballen. Ihre Entscheidung stand fest.

„Oh, Sebastian. Das Kätzchen hier wurde vermutlich

misshandelt! Die Schnurrhaare sind verbrannt. Und an der Pfote da sieht es aus, als wären die Ballen angesengt worden. Außerdem ist es schrecklich kalt, das Kleine hier viel zu jung, um allein an der Landstraße unterwegs zu sein und ... überhaupt!"

Sebastian zog die Augenbrauen hoch. Simone war grundsätzlich eine der ausgeglichensten Frauen, die er kannte. Sie waren seit mehreren Jahren befreundet und mit ihren 33 Jahren war sie wie eine große Schwester für ihn. So energisch hatte er sie bislang noch nie erlebt!

„Was sollen wir denn mit dem da machen?" Sebastian zeigte auf das Kätzchen und sah Simone fragend an.

„Ganz klar. Wir fahren jetzt direkt zum Tierarzt."

„Zum Tierarzt?" Sebastian sah an ihnen hinunter.

„So?"

„Tierarzt, Sebastian. Nicht Disco! Glaube mir, den Arzt kümmert es nicht, ob du im Sportdress aufkreuzt. Mit ein wenig Glück interessiert er sich mehr für die Katze als für dich." Simone grinste überlegen. „Es sei denn, du schnurrst wohliger ..."

Sebastian zuckte mit den Schultern.

„Okay, aber welcher Tierarzt hat denn am Samstagvormittag Sprechstunde?"

„Doktor Schmidt hat zumindest Notdienst."

Sebastian sah Simone misstrauisch an.

„Und das weißt du ..."

„...weil meine Freundin Verena keine Zeit für den Jumping-Fitness-Kurs hatte. Sie arbeitet dort in der Praxis als Helferin und hat mir erzählt, dass sie an diesem Wochenende Notdienst haben."

„Puh, und ich dachte schon, dein Leben wäre so langweilig, dass du in der Zeitung die Hinweise für Ärzte- und Apothekennotdienste auswendig lernst. Ich hätte ansonsten ein ernstes Wort mit Martin gewechselt!"

„Du Pappnase!"

Martin war Simones Mann. Sebastian zog sie immer wieder

damit auf, dass sie verheiratet war. Dabei war er insgeheim etwas neidisch auf die innige Beziehung, die Martin und sie hatten. Und auf dessen unglaublich sexy Unterarme. Die kamen wohl von seinem Job als Tischler, in dem er geradezu aufging.

„Na gut, dann auf zu Doktor Schmidt."

Simone übernahm das Kommando, drückte das Kätzchen weiterhin an ihre Brust und setzte sich auf den Beifahrersitz. Sebastian drückte die Beifahrertür vorsichtig zu, ging um das Auto herum und stieg ein. Er half Simone mit dem Sicherheitsgurt und startete den Motor. Während sie das Kätzchen mit leisen Worten beruhigte, fuhr Sebastian durch den Wochenendverkehr von Oldenburg.

***

In der Praxis angekommen, wurden sie gleich von Simones Freundin Verena in den Behandlungsraum gebracht, wo Simone das Fellknäuel auf den Behandlungstisch absetzte.

„Der Doktor kommt gleich."

Sie hob vielsagend die Augenbrauen und verließ den Raum. Sebastian dachte daran, dass er nun eigentlich völlig außer Atem auf einem Trampolin herumspringen sollte und trommelte ungeduldig mit den Fingern auf dem Tisch herum. Das hätte er besser nicht getan, denn plötzlich hatte er ein flinkes Pfötchen auf dem Zeigefinger und messerscharfe Krallen drangen durch seine empfindliche Haut.

„Aua!" Instinktiv zog er sich das Kätzchen unsanft vom Finger und hielt es mit dem Handrücken der anderen Hand auf Abstand.

„Du kleines Mistvieh! Du spinnst wohl. Das tat weh."

Simone, die von der Attacke ebenso überrascht war, lachte.

„Na ja, Sebastian. Du kannst doch nicht das Getrappel einer Maus nachahmen und erwarten, dass der kleine Jäger hier seelenruhig zusieht."

Sebastians Augen zogen sich zu Schlitzen zusammen, doch er blieb stumm. Martin und Simone hatten einen riesigen norwegischen Waldkater, der so gemütlich wie flauschig war und niemals auch nur eine Kralle ausfuhr, wenn er gestreichelt wurde. Den konnte man keinesfalls mit dem kleinen aggressiven Fellknäuel auf dem Behandlungstisch vergleichen. Gerade als Sebastian eine gehässige Bemerkung machen wollte, öffnete sich die Tür und ein junger, großgewachsener und dunkelhaariger Typ trat ein. Er trug einen weißen Kittel und ein Stethoskop um den schlanken Hals. Seine Haare waren eine Spur zu lang, um als modisch geschnitten zu gelten, aber zu dem glattrasierten, markanten Kiefer und den ausgeprägten Wangenknochen passte der Look perfekt. Als er Sebastian erblickte, zog sich ein Lächeln über sein Gesicht.

„Guten Morgen. Mein Name ist Oliver Berger. Doktor Schmidt wurde zu einem Notfall ins Tierheim gerufen. Ich bin ... äh ... die Vertretung."

Oliver kam ins Stottern, da der gutaussehende, dunkelblonde Mann mit den schönsten grünen Augen, die er jemals gesehen hatte, voll in sein Beuteschema passte. Oliver hatte Tiermedizin in Hannover studiert, wo er geboren und aufgewachsen war. Doch als er eher durch Zufall mit Doktor Schmidt Bekanntschaft geschlossen hatte, ergab es sich, dass er zunächst als Assistenzarzt für ihn in Oldenburg arbeiten sollte, um perspektivisch die Praxis zu übernehmen. In all den Monaten, die er nun bereits in der Praxis tätig war, war ihm jedoch kein Sahneschnittchen dieser Güteklasse untergekommen.

Sebastian dagegen konnte die Augen nicht von den sanft geschwungenen Lippen des jungen Arztes lassen und bewunderte die weißen, geraden Zähne, die beim strahlenden Lächeln seines Gegenübers aufblitzten.

„Hallo, ich bin Sebastian Müller."

Simone räusperte sich.

„Äh, ja, und das ist Simone Meyer." Sebastian schubste sie mit dem rechten Ellenbogen an und grinste Simone entschuldigend an. Nun verengten sich ihre Augen gespielt zu Schlitzen.

„Hauptsächlich geht es aber um das Kätzchen hier, das uns fast vor das Auto gelaufen wäre, nicht wahr, Sebastian?"

Der nickte eifrig.

„Ja, genau. Unsere kleine Fellnase hier …" Damit griff er sich das maunzende Fellknäuel und hielt es zwischen seinen Fingern auf dem Behandlungstisch fest. Für den Geschmack des Kätzchens etwas zu fest, denn es protestierte lautstark fiepend und versuchte sich aus dem Griff zu befreien.

„Na, dann wollen wir uns das Kitten mal anschauen." Oliver griff nach der kleinen Katze und streifte dabei Sebastians Hand. Ein Schauer lief über Sebastians Rücken und er begann wie von selbst zu erzählen.

„Meine gute Freundin Simone und ich haben das Kleine an der Bundesstraße aufgelesen. Fast wäre es uns vor das Auto gelaufen. Schauen Sie mal seine Pfötchen an. Das sieht aus, als hätte ihm jemand die Ballen verbrannt. Und auch die Schnurrhaare sehen angesengt aus." Sebastian spürte Simones Blick auf sich und grinste. Sie hatte sofort erkannt, dass er im Flirtmodus war. Der Arzt hatte während Sebastians Worten das Fellknäuel gedreht und gewendet und näher unter die Lupe genommen.

„Oje, Flöhe hat der kleine Kerl auch."

Sebastian riss die Augen auf und spürte sofort ein Jucken an den Armen. Flöhe? Flöhe! Er dachte an sein Auto und was wohl eine Grundreinigung des Innenraums kostete.

Simone dagegen lachte fröhlich auf.

„Der kleine Kerl? Es ist ein Junge!"

Oliver nickte und lächelte Simone an.

„Ja, ein kleiner Kater. Und so ein hübsches Kerlchen." Mit sanften Bewegungen streichelte der junge Arzt über das weiche Fell des Kätzchens und hielt es dennoch sicher in seinen Händen. Er wandte sich an Sebastian.

„Da hat der kleine Streuner ja noch mal Glück gehabt, dass er an Sie und Ihre … gute Freundin geraten ist! Die Pfötchen sehen arg mitgenommen aus, das bekommen wir mit einer Salbe aber rasch wieder hin. Und gegen die Flöhe bekommt er einen Spot-On. Dann hat sich das Thema ebenfalls schnell erledigt."

Oliver drückte den Kater mit der linken Hand an seine Brust und griff mit der freien Hand zielstrebig in eine Schublade in der Nähe des Behandlungstisches. Er zog die Packung mit dem Spot-On heraus, öffnete sie und setzte das sich windende Fellknäuel auf den Behandlungstisch. Die Gelegenheit zur Flucht wollte es sofort nutzen und setzte zum Sprung vom Tisch an. Sebastian griff beherzt zu und auch Oliver hatte verhindern wollen, dass der Kater floh und daher ebenso zugepackt. Was zur Folge hatte, dass sich die beiden gegenseitig an der Hand hielten und der Kater flink vom Behandlungstisch sprang. Wie ein Blitz ging es Oliver und Sebastian durch den gesamten Körper und sie schauten sich tief in ihre Augen. Während Oliver noch immer fasziniert vom Grün Sebastians Augen war, hatte der das Gefühl in einen klaren Gebirgsbach einzutauchen, so wunderschön blau waren Olivers Augen unter den attraktiven, buschigen Brauen. Verlegen kicherten sie und ließen sich dennoch nicht sofort los. Simone fing den haarigen Flüchtling auf dem Praxisboden ein und setzte ihn lachend zurück auf den Behandlungstisch.

„Den Kater halte wohl besser ich fest, während Sie ihn behandeln."

Olivers Wangen verfärbten sich rot.

„Dankeschön. Ja, so gehts." Nachdem der Spot-On im Nacken des Katers gesetzt war, hielt Simone ihn zärtlich aber bestimmt fest, während Oliver die Packung entsorgte und Sebastian fragend anschaute.

„Wie geht es jetzt mit dem Kater weiter?" Mit dieser unschuldigen Frage löste Oliver unwissentlich eine Diskussion aus.

Sebastian zuckte mit den Schultern.

„Na ja, wir bringen ihn ins Tierheim ..."

Da jaulte Simone auf.

„Mensch, Sebastian! Wir können den kleinen Kater doch nicht ins Tierheim stecken! Martin und ich können ihn leider nicht aufnehmen. Tiger ist doch so eigen. Der macht ihn nachher platt. Aber er kann doch nicht einfach so ins Tierheim! Es ist doch bald Weihnachten!"

Sebastian zog die Augenbrauen hoch. Der Zusammenhang zwischen dem Kater und Weihnachten erschloss sich ihm nicht. Allerdings spürte er Olivers fragenden Blick auf sich. Und ihm war, als sei der junge Arzt ganz Simones Meinung. Es dauerte noch einen Augenblick, dann verstand er ihre fragenden Gesichter.

„Was? Ich? Du möchtest, dass ich den Kater aufnehme?" Er lachte sarkastisch. Simone dagegen schniefte vernehmlich.

„Es wäre auch nur vorübergehend. Ich weiß ja, dass du keine Haustiere magst."

Da unterbrach Sebastian.

„Moment. Das hat mit Mögen nichts zu tun. Ich habe nicht die Zeit für ein Haustier. Ich habe einen Job, den ich sehr ernst nehme. Und ich mag meine Wohnung eben ohne Kratzspuren und Haare, wenn es nicht meine Eigenen sind! Nachher kotzt mir das Vieh aufs Parkett und pinkelt hinter das Sofa!"

„So ist das doch mit Katzen gar nicht unbedingt."

Simones Stimme zitterte bedenklich und Sebastians Herz zog sich zusammen. Er mochte sie gern, aber den Gefallen konnte er ihr nicht tun. Oliver wich Sebastians Blick aus und beschäftigte sich übertrieben mit dem kleinen Kater, der immer weiter fiepende Laute von sich gab und einerseits Olivers Kraulen genoss und andererseits doch immer wieder sachte in dessen Fingerkuppen biss. Simone gab nicht auf.

„Fährst du denn über Weihnachten und Silvester weg?"

„Nein, Du weißt ganz genau, dass ich das nicht tun werde."

Hatte er da ein triumphierendes Schnauben vom Tierarzt gehört? Simone holte zum finalen Schlag aus.

„Ach bitte, Sebastian. Stell dir doch mal vor, wie der kleine, misshandelte Kater traurig im Tierheim sitzt und an Weihnachten ganz allein ist. Und du sitzt ebenso allein da. Ihr könntet euch gegenseitig

Gesellschaft leisten! Und ich besorge auch alles Nötige. Du brauchst kein Geld dafür ausgeben. Und im neuen Jahr suche ich ein dauerhaftes Zuhause für Fieb."

Sebastian meinte, sich verhört zu haben.

„Wie bitte? Was hast du gesagt?"

„Was meinst du? Fieb? So sollte der Kater heißen. Er braucht doch einen Namen. Und er fiept doch ständig so süß."

Sebastian schüttelte den Kopf. Ganz so, als könne er damit den ungeheuerlichen Entschluss, den er gerade gefasst hatte, doch noch loswerden. Simone war so etwas wie seine Ersatzfamilie. Er konnte ihr diesen Gefallen nicht abschlagen, wenn sie so hartnäckig darauf beharrte. Zumindest nicht, ohne wie ein komplettes Arschloch dazustehen! Sebastian seufzte. Und dann war da noch der heiße Tierarzt. Er seufzte noch mal.

„Na gut ..." Weiter kam er nicht, da jubelte Simone los.

„Juhu! Du wirst es nicht bereuen! Ich schwöre es!"

Oliver grinste Sebastian an.

„Gratuliere zum Pflegekater. Ich lege schnell eine Patientenakte für Fieb an und lasse an der Anmeldung die Rechnung fertigstellen." Oliver griff in einen Hängeschrank, holte eine kleine Tube heraus und legte sie vor Sebastian hin.

„Diese Salbe bitte nach Bedarf auftragen. Am besten, wenn der kleine Racker schläfrig ist. Sonst verteilt er Ihnen die Salbe auf den guten Möbeln." Oliver zwinkerte und bestätigte damit, dass er jedes Wort von Sebastians Abwehrargumentation klar und deutlich verstanden hatte.

„Okay, vielen Dank." Sebastian war noch immer überfordert, dass er sich bereit erklärt hatte, Fieb bis zum neuen Jahr aufzunehmen. Er hätte gerne noch etwas mehr mit Doktor Oliver geplaudert, doch der war bereits aus dem Raum gegangen. Enttäuscht drehte sich Sebastian zu Simone um, die mit einem breiten Grinsen den Kater an ihre Brust drückte.

„Hier. Sie können den Kater ja nicht immer in der Jacke

transportieren." Sebastian drehte sich zu Olivers Stimme um und bekam eine kleine Transportbox mit deutlichen Gebrauchsspuren in die Hand gedrückt.

„Sie können die Box zurückbringen, wenn sie mit Fieb zum Kontrolltermin kommen. Wir sollten uns Dienstag wiedersehen."

Sebastian riss regelrecht den Kopf hoch, als er Olivers Botschaft verarbeitet hatte. Wir sollten uns Dienstag wiedersehen! Ja, das fand Sebastian auch!

***

Am Dienstagmorgen war Sebastian stolz auf sich, dass der Kater noch lebte. Er hatte sämtliche Tipps von Simone zur Fütterung, zur Reinigung der Katzentoilette und zum sonstigen Umgang mit der Katze befolgt und stellte fest, dass es ganz gut hingehauen hatte. Fieb hatte weder irgendwo hingekotzt noch sein Geschäft außerhalb der Toilette gemacht. Da er vorher die mit Streu gefüllte Plastikschale lautstark umgrub, konnte Sebastian auch nicht überhören, wann es Zeit wurde, sie zu reinigen. Ansonsten hatte er ein Arbeitswochenende eingelegt und sich kopfüber in die noch bis zu den Feiertagen zu erledigenden Aufgaben gestürzt. Fieb, der ihm ständig um die Beine gestrichen war, hatte ihn zwar dazu veranlasst, einen Stuhl neben sich zu stellen, um den Kater zwischendurch immer mal wieder mit Streicheleinheiten zum Schnurren zu bringen. Aber ansonsten hatte ihn der Kater nicht weiter von der Arbeit abgehalten.

Nun saßen sie gemeinsam im Wartezimmer der Tierarztpraxis. Fieb miauend in seiner neuen, von Simone besorgten Transportbox und Sebastian leise auf ihn einredend auf einem Stuhl daneben.

„Herr Müller mit Fieb? Sie können jetzt ins Behandlungszimmer kommen."

Die ihm unbekannte Arzthelferin wies Sebastian den Weg und lächelte ihn und den Kater strahlend an. Fieb wurde in der Box ganz ruhig, als er sie nach Anweisung der Helferin auf den

Behandlungstisch abstellte. Während Sebastian den Kater beobachtete, öffnete sich eine zweite Tür zu dem Raum und Oliver trat ein. Er trug wieder einen weißen Kittel und lächelte strahlend, als er erkannte, wer zur Kontrolle eingetroffen war.

„Hallo, Fieb. Und Herr Müller!" Sebastian lächelte gezwungen. Wie konnte er von dem unsäglichen Sie wegkommen?

„Na, dann wollen wir uns den kleinen Kerl mal anschauen." Oliver öffnete die Transportbox und holte den Kater mit der einen Hand heraus, während er mit der anderen die Box vom Tisch stellte. Sebastian stand untätig am Behandlungstisch, während der kleine Kater die Behandlung von Olivers schlanken Fingern sichtlich genoss. Nach einigen Augenblicken sah Oliver von Fieb zu Sebastian.

„Flöhe kann ich keine mehr finden. Die Pfoten brauchen aber weiterhin besondere Pflege. Haben Sie noch genug Salbe, Herr Müller?"

Sebastian schüttelte den Kopf.

„Nein, ich weiß nicht, ob ich zu großzügig damit war, aber die Tube, die ich habe, wird wohl nur noch zwei Tage reichen."

„Macht nichts. Ich gebe Ihnen gleich eine neue Tube. Bitte weiterhin nach Bedarf auftragen."

Sie lächelten einander an und Sebastian war dankbar, als Oliver bemerkte, dass der Kater in vier Wochen für eine erneute Flohbehandlung vorstellig werden sollte. Zur Sicherheit, falls eine neue Generation aus eventuell noch vorhandenen Eiern schlüpfen würde. Dann fiel ihm ein, dass der Kater dann vielleicht gar nicht mehr da wäre. Falls Simone erfolgreich bei der Suche nach einem neuen Zuhause war.

Oliver überlegte fieberhaft, was er sagen konnte, um Sebastian wiederzusehen, ohne dass die altgediente Helferin es mitbekäme. Also zückte er eine Visitenkarte, kritzelte schnell seine Handynummer darauf und reichte sie Sebastian beim Verlassen des Raumes.

„Für Sie. Falls mal etwas sein sollte ... Ansonsten wünsche ich Ihnen schöne Weihnachtsfeiertage mit Fieb!" Oliver zog eine

Augenbraue vielsagend hoch und grinste dabei.

Sebastian bedankte sich und lächelte ebenso vielsagend zurück.

***

Der Dienstag und Mittwoch waren stressige Tage für Sebastian. Bei einem seiner Projekte war die bisherige Vertreterin des Auftraggebers aus heiterem Himmel gekündigt worden und der Nachfolger meinte, er müsse alle besprochenen und abgestimmten Einzelheiten ändern. All seine Beteuerungen, dass es sich bei vielen Details um seine Empfehlungen handelte, interessierten den karrieregeilen Emporkömmling nicht, sodass Sebastian beinahe bei null anfangen musste. Als hätte sich der Kater zum Ziel gesetzt, dass Sebastian regelmäßig Pausen machte, hielt er ihn immer wieder von der Arbeit ab. Entweder legte sich Fieb ins Handtuchregal im Badezimmer schlafen, sodass er zur Fütterungszeit nicht aufzufinden war und Sebastian eine Stunde lang die ganze Wohnung auf den Kopf stellte, nur um letztlich durch Zufall festzustellen, dass im untersten Fach des Regals ein Badetuch etwas hervorragte und der Kater seelenruhig dahinter schnarchte. Oder er wagte einen Sprung auf die Fensterbank im Büro und schmiss Sebastians heißgeliebten Palmfarn herunter, woraufhin der Keramikübertopf in tausend Teile zersprang und sich die Kakteenerde auf dem Fußboden im ganzen Zimmer verteilte. Zu guter Letzt schmiss der Kater ein Glas von der Küchenanrichte, als Sebastian völlig gestresst von einer nervenaufreibenden Videokonferenz vergessen hatte, die Tür zur Küche zu schließen. Als er abends ins Bett gehen wollte und die Schlafzimmertür wie üblich hinter sich zuzog, jaulte der Kater herzerweichend im Flur. Zunächst ignorierte Sebastian das kägliche Miauen, doch Fieb gab nicht nach. Über eine halbe Stunde lang jaulte es vor der Tür, bis Sebastian aufgab. Er stand auf, öffnete die Tür und ließ den Kater ins Zimmer. Der schlüpfte an Sebastians nackten Beinen vorbei in den Raum und sprang mit zwei Sätzen auf das mit der teuren Wäsche bezogene Bett.

Doch das konnte Sebastian so übermüdet wie er war, nicht erschrecken.

„Gute Nacht. Schlaf jetzt bitte."

Fieb rollte sich umgehend zu einer Kugel am Fußende des Bettes ein und schnurrte zufrieden. Unauffällig beobachtete er dabei seinen menschlichen Mitbewohner und stellte fest, dass der unverzüglich in tiefen Schlaf gefallen war.

Eine unerträglich heiße Brise streifte Sebastians Gesicht, sein Mund war ausgedörrt und seine Kehle lechzte nach einem wohltuenden, kühlen Schluck Wasser. Doch weit und breit war kein Wasser zu sehen! Rings um sich konnte er nur hohe Dünen erkennen. Die Hitze machte ihm das Atmen schwer. Wie ein Stein lag die heiße Luft auf seiner Brust und schnürte ihm den Hals zu! Er fasste sich an den Hals und fühlte samtiges Fell. Wie vom Donner gerührt, riss ihn die Berührung von etwas Pelzigem aus seinem Albtraum und Sebastian realisierte, dass die unerträgliche Hitze auch nach dem Aufwachen blieb. Seine Hände ertasteten auch im wachen Zustand etwas Pelzig-Warmes um seinen Hals. Fieb! Sebastian schreckte auf und riss sich den Kater, der es sich quer über seinem Hals gemütlich gemacht hatte, von der Kehle.

„Du verrücktes Vieh! Was machst du denn?"

Doch Fieb sah ihn nur verwundert an. Sebastian trug ihn ins Wohnzimmer und legte ihn auf die Couch.

„Du kannst dich doch nicht auf meinen Hals legen!" Damit ging Sebastian zurück ins Schlafzimmer und versuchte, wieder in den Schlaf zu finden. Gerade als er im Bett lag, wurde ihm klar, dass er Durst hatte, tappte in die Küche, holte sich eine Flasche Mineralwasser ans Bett und trank gierig mehrere Schlucke, bevor er sich zurück in die Kissen kuschelte. Noch immer ein wenig erschrocken von der perfiden Attacke des Katers auf seinen Hals, war ihm jedoch lediglich ein unruhiger Schlaf vergönnt.

Als sein Handywecker um 7.00 Uhr klingelte, fühlte sich Sebastian völlig zerschlagen. Noch schlaftrunken ging er durch den Flur ins Bad und sah eher aus dem Augenwinkel, noch bevor er die Tür hinter sich schließen wollte, dass etwas auf dem Fußboden im Flur lag. Er machte zwei Schritte zurück und rieb sich die Augen. Was war das? Sebastian konnte es nicht glauben. Da lag eine Salatgurke auf dem Fußboden! Genauer gesagt eine halbe Salatgurke. Sebastian hob sie auf und registrierte da, dass die Küchentür offenstand. Er schüttelte den Kopf und verfluchte erst sich und dann den Kater. Der hatte es in der Nacht scheinbar ausgenutzt, dass er die Tür hatte offenstehen lassen. Und hatte sich gleich an der Salatgurke, die in einer Schale auf der Anrichte lag, ausgetobt.

„Fieb!!!"

Sebastian hatte den Kater noch nicht zu Gesicht bekommen und schwankte zwischen Ärger und Sorge, als er ihn rief. Er hatte keine Ahnung, ob Salatgurke schädlich für Katzen war. Sebastian schaute ins Wohnzimmer, wo er keinen Fieb fand. Da hörte er ein lautes Geräusch aus dem Bad. Der Kater grub seine Katzentoilette um! Wie selbstverständlich ließ Sebastian ihm seine Privatsphäre und schmiss die angekaute Gurke in den Eimer für den Biomüll. Wenigstens eine Biogurke, ging es ihm durch den Kopf. Dann wurde ihm der Preis der Gurke bewusst: 1,89 EUR zum Teufel – nur wegen des Katzenviehs!

Fieb schaute zur Tür hinein und sah Sebastian aus großen Augen an.

„Na, du Racker. Alles okay mit dir?"

Redete er jetzt tatsächlich schon so selbstverständlich mit dem Kater? Was kam als Nächstes? Katzenbilder an der Kühlschranktür? Fieb wich Sebastians Griff gekonnt aus und schoss zielstrebig in Richtung Bad davon. Neugierig folgte Sebastian und wünschte sich sehnlichst eine Wäscheklammer für seine Nase.

„Du meine Güte!"

Entsetzt sah Sebastian, was der Kater in seiner Katzentoilette angestellt hatte. Dabei konnte der Ärmste wohl nichts dafür. Die halbe Gurke hatte bei ihm einen flotten Otto verursacht. Sebastian konnte ein hämisches Lachen nicht verkneifen.

„Siehste, das kommt davon, wenn du dir meine Gurke einverleibst."

Er reinigte die Toilette gewissenhaft und war Simone dankbar, dass sie einen geruchshemmenden Streu-Eimer spendiert hatte. Kaum war das Klo fertig, grub Fieb erneut darin herum. Da rutschte Sebastian das Herz aber doch in die Hose und er beschloss, bei Oliver anzurufen. Nur zur Sicherheit. Er hatte gesagt, dass sie noch bis einschließlich dem 23. Dezember in der Praxis erreichbar waren. Zu seiner größten Erleichterung ging Oliver direkt an sein Handy. Er klang etwas verschlafen und erst da fiel Sebastian ein, dass es erst kurz nach 7.00 Uhr war! Doch Oliver blieb gelassen und versprach, nach Feierabend vorbeizuschauen.

Bis dahin hatte Sebastian schon mehrfach das Katzenklo sauber gemacht und versucht, den Kater zum Fressen oder Trinken zu bewegen, doch der weigerte sich standhaft. Fieb lag schläfrig auf dem Sofa herum und rannte von Zeit zu Zeit zu seiner Toilette.

Sebastian war froh, als es endlich an der Tür klingelte, drückte den Türöffner und ließ Oliver schließlich in die Wohnung.

„Hier ist der Spezialnotdienst! Wo steckt denn unser Sorgenkind?"

Wie Oliver so hilfsbereit vor Sebastian stand, liefen dem vor Erleichterung Tränen die Wangen herunter. Ein dicker Kloß steckte in seinem Hals und er konnte nicht sprechen. Also deutete er in Richtung des Wohnzimmers und wischte sich mit fahrigen Bewegungen die verräterischen Linien vom Gesicht. Wie peinlich, jetzt auch noch vor dem heißen Tierarzt zu heulen!

Oliver ging jedoch nicht ins Wohnzimmer. Vielmehr überbrückte er die Distanz zu Sebastian mit einem Schritt und zog ihn in eine tröstende Umarmung, sodass Sebastians Wange an Olivers

Schulter in seiner gesteppten Winterjacke lag, während seine Gedanken rasten. Eigentlich waren sie sogar noch beim Sie, denn am frühen Morgen hatte Sebastian vor Sorge um den Kater nicht daran gedacht, eine persönlichere Ansprache vorzuschlagen. Er spürte Olivers rechte Hand in seinem Nacken, wie sie seinen Haaransatz kraulte, und er beruhigte sich zusehends. Sebastian löste sich langsam aus der Umarmung und sah Oliver lächeln.

„Na, gehts wieder?"

Sebastian nickte. Noch immer hatte er Angst, dass seine Stimme brach.

Oliver verstand ihn ohne Worte.

„Gut. Dann sehe ich mir den kleinen Racker mal an. Einfach so eine halbe Salatgurke zu verspeisen, das geht natürlich nicht spurlos an so einem Katzenmagen vorbei." Oliver schlug einen gespielt strengen Ton an, als er sich Fieb näherte, der schlapp auf dem Sofa lag.

Nach einer kurzen Untersuchung und einigen Fragen an Sebastian zu Fiebs Verhalten über den Tag war sich Oliver sicher, dass der Kater keinen bleibenden Schaden davontragen würde. Er brauchte lediglich Schonkost, die ihm gleichzeitig ordentlich Appetit machte.

„Hast du Fischstäbchen da?"

Sebastian meinte sich verhört zu haben! Fischstäbchen? Gleichzeitig machte sein Herz einen Hüpfer, denn Oliver hatte ihn geduzt. Damit war das schon mal geklärt. Aber Fischstäbchen? Er schüttelte den Kopf.

„Nein. Das letzte Mal habe ich Fischstäbchen gegessen, als ich noch bei meinen Eltern gewohnt habe. Und das ist knapp 10 Jahre her!"

„Und wie ist es mit ungewürztem Hähnchenbrustfilet und Kartoffelpüree?"

Sebastian schnaubte ungläubig. Wollte Oliver für sie kochen oder dem Kater Futter zubereiten?

Oliver erkannte Sebastians Verwirrung und lachte.

„Ja, es soll für den Kater sein! Man kann die Fischstäbchen in etwas Wasser in einer Pfanne garen und dann die Panade abkratzen. Zwei Stück in kleine Happen zerteilt sind eine ordentliche Portion. Alternativ gibt es ein kleines Stück Hähnchenbrustfilet, das man in Wasser vorsichtig garen kann. Mit etwas fertigem Kartoffelpüree ist das für den Magen schonend und schmackhaft."

„Sorry, so etwas habe ich nicht da."

Oliver, der neben dem Kater gekniet hatte, richtete sich auf.

„Kein Ding, ich habe auf dem Weg hierher einen Supermarkt um die Ecke gesehen. Der hat doch sicherlich noch auf. Ich besorge eben ein paar Zutaten. Bin gleich wieder da." Damit ging er an Sebastian vorbei und verließ lächelnd die Wohnung.

Sebastian war erleichtert, nahm den Kater vom Sofa auf und drückte ihn vorsichtig an seine Brust.

„Puh, da haben wir noch mal Glück gehabt, was? Und dann ist der Tierarzt auch noch so ein Netter! Geht jetzt los und kauft Futter für dich. Gewöhn dich aber nicht an diese Gerichte. Das gibt es nur, damit du schnell wieder auf die Beine kommst."

Fieb maunzte, kuschelte sich an Sebastians Brust und sah ihn aus seinen großen Augen an.

„Ach, du. Hör auf. Du brauchst dich nicht so einzuschleimen! Spar dir das für Oliver auf."

Sebastian verdrehte die Augen darüber, dass er erneut mit dem Kater sprach, als könnte der ihn verstehen und setzte ihn wieder auf das Sofa. In der Küche holte er eine Pfanne hervor, gab etwas Wasser hinein und stellte sie auf das Ceranfeld. Ebenso stellte er einen kleinen Topf auf den Herd. Mehr konnte er zunächst nicht machen. Seine Gedanken flogen dem Verlauf des Abends voraus und ihm fiel ein, dass er Oliver zum Essen einladen konnte. Nicht, dass für sie etwas im Kühlschrank gewesen wäre. Aber er konnte etwas beim chinesischen Lieferdienst bestellen, falls Oliver chinesisches Essen mochte.

Und wie er es mochte. Oliver war mit einer Tüte voller Leckereien für Fieb und einer Flasche Weißwein für Sebastian und ihn zurückgekehrt. Anschließend hatten sie gemeinsam das Essen für den Kater zubereitet. Oliver hatte Sebastian gezeigt, wie er das mit den Fischstäbchen geschickt händeln konnte. Währenddessen hatte Sebastian nach Rückfrage an Oliver chinesisches Essen bestellt. Der Kater hatte sich, wie vom Tierarzt prophezeit, auf seine Schonkost gestürzt und mit sichtlichem Appetit alles restlos verputzt.

Nun saßen Sebastian und Oliver ebenfalls mit vollen Mägen auf der Couch und tranken den von Oliver spendierten Grauburgunder aus einfachen Wassergläsern, da Sebastian keine Weingläser besaß. Zufrieden schnurrend lag Fieb zwischen ihnen und ließ sich von beiden kraulen, während sie sich angeregt unterhielten. So erfuhr Sebastian, dass Oliver ebenfalls 28 Jahre alt war, aus Hannover kam und dort auch das Weihnachtsfest und den Jahreswechsel verbrachte. Seine Schwester, die in Amerika studierte, war extra für die Feiertage nach Hause geflogen, also sollte die Familie so lange wie möglich beisammen sein. Das schloss Oliver auf jeden Fall mit ein, auch wenn er befürchtete, dass ihm das Aufeinanderhocken spätestens nach drei Tagen ganz schrecklich auf die Nerven ging. Sebastian und er verabredeten, dass sie sich im neuen Jahr auch ohne Besuch in der Sprechstunde wiedersehen würden. Zum Abschied küsste Oliver Sebastian zart auf die Lippen.

***

Der schwebte noch am nächsten Morgen, dem 24. Dezember, auf Wolke 7 und ging spontan los und kaufte einen kleinen Weihnachtsbaum im Topf, eine Lichterkette und ein paar rote und silberne Kugeln. Für den Kater besorgte Sebastian sogar noch ein Spielzeug, damit sie Bescherung machen konnten. Und zum guten Schluss kaufte er im Supermarkt noch so viele Lebensmittel, dass der Kühlschrank aus allen Nähten platzte. Fieb bekam sein Hähnchenbrustfilet mit

Kartoffelpüree und für sich selbst briet Sebastian ein paniertes Schnitzel und ließ es sich mit Kartoffelsalat schmecken. Das erinnerte ihn an das traditionelle Essen mit seiner Familie. Die war allerdings seit 10 Jahren Geschichte. Seit er von zu Hause ausziehen musste, weil seine Eltern nicht mit einem schwulen Sohn unter einem Dach leben wollten. Anfangs hatte ihm die Situation zugesetzt, doch sie hatte ihm letztlich den nötigen Antrieb verpasst, sein Leben selbst in die Hand zu nehmen. Und das hatte er getan. Er war aus seinem kleinen Heimatdorf nach Oldenburg gezogen, hatte in einem winzigen Zimmer gelebt, sich mit zwei Nebenjobs über Wasser gehalten und ein Bachelorstudium mit Auszeichnung absolviert. Alles ohne Unterstützung durch die Familie! Anschließend hatte er den Job in der Unternehmensberatung ergattert und mit Simone nicht nur eine besonders gute Freundin, sondern auch ein wenig Familienersatz gefunden. Kein Wunder also, dass „Kevin allein zu Haus" sein absoluter Weihnachtslieblingsfilm war. Mit dem Kater auf dem Sofa eingekuschelt schaute Sebastian den Film, doch sein Blick wanderte immer wieder zu dem kleinen Weihnachtsbäumchen, das mit seinen kleinen elektrischen Kerzen das Wohnzimmer in ein angenehm warmes Licht tauchte. Er dachte an Oliver und was ein Abend in seiner Gesellschaft ausgemacht hatte. Kurz dachte Sebastian noch, dass er Weingläser besorgen musste, da war er eingeschlafen.

***

Am ersten Weihnachtsfeiertag lag Sebastian nachmittags faul mit dem Kater auf dem Bauch auf dem Sofa, kraulte ihn und schaute erneut auf seinen kleinen Weihnachtsbaum mit dem dahinter liegenden Balkon. Zu seinem Erstaunen hatte es am Vormittag begonnen zu schneien und so war der Balkon vollständig, wie von Puderzucker bestäubt. Die Nachmittagssonne zauberte funkelnde Kristalle auf die Schneedecke, an deren Strahlkraft sich Sebastian nicht sattsehen konnte. Er hätte eigentlich noch genug Arbeit zu erledigen gehabt, doch er konnte sich nicht aufrappeln. Zwischen den Feiertagen blieb noch genug Zeit, um alles fristgerecht fertigzustellen. Und falls nicht, würde die Welt davon schon nicht gleich untergehen …

***

Der zweite Weihnachtsfeiertag verlief ähnlich gemütlich. Sebastian frühstückte um 11.00 Uhr gemütlich auf dem Sofa im Wohnzimmer und genoss dabei die schnurrende Gesellschaft seines haarigen Gastes. Da klingelte das Telefon. Sebastian angelte sich das Handy vom Tisch und nahm den Anruf entgegen. Es war Simone!

„Hallo, Sebastian. Frohe Weihnachten wünsche ich dir!"

„Frohe Weihnachten, Simone. Na, hast du die Familienbesuche überstanden?"

„Oh ja, nun reicht es wieder für ein Jahr. Heiligabend waren wir bei Martins Schwester, gestern bei meinen Eltern und heute noch bei meinen Schwiegereltern, wo Martins Schwester mit Mann und Kindern natürlich auch noch mal auftauchen musste. Es ist doch schön, wenn man dann in sein eigenes Zuhause zurückkommt und lediglich der Kater schnurrend auf der Couch liegt!"

Sebastian schwankte zwischen Verständnis und ein wenig Neid. Einerseits hätte er sehr gerne solch einen Trubel an Weihnachten erlebt und hatte dementsprechend häufig an Oliver gedacht und wie er wohl mit der Familie unter dem Weihnachtsbaum saß. Andererseits konnte er sich das mit seiner Familie auf keinen Fall vorstellen und hatte die ruhigen Tage mit dem Kater genossen. Seinen Gedanken folgend hatte er noch nichts gesagt und Simone fuhr fort.

„Und nun halte dich fest. Ich habe tolle Neuigkeiten für dich!"

Sebastian setzte sich aufrecht hin und war gespannt. Welche Neuigkeiten mochte Simone für ihn haben? Wollte sie ihm mit Infos von der Arbeit kommen? Und das an Weihnachten?

„Martin hatte einer Kollegin von sich erzählt, dass wir für Fieb ein neues Zuhause suchen. Und sie wollen ihn aufnehmen! Zuerst wollen sie noch mit einem befreundeten Paar über Silvester nach Dänemark fahren, aber danach bist du ihn los!"

Sebastian wurde das Herz schwer. Er hatte sich schnell an den Kater gewöhnt. Und letztlich hatte er ihm das Kennenlernen mit Oliver zu verdanken. Wie konnte er ihn da gehen lassen? Doch er musste vernünftig sein. Fieb wäre trotz Homeoffice doch die meiste Zeit auf sich allein gestellt. Ob Sebastian das mit all seiner Zuneigung wettmachen konnte? Er war sich nicht sicher.

„Oh, das ging ja schnell. Aber das war ja so verabredet. Danke für die Info. Melde dich einfach, wenn der Kater umziehen soll."

Simone merkte durchaus, dass Sebastian die Nachricht nicht so erleichtert aufgenommen hatte, wie sie vermutet hatte, doch er sagte nichts weiter, also verabschiedeten sie sich voneinander und wünschten einen guten Rutsch.

***

Zwischen den Jahren gab sich Fieb alle Mühe, Sebastians Nerven zu strapazieren. Zuerst schmiss er den Weihnachtsbaum um, sodass einige Kugeln kaputt gingen. Im Bad pinkelte er über den Rand seines Katzenklos und später kotzte er nachts so vor die Schlafzimmertür, dass Sebastian am nächsten Morgen direkt in die Bescherung trat. Er nahm das als Wink des Schicksals, er solle froh sein, die kleine Abrissbirne loszuwerden, doch so recht konnte er sich an den Gedanken nicht gewöhnen.

***

Zu Silvester hatte Sebastian nichts weiter vor, als sich einen gemütlichen Fernsehabend zu machen und die traditionelle Show zum Jahreswechsel im Ersten zu sehen. Dazu hatte er für sich zwei Berliner und eine Flasche Champagner besorgt. Der Kater bekam zum Abendessen frisches Hühnchen und später eine Katzenpaste, die ihn regelrecht wild machte. So gierig, wie er an Sebastians Finger schleckte, musste die Paste hervorragend schmecken. Zumindest für den feinen Katzengaumen, denn er selbst hätte bei dem Geruch beinahe gespuckt.

Um 00.00 Uhr begann vor den großen Balkonfenstern das Feuerwerk in der Innenstadt, Sebastian schnappte sich den Kater und stand mit ihm auf dem Arm vor der wunderschönen dunklen Kulisse, die immer wieder von Lichtblitzen und explodierenden Raketen erhellt wurde. Doch der Kater hatte dafür nichts übrig und strampelte sich frei.

„Verräter! Aber gut, Du unterstreichst schon mal deine Unabhängigkeit." Etwas traurig und verlassen blieb Sebastian an der Fensterfront stehen. Er konnte Oliver eine Nachricht schreiben. Doch zuerst nahm er sich sein Glas mit Champagner und trank einen großen Schluck.

„Frohes neues Jahr für mich. Mal sehen, was es parat hält."

In dem Augenblick klingelte es an der Tür. Sebastian vermutete, dass es ein paar Jugendliche waren, die durch die Innenstadt zogen und Klingelstreiche machten. Doch nach ein paar Momenten schrillte die Klingel erneut los. Er drückte die Gegensprechanlage.

„Verpisst Euch! Verficktes neues Jahr!" Es knackte bei der Antwort.

„Ähm, Sebastian? Hier ist Oliver."

Sebastian wurde heiß und kalt. Was machte Oliver hier? Und hatte er ihn wirklich gerade furchtbar fluchen hören? Schnell drückte er den Türöffner. Oliver nahm zwei Stufen auf einmal, als er in das erste Obergeschoss hochlief. Fieb versuchte neugierig an Sebastians Beinen vorbei aus der Wohnungstür zu schauen. Oliver drückte die Tür sachte auf und achtete darauf, dass der Kater nicht herausflitzte. Dann stand er vor Sebastian, der ihn mit großen Augen anschaute.

„Was machst du hier? Ich dachte, du feierst mit deiner Familie?

Ich wollte dir gerade eine Nachricht schreiben."

Oliver lächelte und überbrückte auch noch die letzte Distanz zwischen ihnen. Er küsste Sebastian auf den Mund.

„Du hast mir schrecklich gefehlt. Schon an Weihnachten habe ich die ganze Zeit an dich und den Kater gedacht, und wie es euch wohl geht. Und ich habe mir gedacht, dass Fieb nun wirklich nicht die beste Silvester-Gesellschaft ist. Also bin ich spontan nach dem traditionellen Raclette bei meinen Eltern aufgebrochen. Ich hatte gehofft, ich würde es pünktlich vor Mitternacht schaffen."

Sebastian zog Oliver etwas zu sich herunter und küsste ihn dieses Mal intensiver. Tränen liefen ihm aus den Augen.

„Ich danke dir!"

Oliver sah besorgt aus, als er die Tränen sah.

„Was ist denn los? Ist etwas passiert?"

Unwirsch wischte Sebastian die Tränen von seinen Wangen.

„Ach, nichts. Ich bin eine gefühlsduselige Heulsuse. Total peinlich! Aber der Kater. Meine Freundin Simone hat ein neues Zuhause für ihn gefunden."

Oliver wusste nicht, was er dazu sagen sollte. Er hatte sich so spontan in Sebastian verknallt, als er ihn zum ersten Mal mit dem Kater in der Praxis gesehen hatte, dass er ihn sich nicht ohne Fieb vorstellen konnte. Also nahm er Sebastian einfach in den Arm und hielt ihn ganz fest an sich gedrückt.

Nachdem sich Sebastian an Olivers Schulter ausgeweint hatte, setzten sie sich auf die Couch. Fieb war wieder mittendrin. Sie leerten die Flasche Champagner. Nur unterbrochen von zärtlichen Küssen und intensiven Schmusereien. Irgendwann wechselten sie ins Schlafzimmer und ließen den schlafenden Kater auf der Couch zurück.

***

Am nächsten Tag wachten sie zur Mittagszeit eng aneinander

gekuschelt auf und stellten fest, dass der Kater irgendwie die Türklinke zum Schlafzimmer geöffnet hatte. Er lag artig auf dem Beistellstuhl beim Kleiderschrank, schnurrte laut und haarte Olivers grauen Pullover voll. Sebastian kämpfte erneut gegen die Tränen an, die diese einträchtige Szene bei ihm hervorrief, als sein Handy auf dem Nachttisch brummte. Er griff danach und entsperrte den Bildschirm.

„Bestimmt wieder eine dieser Frohes-Neues-Jahr-Nachrichten, die jemand an all seine Kontakte geschickt hat." Er verdrehte die Augen, doch dann blieb sein Mund offenstehen und erneut füllten sich seine Augen mit Tränen. Oliver setzte sich ebenfalls auf.

„Was ist los?"

Sebastian konnte nicht sprechen. Er drückte Oliver sein Handy in die Hand, sodass der selbst lesen konnte:

„Hallo Sebastian, sorry, dass ich so früh an Neujahr störe, aber ich habe gerade eine Nachricht von Martins Kollegin erhalten. Ihr Mann hat ihr ausgerechnet zum neuen Jahr eröffnet, dass er sich von ihr trennen will. Damit kann sie den Kater nicht zu sich nehmen."

Weiter konnte Oliver nicht lesen, da Sebastian wie ein Wilder aus dem Bett sprang, sich den überraschten Kater schnappte und ihn zu sich und Oliver ins Bett holte. Während Oliver Fieb mittig zwischen sie über die Bettdecke hielt, machte Sebastian ein Selfie von ihnen und schickte es anschließend direkt an Simone.

„Ein Frohes Neues Jahr voller Liebe wünschen Oliver, Sebastian und Fieb!"

In Gedenken an Fieb (1999 – 2012), der 13 Jahre lang Leben in die Bude gebracht hat.

JUNGE LIEBE

Robin Cruiser

Der Sommer im Haus am See

Band 113

Himmelstürmer Verlag

Frauke Burkhardt
Weihnachtsfrieden

Kurz vor Weihnachten 2021.
Ich stehe bestens gelaunt vor dem Spiegel, blicke lächelnd hinein. Zurück schaut ein kräftiger, dunkelblonder Mann, Ende zwanzig, mit tätowierten Armen. Das bin ich, Dimitri Wolkow. Ich bin der glücklichste Mann der Welt, denn ich bin endlich mit Igor Petrow zusammen. Igor, der Mann mit den dichten Wimpern und den langen dunklen Haaren. Er ist genauso alt wie ich. Wir kennen uns schon seit vielen Jahren, sind beide in Charkiw aufgewachsen. Keiner kann sich das Leben ohne den anderen vorstellen. Igor hat immer gute Laune und scheint mit allen Menschen klarzukommen. Heute treffen wir uns in der Stadt, bummeln durch die Straßen. Es ist bitterkalt, aber ich merke es kaum. Ich habe nur Augen für Igor. Er bemerkt meinen Blick und lacht verlegen.

„Du machst mich nervös."

„Entschuldige, aber ich bin so happy."

Igor stupst mich leicht an. „Das bin ich auch."

Wir vermeiden es, Hand in Hand zu gehen, nicht jeder hier kann damit umgehen. Wir passieren die Kathedrale, einige Zeit später den Freiheitsplatz.

Wir kaufen eine Flasche Wodka, trinken und gehen langsam weiter, schmieden Pläne. Vor einem Reisebüro bleiben wir stehen. Igor schaut mir tief in die Augen.

„Nächsten Sommer fahren wir nach Venedig, nur du und ich."

Venedig, davon träume ich schon lange. Eine Gondelfahrt, die vielen Shops, die Restaurants, die Rialtobrücke. Ich kann es kaum erwarten, das alles zu erleben. Aber vorher werden wir noch einige Monate so verbringen. Jeden Tag werde ich voll auskosten.

Als nächstes betreten wir das große Kaufhaus an der Ecke. Es ist wie immer festlich geschmückt und leise ertönt Weihnachtsmusik. Besonders lange halten wir uns nicht dort auf. Es ist sehr voll und offen gesagt, nervt mich die Dauerbeschallung durch Weihnachtslieder.

„Es macht keinen Spaß, sich durchs Gewühl zu drängen", murre ich. „Nur Hektik und Stress. Von wegen Weihnachtsfrieden."

Igor bleibt gelassen. „Wir werden jedenfalls unser erstes gemeinsames Weihnachtsfest genießen."

Auf dem Rückweg treffen wir Nikolai. Nikolai ist ein netter, hübscher Kerl. Er steht auch auf Igor, aber der hat sich ja für mich entschieden. Ich mag Nikolai, empfinde trotzdem ein wenig Genugtuung, als ich ihm das mitteile. Er lächelt schwach.

„Ich wünsche euch alles Glück der Welt und ein ganz tolles Weihnachtsfest." Mit diesen Worten verabschiedet er sich.

Weihnachten 2021.

Nach der Bescherung und einem guten Essen nehmen wir Fest der Liebe wörtlich. Unser Sex ist wie ein Rausch, der leider viel zu schnell verfliegt, aber unbeschreiblich schön ist. Anschließend liegen wir uns noch lange in den Armen.

„So soll es immer sein", flüstere ich.

Igor gibt mir einen Kuss und nickt zustimmend. „Nichts und niemand soll uns trennen."

Schweigend sitzen wir beide einen Moment lang nur da und schauen auf den Weihnachtsbaum. Am liebsten würde ich die Zeit anhalten. Das geht natürlich nicht, aber wir haben ja noch zwei Weihnachtstage, bevor wir wieder arbeiten müssen. Igor bei einer Bank und ich bei einer Versicherung.

Am ersten Weihnachtstag besuchen wir meine Eltern. Igors Eltern sind verreist. Ich werde sie erst im neuen Jahr kennenlernen. Vater und Mutter empfangen uns herzlich und freuen sich aufrichtig, uns zu sehen. Auch mein älterer Bruder Valentin und seine Frau Irina sind da. An und für sich kein Problem, aber mein lieber Bruder kann auch heute seine Homophobie nicht unterdrücken.

„Weihnachten ist mir dieses Jahr zu schwuchtelig", ätzt er beim

Essen gegen mich und Igor.

Ich schlucke eine heftige Bemerkung hinunter. Mein Vater schaut meinen Bruder durchdringend an, bringt ihn so zum Schweigen. Es fällt zwar kein böses Wort mehr, aber den Rest des Tages bleibt die Atmosphäre angespannt und wir sind froh, wieder nach Hause zu kommen.

„Tut mir leid", entschuldige ich mich bei Igor. Er winkt lässig ab. „Deine Eltern sind toll. Meine auch, das wirst du bald sehen."

„Ich bin schon gespannt", erwidere ich lächelnd.

Wir sehen noch ein wenig fern und gehen kurz vor Mitternacht schlafen.

Am zweiten Weihnachtstag schlafen wir erstmal gründlich aus, frühstücken ausgiebig mit Sekt und Lachs. Statt wie viele Freunde von uns Party zu machen, wollen wir den Tag in Ruhe und trauter Zweisamkeit genießen. Party können wir noch oft genug machen. Wir entspannen bei Musik, gegenseitiger Massagage und reden über alles Mögliche. Am Abend machen wir trotz Kälte und Schnee einen ausgiebigen Spaziergang, bewerfen uns übermütig mit Schneebällen und zu guter Letzt bauen wir einen Schneemann. Igor schaut sich unser Kunstwerk genauer an, feixt und meint.

„Die Ähnlichkeit ist verblüffend. Der heißt ab sofort Wladimir."
Ich lache. „Du kommst auf Ideen."
Genau für diese Art Humor liebe ich Igor.

Abends schauen wir zum wiederholten Male „Eine Weihnachtsgeschichte" von Charles Dickens und ich ziehe Igor auf. „Ich bin der Geist deiner zukünftigen Weihnacht, sei also besser lieb zu mir."

Wir lachen beide und freuen uns über das Glück, das bei uns Einzug gehalten hat.

Frühjahr 2022.
Der Wind hat angefangen sich zu drehen. Nach wie vor sind Igor

und ich glücklich, aber es liegt ein Schatten über unserem Leben, Krieg. Niemals hätte ich es für möglich gehalten. Unser schönes Land wird bombardiert, Sirenen heulen und russische Truppen marschieren ein. Sie kommen immer näher an Charkiw heran, werden Tod und Zerstörung bringen. Das muss verhindert werden und es wird Zeit, eine Entscheidung zu treffen.

„Mein Bruder ist in den Krieg gezogen und auch ich werde kämpfen", teile ich Igor an einem Morgen im Februar mit.

Er schaut mich zärtlich an, erwidert mit trauriger Stimme. „Liebst du dieses Land mehr als mich? Warum gehst du nicht mit mir zusammen fort, solange es noch möglich ist?"

„Bedeutet dir dein Vaterland gar nichts?" entgegne ich.

„Doch, aber bei diesem Krieg gibt es nur Verlierer", sagt er und küsst mich. „Ich werde auf dich warten."

Nur wenige Tage später ist es soweit, ich schließe mich einer Truppe an, um unser Land zu retten. Ich bin ein Held.

Juni 2022

Es ist wie ein Albtraum, wäre ich doch bloß nicht in diesen verdammten Krieg gezogen. Ich weiß nicht, was schlimmer ist, die Todesschreie, der Kugelhagel, die Granaten, die Raketen, das Heulen der Sirenen, oder das Töten, um nicht getötet zu werden. Jetzt, wo wir im Wald in einen Hinterhalt geraten sind und mir eine Kugel entgegen rast, würde ich nichts lieber tun, als Igor in den Arm zu nehmen, zu küssen, seine Nähe zu spüren und ihm zu sagen.

„Du hast Recht, dieser Krieg kennt nur Verlierer."

Der Einschlag tut noch nicht einmal besonders weh, vielleicht, weil ich an Igor gedacht habe. Jedenfalls bin ich jetzt tot. Gefallen. Nicht als Held, sondern als einer von vielen. Ich starre auf meinen leblosen Körper auf dem Waldboden, ohne diesen Zustand zu verstehen. Später muss ich mit ansehen, wie eine Grube ausgeboben wird und meine Hülle zusammen mit anderen Körpern begraben wird. Kein Wort der Trauer, des Abschiedes, einfach verscharrt.

Mein Geist ist aber noch da und ich beginne ruhelos umherzuwandern.

Weihnachten 2022
Ich ziehe durch Charkiw. Die weihnachtliche Beleuchtung vor den schwarzen Ruinen, die Normalität symbolisieren soll, wirkt auf mich wie glatter Hohn. Immerhin ertönen keine Sirenen und kein Flugzeug ist am Himmel zu sehen. Weihnachtsfrieden.

Mittlerweile weiß ich, dass Igor im Sommer von meinem Tod erfahren hat, auch, wenn er mein Grab nicht kennt. Vielleicht würde es ihn freuen zu hören, dass ich in meinem letzten Moment an ihn gedacht habe. Igor, ich habe ihm nie wehtun wollen und ich wünsche mir so sehr, dass er ein neues Glück findet. Zwar bin ich jetzt körperlos, aber nicht gefühllos. Warum ich noch hier bin? Ehrlich gesagt, weiß ich das selbst nicht. Ich habe keine Nachricht zu überbringen, denn es gibt nichts, was er nicht schon wüsste und irgendwen erschrecken, möchte ich auch nicht.

Irgendwo erklingt ein Weihnachtslied. Wie wunderschön und vertraut es wirkt, so nach Leben. Letztes Jahr hat es mich genervt, jetzt gäbe ich alles dafür, die Zeit zurückzuholen. Die Musik, die Menschen, den Weihnachtstrubel. Natürlich denke ich auch an meine Eltern, die diesen Krieg bis jetzt überlebt haben, immer noch in Charkiw wohnen. Ich hoffe, sie können Weihnachten wenigstens halbwegs genießen. Auch meinen Bruder, der nach wie vor an der Front kämpft, vermisse ich und ich wünsche mir, er kommt gesund nach Hause. Auch, wenn er mich für meine Sexualität verachtet, wünsche ich ihm nichts Böses. Natürlich würde ich meine Lieben gerne besuchen, aber würden sie mich überhaupt wahrnehmen, oder sogar Angst bekommen? Ich traue mich nicht, es darauf ankommen zu lassen, obwohl es mir schwerfällt. Ich schaue aber von draußen in die Stube, sehe meine Eltern gemeinsam am Tisch sitzen, eine brennende Kerze steht vor einer Fotografie, auf der die gesamte Familie zu sehen ist. Also sind wir an Weihnachten doch alle zusammen und ein Hauch von Glücksgefühl durchzieht mich. Ich wandere wieder los, als ich einige Straßen weiter einen jungen Mann erkenne, der ein Haus betritt. Mich durchzuckt ein freudiger Schreck, es ist Igor. Er sieht immer noch so gut aus. Wenige Minuten später bekommt er Besuch von Nikolai. Sind die beiden jetzt ein Paar? Ich höre sie reden, lachen, jedoch kein Kuss, keine zärtliche Berührung. Sie kochen zusammen, legen vor dem Essen noch ein drittes Gedeck auf. Sie öffnen eine Flasche Sekt, prosten sich zu.

„Frohe Weihnachten für dich Dimitri, wo immer du jetzt auch bist."

Ich merke, wie meine innere Unruhe endgültig schwindet. Ich bin nicht vergessen, niemand ist mir böse. Vielleicht werden Nikolai und Igor ja doch bald ein Paar. Ich jedenfalls kann jetzt mit dem Gefühl gehen, geliebt zu sein. Ich habe ihn endlich gefunden, den wahren Weihnachtsfrieden.

Peter Förster

Eiswein oder Glühwein?
Richtig wärmt nur die Liebe

Immer wieder schaute sie in die Richtung, aus der der Zug kommen sollte. Seit einer halben Stunde war die Regionalbahn aus Bad Dürkheim überfällig. Die letzte Lautsprecherdurchsage hatte von 15 Minuten gesprochen. Das war vor 30 Minuten. Renate Becker war vom Einkauf im Großmarkt gekommen und wollte auf dem Nachhauseweg ihren Neffen Clemens abholen. Er hatte zwar angeboten, von Bahnhof zu ihnen mit dem Bus zu fahren, aber das hatte sie abgelehnt. Es wäre für sie kein großer Aufwand hatte sie gesagt, da die Bahnstation in der Nähe des Großmarkts lag. Doch das war nicht eingeplant: eine Verspätung! Es war zwei Tage vor Weihnachten und sie hatte noch so viel zu tun. Es wäre besser gewesen, sie wäre auf den Vorschlag ihres Neffen eingegangen. Auf seinem Handy hatte sie ihn nicht erreicht. Nicht einmal die Mobilbox lief. Die Augen mit der Hand gegen die Sonne abgeschirmt, die heute am klaren wolkenlosen Winterhimmel strahlte, schaute sie in die Ferne. Das silberglänzende Band der Gleise verschwand in einer Kurve hinter dem kleinen Wäldchen. Da, endlich! Am Ende der Schneise, die zwischen den Weidebüschen und Buchen verlief, war ein winziger roter Fleck zu sehen, der sich schnell näherte und immer deutlicher als Zug erkennbar war.

Brummend und dröhnend stoppte der Nahverkehrszug, der nach Neustadt weiterfuhr. Renate ging am Zug entlang und hielt Ausschau, ob sie ihren Gast entdeckte. Und da stieg er aus: Clemens, ihr Neffe. Seine schlanke sportliche Gestalt fiel inmitten der anderen Fahrgäste sofort auf. Er stellte den Koffer ab, sah sich um und strahlte, als er seine Tante erblickte.

Sie ging auf ihn zu und fiel ihm um den Hals. „Clemens, mein Schatz, schön dich zu sehen!"

Er gab ihr einen Kuss auf die Wange. „Ich freue mich auch, dich zu sehen, Renate. Danke, dass du mich abholst. Ich hätte auch mit dem Bus kommen können."

Sie lächelte säuerlich. „Ja, ich weiß, ich hatte dir es aber angeboten. Wenn ich gewusst hätte, dass der Zug so eine große Verspätung hatte, hätten wir es anders gemacht."

Clemens wirkte betroffen. „Oh, das tut mir leid."

Sie winkte ab. „Lass mal, jetzt ist es so auch gut. Das konntest du doch nicht wissen. Was war eigentlich los?"

Er schüttelte den Kopf. „Das war vielleicht eine Tortur, du glaubst es nicht!"

„Dann erzähl, ihr hattet eine halbe Stunde Verspätung."

„Ja", sagte er, während er seinen Koffer im Auto verstaute, „da war ein Lastwagen mit Gemüse auf die Gleise gerutscht. Weil die Straße durch den Regen der letzten Wochen aufgeweicht war, steckte er fest. Er hat die Schienen blockiert und es musste erst ein Kranwagen geholt werden, der den Laster herausziehen konnte. Zum Glück waren die Gleise nicht beschädigt und wir konnten nach einer halben Stunde weiterfahren."

Erleichtert atmete sie auf. „Was für ein Glück, dass nicht mehr passiert ist."

„Ja, was für ein Glück!"

Sie startete das Fahrzeug. „So, dann fahren wir mal. Florian kommt erst gegen Abend. Er musste zu seinem Professor. Sie wollen im nächsten Semester ein neues Projekt starten und der Professor beginnt morgen eine Studienreise in Peru, die drei Monate dauert. Da wird es für die Planung des Projektes zu knapp. Wenn Florian mit einsteigt, bringt es ihm ein paar Pluspunkte."

„Aber hat er nicht schon seit einem Monat Semesterferien?"

„Ja, sie treffen sich auch außerhalb der Uni in einem Café in Heidelberg und besprechen alles."

„Gut. Ich freue mich, wenn er da ist."

Renate lächelte. „Du kannst dich schon mal ein wenig einrichten.

Wir haben noch genug zu tun. Gestern haben wir die letzten Trauben für den *Eiswein* geerntet und die Männer sind dabei, ihn zu keltern. Ich muss später noch in die Kelter und mithelfen."

„Kann ich irgendwie helfen?"

Sie schüttelte lächelnd den Kopf. „Nein, Clemens, das lass uns mal machen. *Eiswein* ist etwas Besonderes und es gibt auch keine große Menge. Aber du kannst natürlich die Männer begrüßen."

„Das mache ich doch gerne. Aber wenn ich sowieso nicht helfen kann, dann kann ich mich ja noch ein wenig ausruhen."

„Ja, sicher", sagte sie, „du schläfst bei Florian mit im Zimmer. Er hat ein größeres Zimmer bekommen und da haben wir noch ein Gästebett dazu gestellt."

Sie waren inzwischen angekommen und Renate fuhr das Auto auf den Hof des Weingutes.

Clemens durchfuhr ein Gefühl der Freude. In den letzten Jahren hatte er immer im Erdgeschoss im Gästezimmer geschlafen. Aber das wurde jetzt als Büro genutzt. Jetzt schlief er also mit Florian zusammen in einem Zimmer. Er jauchzte innerlich!

„Das ist ja super. Dann bringe ich meine Sachen mal nach oben."

„Es ist das Zimmer mit der blauen Tür direkt neben dem Bad."

„Ich weiß", sagte Clemens, nahm seinen Koffer und ging die Treppe hinauf.

„Um sieben gibt es Abendessen!", rief sie ihm nach.

„Okay, ich komme dann!", klang es von oben.

Renate entlud das Auto und ging in die Kelter, um mitzuhelfen.

Clemens war indessen in das Zimmer getreten und sah sich um. Das Gästebett stand neben dem Fenster und war frisch bezogen. Im Raum duftete es nach Florians Eau de Toilette. Er schloss die Augen und sog diesen süßlich-herben Duft von Sandelholz und Mandeln ein. Er streichelte seine Nase und ließ sofort ein Bild seines Cousins und inzwischen Geliebten entstehen. Wie sehnte er sich danach, ihn endlich zu sehen! Er kam regelmäßig hierher nach Deidesheim und verstand sich mit Florian blendend. Es war sein bester Freund. Im

Sommer hatten sie eine gemeinsame Studienreise nach Rom unternommen und dort gemerkt, was sie wirklich füreinander empfinden, dass es mehr war als eine gute Männerfreundschaft. So versuchten sie, sich so oft wie möglich zu treffen. Es war praktisch, dass Clemens in Mannheim wohnte und Florian in Heidelberg studierte. Meistens verabredeten sie sich in Heidelberg, weniger in Mannheim. Hier lebte er bei seiner Mutter und ihrem Lebenspartner, der sich nach dem Tod seines leiblichen Vaters in ihr Leben gedrängt hatte. So empfand er es zumindest. Und er wollte nicht, dass Gisbert oder seine Mutter sie zufällig in einem Café entdeckten. Er hatte vor, auszuziehen, wenn er im kommenden April seine Ausbildung beendete. Seiner Mutter wollte er zu einem geeigneten Zeitpunkt schonend beibringen, wie es um ihn steht, doch zwei Tage bevor sie mit ihrem Gisbert in die Karibik flog, hatte es sich durch eine Unachtsamkeit seinerseits ergeben, dass er sich ihr gegenüber outete. Ihre Reaktion war sensationell: keine Vorwürfe, sondern große Freude, dass er endlich den Mut gefunden hatte, zu sich zu stehen. Sie hatten überlegt, ob Florian dann zu ihm ziehen könnte. Deswegen wollten sie an diesem Weihnachtsfest Florians Eltern die Sache erklären. Er hielt inne. Was machte er sich schon wieder so viele Gedanken! Es war doch alles schon besprochen. Er würde sich jetzt erst mal ausruhen.

Er schob den Koffer in die Ecke, zog die Schuhe aus und legte sich auf das Bett. Er schloss die Augen. Nur einen Moment Ruhe, nur einen Augenblick Entspannung. Durch das offene Fenster hörte er in weiter Ferne das Krächzen eines Raben und ein leises Rascheln, als der Wind durch die vor dem Haus stehende Blautanne strich.

Er war anscheinend eingeschlafen, denn als er durch das sanfte Streicheln einer Hand auf seiner Stirn wieder erwachte, brannte eine Stehlampe im Zimmer und er sah in das strahlende Gesicht seines geliebten Florian.

„Hallo, mein Schatz", sagte der, „da bist du ja!"

Dann gab er ihm einen Kuss, den Clemens nur zu gerne

erwiderte. Clemens Herzschlag erhöhte sich und ein Gefühl wohliger Wärme überlief ihn. Er richtete sich auf und sie nahmen sich in den Arm, küssten sich, konnten sich kaum loslassen. Clemens spürte Florians feste Brust und ihn durchlief ein wohliger Schauer.

„Ich bin so glücklich, dich zu sehen", sagte Clemens.

Florian lächelte, hatte seine Hand am Hinterkopf von Clemens und kraulte dessen Haare. „Ich auch, mein Schatz! Ich hatte noch ein wichtiges Gespräch mit meinem Professor."

„Ich weiß. Deine Mutter hat es mir gesagt. Aber jetzt haben wir mal richtig Zeit für uns."

Florian wurde ernst. „Ja, aber wir müssen es langsam angehen. Meine Eltern wissen noch nicht, was los ist."

„Wir wollten es ihnen gemeinsam sagen, oder? Das war doch der Plan."

„Ja, aber Papa hat sich gerade in letzter Zeit wieder öfter über Schwule lustig gemacht, auch wenn er sagt, dass er nichts gegen sie hat. Erst vor einer Woche beim Abendessen, hat er mir einen freundschaftlichen Knuff am Arm gegeben und gesagt: Ich bin froh, dass man Sohn wenigstens richtig tickt. Da fällt es mir schon schwer, mich zu outen."

„Du meinst, du würdest ihn zu sehr enttäuschen?"

„Das auch. Er sagt zwar, dass jeder so leben soll, wie er will, aber ich glaube, er sieht in Schwulen immer noch Weicheier, die nichts auf die Reihe bringen."

Clemens verzog das Gesicht. „Dem könnte man schnell entgegenhalten, dass es viele Homosexuelle gibt, die etwas leisten und erfolgreich sind. Denk nur mal an die vielen Modedesigner, die mit ihren Kreationen einen Haufen Kohle machen oder Politiker oder andere Prominente, die aus der Gesellschaft gar nicht mehr wegzudenken sind. Oder ganz einfache Männer, die in normalen Berufen arbeiten. Das ist doch kein Kriterium! Mann, wie rückständig."

Florian nickte nachdenklich. „Ja, ich weiß, Schatz, du hast ja Recht und ich sollte nicht so ängstlich sein. Aber wir sollten trotzdem nicht mit der Tür ins Haus fallen, sondern es dezent angehen, okay?"

Clemens küsste ihn auf die Wange. „Ja, ist gut! Natürlich sind wir vorsichtig. Aber wenn alle Stricke reißen, werde ich seine ältere Schwester auf ihn loslassen."

„Du hast deiner Mutter schon was gesagt?"

„Ja, es hat sich ergeben. Als sie mein Zimmer geputzt hat, hat sie ein Buch bei mir gesehen, in dem ein Pfarrer beschreibt, wie er sich geoutet hat. Sie hat mich dann direkt angesprochen und mich gefragt, ob ich schwul sei. Wir haben eine Vereinbarung, dass wir über alles ehrlich reden, und dann habe ich es ihr gesagt, auch das mit uns. Und weißt du, wie sie reagiert hat?"

Florian schüttelte den Kopf.

„Sie hat nur gelacht und gesagt, dass sie froh wäre, dass ich damit endlich rausgerückt bin, denn sie hatte schon sowas geahnt."

„Und was sagt Gisbert dazu?"

Clemens schüttelte den Kopf. „Ich glaube, dem hat sie nichts gesagt. Dem ist sowieso alles egal, was mit mir zu tun hat. Wir haben keinen Draht zueinander. Er wäre nicht mein Lebenspartner, sondern der meiner Mutter, hatte er mal gesagt."

Florian seufzte. „Oh, Mann, ist das schwierig."

Clemens schüttelte den Kopf und strich seinem Freund über die Haare, gab ihm einen Kuss und meinte: „Ach was! Das kriegen wir hin, Schatz. Außerdem hat Mama mir gesagt, ich solle ihr Bescheid sagen, wenn ihr kleiner Bruder Zicken macht."

Florian atmete erleichtert auf. „Okay, das klingt gut. Komm, dann gehen wir runter zum Abendessen."

Die jungen Männer verließen das Zimmer und betraten das kleine Weinlokal *Goldener Rebstock*, das zum Weingut gehört. Dort war im Gastraum das Essen gerichtet, da die private Küche der Familie wegen der bevorstehenden Festtage und der Eisweinlese nicht benutzt werden konnte: sie war mit Kartons voller Flaschen und Kisten vollgestellt. Das kleine Lokal hatte über die Feiertage geschlossen mit

Ausnahme des zweiten Feiertages, an dem der Bürgermeister des Ortes das Lokal für eine private Geburtstagsfeier gebucht hatte.

Heinrich Becker und der Mitarbeiter des Weingutes, Luigi, saßen schon am Tisch. Heinrich strahlte, als er Clemens sah. Er stand auf und kam auf ihn zu.

„Hallo, Clemens, herzlich willkommen."

Dann drückte er ihn und wuschelte ihm mit der Hand kurz durch das Haar. Auch Luigi stand auf, umarmte Clemens.

„Chiao, Clemens, wieder mal da?"

„Ja, ich bleibe über Weihnachten hier. Was machst du? Bist du nicht über Weihnachten in der Heimat?"

Er schüttelte den Kopf und sein Blick wirkte frustriert.

„No, diese Jahr nix Heimat. Habe dispute, wie sagt man, Ärger mit Papa."

„Und warum", fragte Clemens.

Luigi schüttelte den Kopf. „Will nix sagen im Moment." Er warf Heinrich einen Blick zu, wirkte verunsichert. „Ich nachher kann sprechen mit dir?"

Clemens schaute Florian an.

„Klar kannst du mit uns sprechen, oder Florian?"

Der nickte.

Luigi hob die Hand. „No, besser erst mal allein mit dir, wenn möglich."

Clemens wunderte sich, aber meinte: „Ja klar, das geht auch."

Er sah, wie Florian lächelnd nickte. „Ja, ja, sprecht ruhig miteinander. Ich habe kein Problem damit."

„Uns wollte er auch nichts sagen", meinte Heinrich und er klang frustriert, „aber bitte, vielleicht ist es wirklich was, was nur ihr jungen Leute verstehen könnt. Er kann auf jeden Fall hier bei uns Weihnachten feiern."

„Das finde ich schön", sagte Clemens.

„So ist Papa eben", warf Florian ein.

Beim Essen sprachen sie über die Eisweinlese und Clemens

löcherte Renate und Heinrich mit Fragen, die sie geduldig beantworteten.

Nach dem Essen stand Clemens auf, nickte Luigi zu. „Dann komm, wenn du mit mir sprechen willst."

Luigi zögerte etwas und sah die anderen an.

Florian nickte ihm zu. „Ja, geh nur. Ihr könnt in mein Zimmer gehen."

Die beiden verließen den Gastraum. Florian half beim Abräumen des Tisches und besprach mit seinen Eltern, wie sie sich die Feiertage vorgestellt hatten.

Clemens öffnete das Zimmer und wies mit der Hand auf den Sessel. Luigi setzte sich Clemens gegenüber auf die Bettkante.

„Dann erzähl mal, Luigi, um was geht es?"

Der junge Italiener zögerte und rieb sich die feuchten Hände. Er war offensichtlich aufgeregt. Außerdem schien es ihm peinlich zu sein, darüber zu sprechen.

„Es muss dir nicht peinlich sein, Luigi. Du kannst über alles mit mir reden und es bleibt alles unter uns. Aber nun komm, was ist los?"

Luigi nickte. „Ja, du hast Recht, ihre alle fragt euch, warum ich Weihnachten hierbleibe? Ich hoffe nur, dass du mich verstehst."

Clemens lächelte nickte ihm aufmunternd zu.

Er räusperte sich. „Also ..., ich bin schwul und dachte, meine Eltern wären toleranter. Eine Cousine von mir lebt auch mit einer Frau zusammen und sie haben zu ihr ein gutes Verhältnis. Und deswegen, ich habe gedacht, ich könnte meinen Papa das sagen." Er sah nach unten.

„Und wie hat er reagiert?"

„Na, was denkst du? Er war sauer und ist der Meinung, dass ich mir etwas einbilde. Es könnte gar nicht sein, dass sein Sohn homosexuell ist."

Clemens nickte. „Die alten Vorurteile! Das kenn' ich. Und weiter, was ist dann passiert?"

„Er wollte, dass ich das für mich behalte und auch an Weihnachten niemand von der Verwandtschaft was sage."

„Hättest du das denn gemacht?"

Luigi zuckte mit den Schultern. „Weihnachten kommen alle Verwandten aus Milano und Firenze bei uns zusammen und da redet man über Familie, Beruf und über Freunde. Und wenn du mit 22 Jahren immer noch keine Freundin hast, wird das als unnormal angesehen. Vor allem Tante Paula, Papas Schwester, ist lästig. Dauernd will sie mich verkuppeln. Ich wollte mich outen, allein um dieses nervige Gerede zu beenden."

Clemens nickte. „Verstehe! Wie steht deine Mutter dazu?"

„Mit ihr habe ich kurz gesprochen. Sie hat gesagt, dass sie mich versteht und ich mir keine Gedanken machen soll. Ich wäre immer noch ihr *bambino* und sie würde mich unterstützen. Mit Papa würde sie noch reden. Ich solle auf jeden Fall kommen."

Clemens nickte anerkennend und fragte: „Und warum fährst du dann nicht nach Hause?"

Luigi sah Clemens an und in seine Augen leuchteten.

„Weil ich mich verliebt habe und Weihnachten mit meinem Freund verleben will, wenn er schon nicht mit zu mir nach Hause kommen darf. Denn das hatten wir geplant. Deshalb bleibe ich hier."

Clemens war erstaunt. Für einen Italiener, dem Familie so wichtig ist, eine mutige Entscheidung.

„Und wer ist das, kenn ich ihn?"

„Wahrscheinlich nicht. Er heißt René und arbeitet bei der Winzergenossenschaft. Wir lernten uns im August kennen und waren im Urlaub für eine Woche zusammen im Odenwald. Aber erst vor zwei Wochen ist uns beiden klar geworden, dass wir zusammen sein wollen."

„Und du denkst, dass ihr gut zusammenpasst?"

Luigi lächelte und nickte. „Ja, Clemens, richtig gut! Wir lieben uns sehr!"

Clemens lächelte. „Das ist schön. Weiß Heinrich das?"

Luigi schüttelte heftig den Kopf. „Oh, nein, der könnte das bestimmt nicht verstehen. Dazu ist er zu konservativ."

Clemens nickte und sagte mit einem geheimnisvollen Gesichtsausdruck: „Luigi, jetzt werde ich dir mal was verraten. Das muss aber bitte noch unter uns bleiben, zumindest im Moment noch."

Erwartungsvoll schaute Luigi ihn an.

„Florian und ich haben uns auch ineinander verliebt und wollen es jetzt an Weihnachten seinen Eltern sagen. Wir denken, dass es eine ähnlich harte Nummer wird, wie bei dir. Aber wir wollen uns nicht mehr verstecken."

Luigi nickte und über sein Gesicht huschte ein erleichtertes Lächeln. „Dann bin ich ja gar nicht allein! Oh Mann, das freut mich für euch. Es ist klar, dass ich nichts sage."

Clemens lächelte. „Danke."

In diesem Moment kam Florian herein.

„Störe ich oder seid ihr schon fertig?"

„Nein, nein, komm nur herein", sagte Clemens, „wir sind fertig", und an Luigi gewandt, „willst du Florian erzählen, was du mir gesagt hast?"

Florian setzte sich neben Clemens.

Luigi nickte. „Ja, natürlich."

Dann erzählte Luigi nochmals die Geschichte.

Florian nickte und lächelte. „Wow, das freut mich", sagte er, nahm Luigi in den Arm und drückte ihn. „Ich finde das sehr mutig von dir. Uns steht das noch bevor."

„Ich weiß", sagte Luigi, „Clemens hat mir davon erzählt. Am besten, ihr machte euch keine Gedanken darüber, wie eure Eltern reagieren, sondern sagt es einfach. Wenn ihr euch beide wichtig seid und es für eure Beziehung gut ist, dass ihr euch outet, dann tut es, egal was das vielleicht für Konsequenzen haben kann."

Clemens nickte. „Das ist richtig, Luigi, das sehen wir genauso."

Luigi fuhr fort. „Wisst ihr, ich arbeite jetzt schon zwei Jahre hier auf diesem Weingut und habe noch nie erlebt, dass Heinrich, wenn er etwas wollte oder für richtig fand, es nicht durchgesetzt hat. Da war ihm sein Umfeld egal, zumindest wenn es um existenzielle Fragen ging. Und die Frage, mit wem man sein Leben zusammen sein will, ist eine existenzielle Frage. Ihr sollt es genauso machen und keine Rücksicht auf ihn nehmen."

Florian nickte, sah Clemens an und meinte grinsend: „Hättest du gedacht, dass dieser junge Italiener solche tiefsinnigen Weisheiten auf Lager hat?"

Clemens schüttelte den Kopf. „Nein, bestimmt nicht, aber er hat Recht und deswegen werden wir das so schnell wie möglich hinter uns bringen."

Florian fasste ihn am Unterarm. „Aber trotzdem nichts überstürzen. Ich denke, morgen beim Mittagessen ist der richtige Zeitpunkt."

„Am Heiligabend?"

„Ja, und dann wissen wir gleich, ob sie mit uns Weihnachten feiern wollen."

Florian nickte zustimmend. „Das ist ein Argument. Dann machen wir das so."

Er atmete tief durch.

„Ich bin froh, wenn wir das hinter uns haben."

Luigi lächelte. „Das finde ich auch richtig. Ich bin auch noch da und kann was sagen, wenn es nötig ist."

Clemens meinte: „Ich glaube, dass alles gut verlaufen wird."

Luigi stand auf. „Okay. Ich werde schlafen gehen, bin ziemlich müde."

Die beiden anderen erhoben sich ebenfalls. „Wir auch. Der Tag war anstrengend genug. Wirst du dann den Heiligabend bei deinem Freund verbringen?"

„Ja. Er hat es seinen Eltern gesagt und die haben überhaupt kein Problem damit. Sie können es kaum erwarten, mich kennenzulernen."

„Das finde ich super", meinte Florian, „wo wohnt dein Freund?"

„In Forst. Ich werde morgen nach dem Mittagessen zu ihnen

fahren und bleibe dann die Feiertage dort."

Clemens lächelte, nahm Luigi in den Arm und meinte: „Ich freue mich für dich, Luigi."

„Danke", sagte er, „ich geh' dann mal. Gute Nacht!"

Nachdem Florian und Clemens wieder allein waren, sahen sie sich an. Clemens lächelte.

„Endlich, endlich allein mit dir." Er gab Florian einen Kuss auf den Mund. Der stand auf.

„Ich gehe kurz ins Bad und dann können wir schlafen gehen."

Clemens grinste. „Aber hoffentlich nicht nur schlafen, sondern vorher noch ein wenig wach sein ...!"

Florian lächelte und zwinkerte ihm zu. „Was glaubst du denn, na klar!"

„Ich gehe mit ins Bad. Die Zeit zum Duschen war vorhin zu knapp."

„Alles klar, dann komm, mein Schatz."

Als sie schließlich nackt in der Dusche standen, war es nicht das warme Wasser, das über ihre Körper lief und nicht das duftende Duschgel, was sie verzauberte. Es war die Nähe, die nackte Haut des anderen, eine Art Gewissheit, dem Menschen, der einem das Gefühl gab, hier an diesem Platz genau richtig zu sein. Und beide konnten es nicht abwarten, bis sie ihm Bett lagen, sondern genossen es hier unter dem sanft rieselnden Duschregen, sich gegenseitig zu erregen, die Lust zu steigern und schließlich den erlösenden Höhepunkt zu erleben. Sie nahmen sich in den Arm und hielten sich fest, küssten sich und konnten fast nicht aufhören.

Doch dann lagen sie später glücklich und entspannt, aneinander gekuschelt in Florians Bett.

Florian hatte sich Clemens zugewandt und die Augen geschlossen. Seine Hand lag auf Clemens' festem Bauch. Oh, wie liebte er diesen Bauch und den ganzen Kerl, der dazugehörte!

Clemens hatte seinen Arm um Florians Nacken gelegt und kraulte dessen wuscheligen Haarschopf und sah an die Decke. Freude und tiefe Zufriedenheit durchströmten ihn. Dann schloss er die Augen und genoss die Berührung seines Freundes. Morgen würde es vermutlich ein kompliziertes Gespräch mit Onkel Heinrich und Tante Renate geben, aber dann bräuchten sie sich nicht mehr verstecken.

Am nächsten Tag, Heiligabend, wurden am Vormittag noch kleinere Arbeiten auf dem Weingut erledigt und für den Nachmittag war die weihnachtliche Herrichtung des Hauses und insbesondere des Wohnzimmers geplant. Der imposante Tannenbaum war schon seit zwei Tagen in seinem Ständer und wartete in der Scheune darauf, in die gute Stube gebracht zu werden. Das erledigten die vier Männer gemeinsam. Es gab ein einfaches Mittagessen, weil Renate für den Abend ein Weihnachtsbuffet geplant hatte.

Gegen Ende der Mahlzeit räusperte sich Luigi und meinte, zunächst etwas zaghaft, aber dann sehr bestimmt: „Ich muss euch etwas sagen."

Alle sahen ihn an, Renate und Heinrich fragend; Florian und Clemens lächelnd.

„Ich danke euch, dass ihr mich eingeladen habt, Weihnachten mit euch zu feiern. Das Telefongespräch mit Papa war nicht leicht, das habt ihr ja mitbekommen. Wir hatten gestritten und es ging um eine Sache, die ihr auch wissen solltet. Ich bin homosexuell und habe es ihm gesagt. Ich wäre gerne mit meinem Freund nach Italien gefahren. Papa hat das aber abgelehnt und mich beschimpft, wie ich ihm so etwas antun könnte. Er wollte es nicht einsehen, dass ich einen Mann liebe. Deswegen fahre ich in diesem Jahr nicht nach Hause, sondern werde Weihnachten bei Renè und seiner Familie in Forst verbringen."

Er sah in die Runde. Renate und Heinrich waren betroffen und man merkte es ihnen deutlich an, dass sie sehr überrascht waren,

Florian und Clemens lächelten ihm zu.

Renate fing sich als erste. „Oh Luigi, es tut mir leid, dass du Weihnachten nicht nach Hause kannst."

Sie machte eine kurze Pause, räusperte sich und meinte: „Ich denke zwar auch, dass Homosexualität nicht normal ist, aber deswegen darf man doch sein Kind nicht ablehnen, oder was meinst du Heiner?"

Der nickte. „Ich kann es zwar auch nicht verstehen, dass ein normaler junger Mann so wie du, Luigi, auf Männer steht. Du bist doch sehr attraktiv, siehst gut aus und würdest bestimmt eine Freundin finden. Dass dein Vater dich deswegen aber ablehnt, das verstehe ich auch nicht. Es gibt inzwischen so viele Möglichkeiten der Hilfe für solche Menschen."

Luigi schaute ihn ernst an. „Du meinst, Homosexualität ist so etwas wie eine Krankheit?"

„Etwa nicht?", fragte Heinrich.

„Nein!", fuhr Florian dazwischen, „Homosexualität ist weder eine Krankheit noch irgendeine Störung. Es ist eine andere Form von Sexualität."

Verwundert schaute Heinrich seinen Sohn an. „So? Woher weißt du das denn?"

„Oh, Papa, das hat man inzwischen herausgefunden. Mit Krankheit oder Abnormität hat das nichts zu tun. Ihr solltet euch erst einmal darüber mal informieren, bevor ihr solche Urteile fällt."

Heinrich schaute Florian ernst an. „Muss ich mich von meinem eigenen Sohn belehren lassen?"

Heinrich war verärgert und Renate sah ihren Sohn vorwurfsvoll an. „Florian, wie kannst du so mit deinem Vater reden!"

„Du siehst doch, dass ich es kann!", entgegnete Florian inzwischen sehr erbost.

„Hey, Florian, komm, lass es!", versuchte Clemens ihn zu beruhigen.

„Nein, es wird höchste Zeit, dass wir Farbe bekennen."

Er holte tief Luft und meinte dann in einem überraschend ruhigen Ton: „Da wir jetzt schon beim Thema sind: Clemens und ich sind auch schwul. Wir lieben uns und wollen zusammenleben."

Einen Moment herrschte absolute Stille. Das Fallen einer Stecknadel hätte wie ein Donnerschlag geklungen.

Heinrich schaute seine Frau an, dann Florian, Clemens und wieder seine Frau, entsetzt, sprachlos. Kopfschüttelnd stand er auf und verließ den Raum.

Renate stand ebenfalls auf, sah ihren Sohn und ihren Neffen scharf an und meinte: „Na, da habt ihr ja was Schönes angerichtet. Fröhliche Weihnachten!"

Dann verließ auch sie den Raum. Die Tür wurde hörbar geschlossen.

Florian sah die beiden anderen hilflos an. „War das jetzt falsch? Aber wir wollten und doch outen, oder nicht?"

Clemens strich Florian über den Rücken.

„Doch, Schatz, das war genau richtig. Wir hatten es zwar anders gedacht, aber jetzt ist es raus und das ist gut so. Wir haben mit so einer Reaktion doch gerechnet."

„Ja schon, aber es jetzt so zu erleben, ist noch einmal was anderes. Für Papa ist wahrscheinlich eine Welt eingestürzt."

„Nur ein Weltbild, das er sich von der Welt gemacht hatte und das war ein falsches Bild, weil es nur auf ihn bezogen war und andere Menschen ausschloss."

„Und Mama?"

„Ich denke, dass sie sich ihrem Mann gegenüber verpflichtet fühlt und ihn erstmal auffangen will. Im Grunde kommen Frauen viel schneller drauf, dass man Gefühle nicht unterdrücken soll."

Florian schaute ihn skeptisch an. „Na, wenn du meinst."

Clemens nickte. „Ja, meine ich. So, komm, wir räumen den Tisch zusammen ab."

Sie brachten das benutzte Geschirr in die Küche. Florian schaute ins Wohnzimmer. Da war niemand.

„Am besten wir gehen nach oben und lassen die beiden erstmal allein. Was machst du, Luigi?"

„Ich gehe auf mein Zimmer. Um 15 Uhr soll ich an der Bushaltestelle beim Bäcker warten. Dann holt René mich ab."

„Sehen wir dich dann gar nicht mehr?"

„Soviel ich weiß, will die Familie morgen zum Weihnachtsgottesdienst in die Schlosskirche gehen. Und wie ich von Renate hörte, wollte sie das mit euch auch. Kann sein, dass wir uns dann dort treffen."

„Fall sie dann überhaupt noch mit uns Weihnachten feiern wollen, nachdem wie das eben ablief", sagte Clemens.

„Jetzt warte doch erst mal ab", meinte Florian. Aber er war sich auch nicht sicher, wie seine Eltern damit fertig wurden.

Clemens seufzte. „Dann hoffen wir mal, dass sie sich wieder einkriegen."

Sie umarmten sich und Luigi ging in sein Zimmer, das über der Kelter lag. Die beiden anderen gingen ebenfalls in ihr Zimmer. Clemens setzte sich auf das kleine Sofa in der Nische neben der Tür. Florian schmiegte sich an ihn.

„So sehr Papa auch getroffen hat, ich bin froh, dass ich es gesagt habe. Damit ist die Sache klar."

„Ja, das finde ich auch. Ich hätte dieses Versteckspiel nicht mehr lange durchhalten können."

„Ich auch nicht. Aber weißt du was?"

Clemens runzelte die Stirn. „Nein, was?"

„Ich bin furchtbar müde."

„Dann schlaf doch ein wenig. Ich werde mich auch hinlegen. Bis zur Bescherung sind es noch drei Stunden."

Florian zuckte mit den Schultern und zog die Mundwinkel nach unten. „Wenn es heute überhaupt eine Bescherung geben wird."

„Ja, wer weiß? Aber komm, sei nicht so pessimistisch", sagte Clemens, „natürlich wollen die das, vor allem deine Mama."

Florian atmete schwer aus. „Hoffen wir mal, du hast Recht."

Er erhob sich, zog seine Jeans aus und legte sich ins Bett, er schlug die Bettdecke zurück und lächelte Clemens an.

„Dann komm, mein Schatz, ausruhen können wir auch gemeinsam."

Das ließ sich Clemens nicht zweimal sagen, schlüpfte zu Florian unter die Decke und sagte: „Ich bin zwar ziemlich müde, aber wenn ich dich jetzt so dicht bei mir spüre, dann bekomme ich wahnsinnige Lust, dich zu vernaschen."

Florian grinste. „Dann tu's doch. Ich hätte nichts dagegen. Weihnachten wird sowieso viel genascht."

Clemens lachte. „Das stimmt!"

Sie küssten sich und Florian ertastete in Clemens Slip einen bereits sehr festen Schwanz, der sich nur danach sehnte, in die Freiheit entlassen zu werden. Sie genossen dann die nächste Viertelstunde mit Kuscheln, Schmusen und steigernder Lust, die damit endete, dass sie entspannt lächelnd in den Armen lagen und einschliefen.

Sie wurden durch das Glockengeläut der nahen Kirche geweckt. Es war 18 Uhr. Sie standen auf, verließen Zimmer blieben staunend stehen. Der ganze Flur war in das golden funkelnde Licht mehrerer Lichterketten getaucht, die am Treppengeländer und über den Türen der Zimmer um Tannenzweige gewickelt waren. Aus irgendeinem Zimmer klang Weihnachtsmusik. Sie gingen die Treppe hinunter und zögerten einen Moment, das Wohnzimmer zu betreten. Ihnen war etwas mulmig zumute, weil sie nicht wussten, was sie erwartete.

Schließlich drückte Clemens beherzt die Türklinke herunter und sie betraten den Raum. Der Tannenbaum war prächtig geschmückt. Imposante, von innen beleuchtete Kugeln aus cremefarben mattem Glas verbreiteten einen sanften Lichtschimmer und der große, rot leuchtende Weihnachtsstern zauberte eine festliche Atmosphäre. Ansonsten war niemand da. Florian und Clemens sahen sich an, etwas ratlos und unsicher, als wären sie am falschen Ort.

Unter dem Weihnachtsbaum waren die Geschenke platziert, der Tisch war gedeckt, aber die Eltern waren nicht da.

Auf einmal ging die Tür auf und Heinrich und Renate traten ein. Sie schauten beide ernst drein. Florian dachte: Oh Mann, da kann ja was geben! und Clemens: Sie haben es wohl nicht gut verkraftet.

Doch Renate kam auf sie zu, lächelte und nahm beide in den Arm: „Ich halt's nicht mehr aus. Fröhliche Weihnachten, Jungens!"

„Fröhliche Weihnachten!", antworteten sie gemeinsam.

Nun trat auch Heinrich auf sie zu. „Ich wünsche euch frohe Weihnachten!" Dann wies er auf die Stühle am Tisch. „Setzt euch! Ich muss euch was sagen."

Er schaute seine Frau an, die ihm zunickte und begann: „Entschuldigt, dass ich heute Mittag einfach so das Zimmer verlassen habe. Ich war schockiert und hilflos und wusste nicht, was ich mit diesen Neuigkeiten, dass ihr schwul seid und euch auch noch als Cousins ineinander verliebt habt, anfangen sollte. Ich habe gar nichts gegen Homosexuelle, auch wenn ich ab und zu Witze übe sie gemacht hatte, was ich ab sofort nicht mehr tun werde. Ich kann zwar nicht verstehen, wie ein Mann sich für andere Männer interessieren kann, aber ich kann das respektieren. Dass mich das Thema nun so hautnah in meiner eigenen Familie betrifft, das hat mich ratlos gemacht. Denn damit habe ich auch ansatzweise nicht gerechnet."

Renate wandte ein. „Wir sind von zuhause aus anders erzogen worden und ihr wisst ja selbst, dass unser Umfeld hier im Weinbau sehr konservativ geprägt ist."

„Und wie kommt dieser Sinneswandel zustande?", fragte Clemens, immer noch etwas skeptisch.

„Renate und ich haben vorhin darüber gesprochen und uns wurde klar, dass wir uns nicht gegen euch stellen dürfen. Dann rief deine Mutter an, Clemens, um uns frohe Weihnachten zu wünschen. Sie wusste anscheinend schon Bescheid. Und sie hat mir ziemlich ins Gewissen geredet. Ich habe immer wieder die Erfahrung gemacht, dass meine große Schwester oft den Nagel auf den Kopf trifft, so auch dieses Mal. Sie hat in allem Recht und deswegen werde ich, werden wir, euch nicht im Wege stehen. Wenn ihr euch liebt, ist das für mich zwar immer noch gewöhnungsbedürftig, aber ich schätze mich mal so ein, dass ich auch noch ein wenig lernfähig bin."

Er seufzte erleichtert und sah seine Frau an.

„Puh, ich bin froh, dass es raus ist."

Seine Frau lächelte und strich ihrem Mann über den Unterarm. Sie wandte sich an die jungen Männer. „Wir stehen voll hinter euch und hinter Luigi natürlich auch."

„Danke", sagte Florian, „wir sind froh, dass wir uns nicht mehr verstellen müssen."

Heinrich lächelte und wandte sich an Clemens: „Ich bin ganz froh, dass du es bist, in den Florian sich verliebt hat. Ich habe dich immer schon geschätzt und geliebt, als wärst du mein Sohn. Da brauche ich mich wenigstens nicht an jemand Neues zu gewöhnen." Er lachte.

Clemens lächelte. „Danke, dass du das sagst. Ich habe mich bei euch schon immer wohl und zu Hause gefühlt."

Renate stand auf. „So, dann lasst uns mal essen und danach ist Bescherung."

Nach der Bescherung saßen sie zusammen im Kaminzimmer. Das Feuer prasselte, es gab Glühwein und Gebäck. Heinrich sprach über die Erweiterung des Weingutes im kommenden Jahr und die jungen Männer über ihre beruflichen Ziele. Sie dachten auch daran, eventuell im Sommer oder Herbst des nächsten Jahres zu heiraten, was bei Heinrich und Renate ein überraschtes Ausatmen auslöste.

Heinrich meinte nur: „Wenn ihr euch das gut überlegt habt, dann macht das ruhig. Wenn ihr wollt, werden wir hier ein schönes Fest organisieren."

Florian strahlte. „Das wäre toll!"

„Oh, Mann, großartig", sagte Clemens, „danke!"

Plötzlich klingelte es an der Haustür. Sie sahen sich alle an. Wer konnte das denn sein? Um diese Zeit, am Heiligabend?

Heinrich ging zur Tür und öffnete. Draußen stand eine untersetzte dunkelhaarige Frau, die mit einem dunkelblauen Lodenmantel bekleidet war.

Erstaunt sah Heinrich sie an. „Maria, wo kommst du denn her?" Er bat sie ins Haus. Inzwischen war auch Renate in den Flur gekommen und war gleichfalls erstaunt.

„Maria, was machst du hier? Willst du zu Luigi?"

Sie nickte und sagte: „Ja, wo ist?"

„Er ist bei seinem Freund in Forst und feiert dort Weihnachten. Aber komm doch erst mal rein."

Heinrich nahm ihr den Mantel ab und Renate führte sie ins Wohnzimmer. Florian und Clemens standen auf und Renate stellte sie vor.

„Das ist Luigis Mama. Sie ist aus Italien gekommen, um Weihnachten mit ihrem Sohn zu verleben. Ihr habt ja mitbekommen, wie sein Vater reagiert hat."

Clemens nickte und meinte: „Ja, das haben wir. Umso schöner finde ich, dass sie extra hergekommen ist."

Maria schaute ernst. „Ich habe mit Filippo, meinem Mann, ernst Gespräch gehabt und gesagt, dass er so es nicht mache kann mit Luigi. Luigi ist unsere Sohn und wenn er liebt eine andere Mann, dann er liebt eben eine andere Mann, aber er immer noch bleibt unsere Sohn. Filippo wollte nichts einsehen und dann habe ich gesagt, dass ich dann gehe zu meine Sohn und feiere Weihnachten in deutsche Land."

„Und dein Mann?"

Sie grinste. „Der jetzt sitzt mit ganze Verwandtschaft zu Hause und muss sich anhören von allen, was er falsch gemacht hat."

Florian konnte sich ein Schmunzeln nicht verkneifen. Er kannte Luigis Vater und konnte sich gut vorstellen, wie dieser kleine korpulente Mann jetzt im Kreise anderen saß und sie mit drohendem Finger auf ihn einredeten.

„Weiß Luigi, dass du kommst?", frage Heinrich.

„Nein, ich habe ihn nicht erreicht. Sein Handy ist aus."

Clemens hatte inzwischen Luigis Nummer gewählt und schüttelte den Kopf. „Nein, nichts. Nur die Mailbox."

„Wartet mal", sagte Heinrich, „wie heißt der Freund, René, sagtet ihr?"

„Ja, richtig, René."

„Und weiter?"

„Sondermann."

„Und er arbeitet in der Weingroßhandlung in Forst?"

„Ja."

„Dann habe ich die private Festnetznummer. Ich hatte vor zwei Wochen mit ihm gesprochen und er hat mir ein Anzuchtgranulat für eine Rieslingsorte besorgt, das sie nicht vorrätig hatten. Er hat es mir bestellt und mich dann von zu Hause aus angerufen, als es da war. Deshalb habe ich seine Nummer in meiner Telefonliste im Handy."

Er wählte und kurze Zeit später hatte er Luigi am Telefon, nachdem er Renés Vater erklärt hatte, um was es ging.

„Hallo Luigi, hier ist Heinrich. Ich habe hier jemand, der dich ganz dringend sprechen möchte."

Er gab Maria das Telefon, die sofort in Lichtgeschwindigkeit auf italienisch mit ihrem Sohn redete.

Sie legte auf und sah Heinrich dankbar an. „Grazie, Heiner, sie holen mich gleich ab. Ich kann bei ihnen feiern."

„Das freut mich", sagte Renate, „möchtest du was trinken oder essen, bis sie kommen?"

„Ein Glas Wasser, ja, das wäre gut."

Sie setzten sich an den Tisch. Maria trank das Wasser und schaute in die Runde. Bis auf Clemens kannten alle Maria, weil sie schon ein paar Mal zu Besuch gewesen war, einmal war auch Filippo mitgekommen.

„Wie geht es euch?", fragte sie und sah die beiden jungen Männer an. Ehe sie antworten konnten, sagte Renate: „Die beiden habe uns auch heute erzählt, dass sie schwul sind und zusammenbleiben wollen."

Maria zog erstaunt die Augenbrauen hoch und lächelte dann.

„Es ist doch schön, wenn Menschen, die sich lieben, sich finden, egal, wer sie sind, oder? Ich hoffe, Filippo wird das auch irgendwann verstehen."

„Das hoffen wir auch", sagte Renate.

Es klingelte.

Maria stand auf. „Das wird Luigi sein."

Heinrich half ihr in den Mantel. Gemeinsam gingen sie zur Haustür. Draußen stand Luigi und ein schlanker blonder junger Mann.

„Das ist René", sagte Luigi und nahm seine Mutter in den Arm. Die küsste ihren Sohn und die Tränen liefen. Dann bekam auch René eine Umarmung und ein paar Küsse ab. Man wünschte sich gegenseitig ein frohes Weihnachtsfest und sie fuhren nach Forst zurück.

Heinrich und seine Familie gingen ins Haus zurück.

Als sie sich wieder in der Sitzgruppe niedergelassen hatten und einen Moment still waren, um das soeben erlebte zu überdenken, räusperte sich Heinrich.

„Wisst ihr", sagte er bedächtig, „ich bin nicht besonders gläubig und kann mit vielem, was in der Bibel steht, nichts anfangen, aber eines ist mir doch eingefallen. Als der Engel damals den Hirten auf dem Feld bei Jerusalem verkündigte, dass Jesus geboren wurde, da hat der Chor der Engel unter anderem gesagt *Friede auf Erden bei den Menschen seines Wohlgefallens*. Ich habe mir gedacht, wenn wir es schon nicht schaffen, im kleinen Bereich Frieden zu halten, wie sollen wir es dann schaffen, Friede auf Erden zu erhalten? Ich habe den Eindruck, das kann nur passieren, wenn wir durch Jesus, dessen Geburt wir Weihnachten feiern, uns innerlich verändern lassen und aufhören, uns gegenseitig zu bewerten und zu verurteilen. Oder, wie seht ihr das?"

Florian nickte und zog Clemens an sich.

„Du hast Recht, Papa, wir müssen noch viel mehr lernen, mit dem Herzen zu sehen und die Liebe als Maßstab zu nehmen."

Clemens kuschelte sich an Florian und Heinrich sagte, sichtlich gerührt: „Wenn ich euch jetzt sehe, ist mir ganz klar, dass ihr auf dem richtigen Weg seid!"

Renate lächelte, nahm ein Glas Glühwein, erhob es und meinte: „Das finde ich auch. Als ich vorhin den Glühwein eingeschenkt habe, habe ich so gedacht: Dieser Glühwein hier ist sehr heiß, er schmeckt gut und wärmt, aber richtig tief innen, im Herzen, kann uns nur Eines echte Wärme geben, und das ist die Liebe."

Alle nickten und Florian sagte: „Das stimmt!"

Und während sie ihren Glühwein tranken, zog eine Sternschnuppe einen hellen Streifen über den sternklaren dunklen Nachthimmel.

Matt Grey
Gefährten der Nacht

Thomas, kurz Tom genannt, war unsichtbar.

Gut, natürlich war er nicht auf diese Weise unsichtbar, dass man ihn nicht hätte sehen können. Nein, viel schlimmer! Sein Alter machte ihn unsichtbar, und zwar für die Augen des jungen Partyvolks. Denn Tom war bereits über vierzig Jahre alt und somit uralt, zumindest in den Augen der jungen Männer, für die sich Tom interessierte, aber sie sich nicht für ihn. Trotzdem mischte sich Tom jedes Wochenende unter die Schwulen, die im Tube in ausgelassener Stimmung feierten.

Er sah nicht einmal schlecht aus, war schlank, sehr sportlich und stets modisch angezogen. Doch alle diese Dinge zählte nichts in den Augen der Zwanzig- bis Vierzigjährigen. Tom hatte dies zwar längst resigniert festgestellt, aber immerhin traf er im Tube auf ein paar bekannte Gesichter.

So war es ihm auch an jenem Samstag ergangen, an dem sein ganz persönliches Abenteuer starten sollte.

Bis nach Mitternacht hatte er zu den wuchtigen Bässen der Chartstürmer getanzt oder sich mit einem alten Kumpel von früher unterhalten. Dann fand er es an der Zeit, die Lokalität zu verlassen und allein wie immer, nachhause zu gehen. Draußen umfing ihn die kalte Nacht, da sich der September bereits seinem Ende zuneigte. Er zog den Kragen seiner Lederjacke hoch und wollte sich mit schnellen Schritten vom Club entfernen, als ihm ein junger Mann auffiel, der auf der gegenüberliegenden Straßenseite an einer Hausmauer lehnte und betont gelangweilt zu Tom hinüberstarrte. Nur kurz streifte dessen Blick den Jüngling, aber was er da sah, gefiel ihm sehr.

Der junge Mann war in seinen Augen wunderschön und verführerisch zugleich. Aber, und da war sich Tom augenblicklich ziemlich sicher, dieser Junge musste bestimmt ein Stricher sein. Nur so ließ es sich auch erklären, dass er bei diesen tiefen Temperaturen am

Oberkörper nur ein simples, enganliegendes T-Shirt trug, das seinen muskulösen Körper gezielt betonte.

„Schade um diesen Jungen", murmelte Tom, der sich nichts aus Strichern machte. Nein, Sex für Geld war nicht seine Sache und würde es auch nie werden. Lieber allein und einsam bleiben, als sich ein kurzes Vergnügen mit einem Stricher, dem es nicht um Liebe, sondern nur um Geld ging, zu leisten. Tom war ein Gefühlsmensch und träumte immer noch von der perfekten Liebe und absoluten Treue. Aber scheinbar war er in dieser Welt der Einzige, der diesen Traum hegte. Deshalb vergaß er den Typen sogleich wieder und verschwand im Dunkel der Nacht.

Eine Woche später befand sich Tom wieder am selben Ort, nämlich vor dem Eingang des Tube, wo er als Gewohnheitstier ein paar Stunden abhängen wollte. Vor der Tür stand der Stricher, der ihm vergangene Woche kurz aufgefallen war. Kurz trafen sich wieder ihre Blicke und Tom wollte den Jüngling bereits hinter sich zurücklassen, als dieser ihn mit einer warmen, wohlklingenden Stimme ansprach.

„Entschuldige, kannst du mich mit in den Club nehmen? Ich war da noch nie drin und würde gerne einmal das Innenleben des Tanztempels kennenlernen."

Tom erschrak, dass er so direkt angesprochen wurde, und bemerkte, wie sein Herz lauter als sonst pochte und sich bereits ein dünner Schweißfilm trotz der abendlichen Kühle auf seiner Stirn bildete. Was sollte er tun oder sagen? Zwar war der Junge tatsächlich sehr gutaussehend, aber er blieb trotzdem ein Stricher und Tom hatte keine Lust, einen doppelten Eintritt zu bezahlen und vermutlich später auch noch für ein teures Getränk des Strichers aufkommen zu müssen. Aber bevor er auch nur etwas sagen konnte, teilte ihm der junge Mann mit, dass er selbst für seinen Eintritt aufkomme und er nur jemanden kurz als Begleitung brauche, da er zu schüchtern sei, allein den Club zu betreten.

Zwar fand Tom dies schon etwas eigenartig, aber schließlich

nickte er dem Jungen zu, ihm zu folgen. So betrat er nicht allein den Club, sondern an der Seite eines schönen Mannes, was ihn sogar ein bisschen mit Stolz erfüllte. Nach der Eingangskontrolle und dem Bezahlen des Eintritts bedankte sich der Jüngling und ging nun ziemlich selbstbewusst seines Weges, was Tom doch ein wenig enttäuschte.

Er wird sich wohl einen Kerl suchen, der genügend Kohle dabeihat, da er bestimmt bemerkt hat, dass ich nicht auf Stricher stehe, dachte sich Tom und bahnte sich einen Weg durch die Tanzenden zur Bar.

An diesem Abend kreuzten sich die Wege von Tom und dem vermeintlichen Stricher noch ein paar Mal und jedes Mal nickte ihm der junge Mann lächelnd zu. Schließlich aber beobachtete Tom, wie der junge Kerl einige Minuten nach Mitternacht mit einem eher unsympathischen Zeitgenossen den Club verließ, und für Tom war die Sache nun völlig klar. Dieser Junge war hundertprozentig ein Stricher.

Die nächsten zwei Wochen sah Tom den Jungen nicht mehr. Er blieb verschollen. Es tat Tom schon fast im Herzen weh, denn irgendwie hatte er begonnen, sich für diesen schönen Mann zu interessieren. Dann aber in der dritten Woche, als Tom gelangweilt an der Bar des Tube saß, setzte sich plötzlich jemand neben ihn auf den freien Hocker. Als Tom einen kurzen Seitenblick riskierte, blickte er ins Gesicht des Strichers, der ihn begrüßte und dann sich sogleich vorstellte.

„Ich glaube, ich habe dir noch gar nicht gesagt, wie ich heiße, oder? Mein Name ist Vladimir, aber wer mich kennt, nennt mich einfach Vladi."

Der Junge strahlte Tom freundlich an, während dieser tief in seinem Innern konsterniert feststellen musste, dass schon allein der Name Vladimir gut zu einem osteuropäischen Stricher passte. Trotzdem stellte er sich ebenfalls vor, und Vladimir reichte ihm die Hand.

Vladis Händedruck war angenehm, aber auch überraschend kalt. Aber Tom machte sich keine Gedanken darüber, sondern versuchte sich wieder der Musik hinzugeben, was aber Vladi nicht zuließ, indem er das Gespräch weiterführte.

„Bist du oft hier?"

„Hast du einen Freund?"

„Von wo kommst du?"

„Wo arbeitest du?"

Frage um Frage, aber Tom speiste seinen neuen Freund nur mit kurzen Antworten ab.

„Fast jeden Samstag."

„Nein, bin Single."

„Wohne etwas außerhalb der Stadt."

„In einem Immobilienbüro."

Schließlich war Tom der Fragerei überdrüssig und stellte nun selber eine Frage, was ihn selber ziemlich überraschte.

„Wo hast du denn die letzten zwei Wochen gesteckt?"

Vladi schien sehr erfreut über diese Frage zu sein und antwortete rasch: „Schön, dass es dir aufgefallen ist, dass ich zweimal nicht da war. Ich habe meine Eltern in Rumänien besucht."

„Rumänien? Du kommst also aus Rumänien? Dafür sprichst du aber perfekt deutsch."

„Danke für die Blumen! Aber ich lebe schon längere Zeit im deutschsprachigen Raum."

„Und deine Eltern? Haben sie sich gefreut, dich wieder einmal zu sehen?"

„Nun, das konnte ich sie nicht fragen, denn sie sind schon eine ganze Weile tot."

„Oh, das tut mir leid."

Eine peinliche Stille überschattete nun das Gespräch, die Tom plötzlich mit folgenden zwei kurzen Sätzen „Das ist mein Lieblingssong! Ich muss auf die Tanzfläche", unterbrach und sich auf die Tanzfläche stürzte. Mit großen Augen bemerkte er nach kurzer Zeit plötzlich, dass Vladi neben ihm auf der Tanzfläche herumwirbelte und ihm immer wieder liebevolle Blicke zuwarf.

Tom war völlig durcheinander. Was wollte dieser Vladimir nur von ihm? War er tatsächlich nur ein Stricher, der es nun auf ihn abgesehen hatte?

Fast dreißig Minuten blieb Tom auf der Tanzfläche. Als sich Vladi endlich vom Dancefloor entfernte, nutzte Tom die Chance, holte an der Garderobe seine Jacke ab und verließ fast fluchtartig den Club.

Draußen hatte sich ein dichter Nebelschleier über die Stadt gesenkt und Tom konnte kaum ein paar Meter weit sehen. Mit schnellen Schritten ließ er die belebteren Straßen hinter sich zurück und zweigte dann in eine finstere Nebengasse ein, wo auch sein Auto geparkt war. In diesem Augenblick trat eine dunkle Gestalt aus einem Hauseingang und stürzte sich auf den überraschten Tom. Schon spürte er die kalte Klinge eines Messers an seiner Kehle und eine gebrochen Deutsch sprechende Stimme forderte von ihm Geld. Vorsichtig griff Tom in seine Hosentasche und zog die Geldbörse heraus. Sofort wurde ihm diese vom Räuber aus der Hand gerissen und geöffnet.

„Was? Nur fünfzig Euro? Wo hast du den Rest von deinem Geld versteckt?", wollte der Verbrecher wissen und seine Augen funkelten bösartig. Die spitze Messerklinge bohrte sich tiefer in Toms Haut, sodass bereits ein Blutstropfen die Wunde verließ. Tom wollte mit heiserer Stimme erklären, dass er tatsächlich nicht mehr Geld bei sich trüge, als ein Schatten aus dem Nebel hervortrat und den Räuber mit einem harten Schlag zu Boden beförderte. Geldbörse und Messer klatschten ebenfalls auf dem feuchten Asphalt auf. Der Kriminelle aber sprang sofort wieder hoch und suchte eilig das Weite.

Toms Beine zitterten wie Eschenlaub, als er sich an seinen Retter wandte und erstaunt bemerkte, dass es sich dabei um Vladimir handelte.

„Was machst du denn hier?", wollte Tom überrascht wissen und lehnte sich schwer schnaufend an die nächste Hausmauer.

„Als ich gesehen habe, dass du den Club verlassen hast, hatte ich auch keine Lust mehr, dort zu bleiben und das Tanzbein zu schwingen. Wir hatten wohl denselben Weg. Und plötzlich habe ich gesehen, wie du bedroht wurdest und habe schnellstens eingegriffen."

„Danke!", stammelte Tom, während ihn Vladi anlächelte und erklärte.

„Gern geschehen! Ich muss nun leider rasch weiter, denn ich habe noch etwas Wichtiges zu erledigen."

Nach diesen Worten nickte er Tom zu und verschwand in jener Richtung, in die eine Minute zuvor auch der Räuber verschwunden war. Sogleich wurde Vladi vom Nebel verschluckt. Tom aber eilte mit einem gewaltigen Chaos im Kopf zu seinem Auto und fuhr zitternd vor Aufregung heimwärts.

Während der nächsten Wochen ließ Tom seine Discobesuch ausfallen. Zu groß war immer noch der Schock über den nächtlichen Überfall. Aber immer grösser wurde hingegen sein Drang, den jungen Vladimir, seinen Retter, wiederzusehen.

So beschloss Tom kurz vor Weihnachten, endlich wieder in die Stadt zu fahren, diesmal an einer belebten Straße zu parken und das Tube aufzusuchen. Die Enttäuschung war grenzenlos, als an diesem Abend kein Vladi anzutreffen war. Wenigstens traf Tom ein paar Kumpel, mit denen er über Dies und Jenes reden konnte. Schließlich kam er auch auf Vladi zu sprechen, beschrieb seinen Freunden den Jüngling, aber keiner von ihnen kannte ihn oder konnte sagen, ob er in den letzten Wochen im Tube gewesen war. Mit hängendem Kopf verließ Tom gegen zwei Uhr das Lokal.

Ebenfalls enttäuscht verließ er auch eine Woche später das Tube. Vladimir war verschwunden. Vielleicht verbrachte er die Feiertage in Rumänien, vielleicht aber hatte er auch seinen Wohnsitz in der Stadt aufgegeben. Tom wusste es nicht und bemerkte mit einem Male, dass er wirklich kaum etwas über den jungen Mann wusste.

Weihnachten kam und Tom verbrachte den Abend des vierundzwanzigsten Dezembers bei der Familie seiner Schwester, denn seine Eltern lebten ebenfalls nicht mehr. Glücklicherweise war das Tube am fünfundzwanzigsten bereits wieder offen, sodass Tom diesen einsamen Abend in seinem Stammclub verbringen konnte. Wie erwartet war das Lokal fast leer und Tom nippte an seiner Cola und beobachtete den DJ bei der Arbeit. Da tauchte wie aus dem Nichts Vladimir auf. Tom spürte, wie sein Herz erregt zu klopfen begann. Er wurde nervös wie ein verliebter Teenager. Vladi hatte ihn ebenfalls entdeckt und kam schnurstracks auf ihn zu. Er reichte Tom seine kalte Hand zum Gruß und freute sich ehrlich, Tom wiederzusehen. Schon bald waren die beiden in ein Gespräch vertieft und vergaßen die Welt um sich.

Als Tom schließlich Vladi die Frage stellte, wo er denn die letzten Tage verbracht habe, meinte dieser: „Tagsüber bin ich meistens zuhause gewesen und nachts in der Stadt herumgestreift."

Also doch ein Stricher, dachte sich Tom, aber er merkte, dass ihn dieser Umstand nicht mehr abschreckte, sondern eher leidtat, denn dieser junge Mann bedeutete ihm mittlerweile mehr, als er zugeben wollte. Vor allem gefiel ihm, dass ihm Vladi noch nie ein offensichtliches Angebot gemacht hatte. Deshalb gelang es Tom den jungen Rumänen als Kumpel zu akzeptieren.

Die Stunden vergingen zu rasch in dieser Nacht und plötzlich verstummte die Musik. Es war lange nach Mitternacht und der Club sollte geschlossen werden. Tom und Vladi verließen gemeinsam das Gebäude. Wortlos bummelten sie durch die schlafende Stadt, während erste Schneeflocken vom Himmel tanzten. An einigen Häusern funkelte die Weihnachtsbeleuchtung. Tom fühlte sich wie im siebten Himmel und war von sich selbst überrascht, als er plötzlich nach Vladis Hand griff. Doch dieser zuckte erschrocken zurück, und Tom wurde vor Verlegenheit rot im Gesicht. Schon verfluchte er seine voreilige Handlung, als Vladi stehenblieb und ihn mit seinen blauen

Augen anstarrte.

„Ich muss dir etwas gestehen", sagte Vladi mit ausdrucksloser Stimme.

Jetzt kommt es, dachte Tom traurig, Jetzt erzählt er mir, dass er ein Stricher ist. Aber Tom sollte sich gewaltig irren, denn Vladimirs Bekenntnis nahm ihm buchstäblich den Atem.

„Ich bin kein Mensch, zumindest bin ich kein Mensch mehr. Ich bin ein Wesen der Nacht, ein Vampir!"

Nach diesen Worten verstummte Vladimir und schaute Tom fragend an, der aber darauf nichts zu sagen wusste. Sollte er einfach lachen oder sich an die Stirn fassen? Tom wusste es nicht und hielt es für besser, einfach abzuwarten.

„Ich sehe, du glaubst mir nicht!", entgegnete nun Vladi und fügte hinzu: „Vermutlich würde es mir gleich ergehen, wenn mir jemand sagen würde: Ich bin ein Vampir! Deshalb muss ich es dir wohl beweisen."

Plötzlich veränderte sich Vladimirs Gesicht. Seine jugendliche Schönheit blieb zwar bestehen, aber in seinen Augen funkelte eine eisige Kälte. Außerdem wuchsen deutlich zwei lange, spitze Reißzähne in seinem aufgerissenen Mund.

„Mein Gott!", stöhnte Tom und schlug sich die Hand vor den Mund. Aber ehe er sich versah, war Vladi wieder der alte.

„Glaubst du mir jetzt?", fragte Vladi und Tom nickte nur. Er war momentan nicht fähig, auch nur ein Wort zu sagen, denn seine Gedanken wirbelten durch seinen Kopf, ohne zu einem Ergebnis zu kommen. Daher nahm der Vampir das Gespräch wieder auf.

„Ich bin eigentlich schon über zweihundert Jahre alt. Als meine Eltern damals in Rumänien einer schrecklichen Epidemie zum Opfer fielen, war ich dreiundzwanzig Jahre alt. Nach ihrem Tod war ich völlig allein und wollte den elterlichen Hof nicht weiterführen. Deshalb beschloss ich, ihn zu verkaufen und anderswo mein Glück zu finden. Eines Nachts wurde ich von einem heftigen Gewitter überrascht und suchte Zuflucht in einer Schlossruine. Dort traf ich auf

Helena, eine junge Vampirin, die sich sogleich auf mich stürzte und von meinem Blut trank. Da sie Gefallen an meinem Erscheinungsbild gefunden hatte, ließ sie mich am Leben und wollte mich zu ihrem Gefährten machen. Ich mochte zwar Helena auch nach meiner Verwandlung in einen Untoten, aber lieben konnte ich sie nicht, denn ich wusste bereits damals, dass ich mich nur für Männer interessierte. Trotzdem blieben wir für ein paar Jahre zusammen und durchstreiften gemeinsam die Welt. Helena lehrte mich, das Dasein eines Vampirs zu akzeptieren und zu bewältigen. Irgendwann traf sie dann schließlich doch noch auf ihren Herzbuben, woraufhin wir uns als Freunde trennten. Ich zog weiter und ließ mich schließlich mal hier, mal dort nieder. Vor vielleicht neunzig Jahren fand ich dann auch einen Gefährten und wir blieben fast zwei Jahrzehnte zusammen, bis er von einem Vampirjäger in eine Falle gelockt und gepfählt wurde. Daraufhin zog ich mich für viele Jahre in die Einsamkeit zurück, ehe ich wieder Menschensiedlungen aufsuchte."

Jetzt unterbrach Tom den Redefluss seines Freundes, indem er ihm folgende Frage stellte: „Und du ernährst dich tatsächlich von Menschenblut?"

„Hin und wieder. Aber ich wähle mir die Opfer gekonnt aus. Neulich zum Beispiel habe ich mir den Kleinkriminellen geschnappt, der dich ausrauben wollte. Oder damals, als wir uns erst flüchtig kennengelernt hatten, habe ich ein Subjekt im Tube aufgegabelt, dessen Charakter alles andere als angenehm war. Mein Instinkt zeigt mir immer, wie der Charakter meines Gegenübers ist. Dann kenne ich keinen Skrupel, mich mit seinem Blut zu erfrischen. Sonst aber nehme ich meistens mit Tieren vorlieb oder besorge mir Blutbeutel aus einem Krankenhaus."

Vladimir erzählte dies mit so einer großen Gleichgültigkeit, dass es Tom doch schon etwas schauderte.

„Hattest du mich damals, als du mich vor dem Club angesprochen hast, auch als Opfer auserwählt?", wollte er deshalb vom Vampir wissen.

„Aber nein!", lachte Vladimir. „Du warst mir außerordentlich sympathisch. Daher bat ich dich, mich mit in den Club zu nehmen. Du musst wissen, ein Vampir darf nur ein Gebäude betreten, wenn er einen Menschen begleitet oder dazu aufgefordert wird. Deshalb stand ich vor dem Tube. Dank dir kann ich es nun betreten, wann immer ich will."

„Und was willst du von mir?", wollte Tom wissen, der mit dieser sonderbaren Situation kaum zurechtkam.

Nun setzte Vladimir sein breitestes Lächeln auf, beinahe schon ein schelmisches Grinsen.

„Dich! Ich will dich. Dein Blut, deinen Körper! Du bist derjenige, nach dem ich seit Jahren gesucht habe. Ein Mensch mit reinen Gedanken, ein Mensch, der allein ist, ein Mensch, der genau zu mir passt. Dich, und nur dich, will ich."

Tom wurde blass im Gesicht und das, obschon er wegen der empfindlichen Kälte dieser Winternacht bleich genug war. Wieder einmal fehlten ihm die Worte. Auch Angst stieg in ihm hoch, die aber durch Vladimirs nächste Worte rasch wieder verflog.

„Ich werde mich nur dann an deinem Blut laben, wenn es dein Wunsch ist. Ich werde dich zu nichts zwingen. Es soll und muss unbedingt deine Entscheidung sein."

„Und wenn du mein Blut getrunken hast", entgegnete Tom unsicher, „werde ich dann auch ein Vampir sein, der nur nachts durch die Welt streift?"

„Das ist so, du hast Recht. Aber keine Angst! Ich besitze eine große, alte Villa am Stadtrand. In den vielen Jahrzehnten, die ich schon auf der Welt lebe, habe ich ein kleines Vermögen zusammengetragen. Ich habe sämtlichen Luxus, den du dir vorstellen kannst. Tagsüber liege ich nicht wie Dracula in einem schwarzen Sarg, sondern schaue fern, lese oder spiele am Computer. In meiner Villa hängen dicke Nachtvorhänge, so dass kein Sonnenstrahl ins Innere dringen kann. Aber leider sind meine Tage und auch Nächte ziemlich einsam. Es fehlt mir ein Gefährte an der Seite. Ein Mann wie du."

„Ich muss heim!" Das waren Toms nächste Worte und schon wandte er sich ab, um sich zu seinem Fahrzeug zu begeben.

„Und was wird nun aus uns?", wollte der junge Vampir wissen und in seiner Stimme klang eine deutliche Enttäuschung über die Entwicklung des Gesprächs.

Tom zuckte mit den Schultern. „Ich weiß es nicht. Ich habe jetzt so viele Dinge gehört, dass ich im Moment restlos überfordert bin. Ich brauche Zeit. Zeit, um meine Gedanken zu ordnen."

„Zeit?", echote Vladimir, „wenn ich von etwas genug habe, dann ist es Zeit."

„Danke!", meinte Tom, nickte dem Vampir zu und ging seines Weges, während seine Gedanken in seinem Kopf rasten.

Ihr Weg kreuzte sich erneut und zum letzten Mal in der Silvesternacht an der großen Jahresendparty im Tube.

Der Laden war gerammelt voll und Tom hatte sich mit seinem besten Kumpel dort verabredet. Man trank, redete, tanzte und wartete ab, bis die Musik ausging und man von draußen die Glocken des nahen Doms hörte, die nun zwölfmal schlugen. Die beiden Freunde stießen auf das neue Jahr an, während die laute Musik wieder einsetzte und sich die Tanzfläche erneut füllte.

Auf einmal stand Vladimir neben Tom. Er sah so schön wie immer aus. Seine blauen Augen funkelten verführerisch, das schwarze, kurze Haar glänzte im Licht der Discokugel und sein geschmeidiger, muskulöser Körper schmiegte sich ganz nahe an Tom.

Toms Freund starrte überrascht auf den jungen Mann und Tom stellte ihn seinem Kumpel mit den folgenden Worten vor: „Das ist Vladimir, mein Freund und Gefährte!"

Während Toms alter Kumpel sprachlos war, umarmte Vladi seinen neuen Gefährten stumm und ergriffen, da ihm durch diese Worte klar wurde, dass seine Einsamkeit ein Ende gefunden hatte.

„Nachher gehen wir zu dir", flüsterte Tom dem jungen Mann ins Ohr, „Ab sofort werden wir unseren Weg gemeinsam gehen und uns nie mehr trennen."

Dann eilte er auf den Dancefloor, um seinen letzten Tanz als Mensch zu genießen, während er in die strahlenden Augen seines Vampirfreundes blickte und seine Entscheidung nicht bereute. Heute Nacht würde sein neues Leben an der Seite von Vladimir beginnen und ewig dauern.

JUNGE LIEBE

Matt Grey

American Boy und sein Prinz

Wenn die Leidenschaft kocht

Himmelstürmer Verlag

Band 105

Ben Ebenho
Unsere Geschichte

I – Deniz

Wie weit er gelaufen war, konnte Deniz nicht mit Bestimmtheit sagen. Vielleicht zwölf, fünfzehn Kilometer seit dem Vorabend? Aber insgesamt? Er war noch nie gut im Schätzen von Größen oder Distanzen gewesen. Allerdings erinnerte ihn das unregelmäßige, laute Knurren seines Magens immer wieder daran, dass viel zu viel Zeit vergangen war, seitdem er die letzte feste Nahrung in der Abenddämmerung zu sich genommen hatte. Danach hatte er nur einige Handvoll Wasser zu sich genommen, aus Bächen, an denen er vorbeigekommen war. Die Landschaft um ihn herum lag noch im Dunkeln, nur am Horizont zeigten sich schüchtern und in Form von Silberstreifen die ersten Anzeichen des neuen Tages. Bis über den nicht allzu fernen Hügeln im Osten die Sonne aufginge, würde es wohl noch eine Stunde oder mehr dauern.

Deniz stolperte über einige am Boden liegende Äste und Steine. Er erschrak über das laute Knacken des dürren Holzes und fluchte innerlich. Hoffentlich war niemand auf ihn aufmerksam geworden. Angestrengt blickte er in die Nacht. In einiger Entfernung war eine Ansammlung schwacher Lichtpunkte zu sehen. Dort musste das Dorf liegen, in das die Landstraße führte, an der er zuvor entlanggelaufen war. Im Osten, dort wo sich bald einmal die Sonne zeigen würde, waren Bäume zu sehen, deren dunkle Körper sich wie Skelette vom noch dunkleren Nachthimmel abhoben. Sechzehn Tage war es mittlerweile her, dass er sein Zimmer in der großväterlichen Wohnung verlassen hatte. Bei seinem hastigen Aufbruch war für mehr als das Nötigste in seinen Rucksack kein Platz gewesen. Etwas Wäsche hatte er mitgenommen und sein Mobiltelefon natürlich, auch wenn er keine Idee hatte, wo und wie er den inzwischen leeren Akku wieder aufladen sollte. Seinen Computer hatte er genauso wenig mitnehmen können, wie all die Bücher oder anderen Wertsachen, an denen sein Herz hing. Sein Großvater würde sein Zimmer nicht betreten. Er würde seine Privatsphäre auch während der Abwesenheit respektieren, so wie er es in der langen Zeit ihres Zusammenlebens stets getan hatte. Nachdem er Deniz' kurzen Abschiedsbrief gelesen hätte, würde er Bescheid wissen, so wie er es von Beginn an getan hatte. Um seinen Enkel, das einzige Kind seines viel zu früh verstorbenen Sohnes, bedingungslos zu lieben, hatte er nie Fragen zu stellen brauchen. Ob sein Großvater den eigenen Sohn, Deniz' Vater, genauso gütig und wohlwollend großgezogen hatte, konnte Deniz nicht sagen. Zu vage waren seine eigenen Erinnerungen an seinen Erzeuger. Was Deniz über ihn wusste, hatte sein Großvater ihm erzählt: Dass er ein sowohl vom Charakter als auch vom Aussehen her außergewöhnlicher Mensch gewesen war, der sich nach dem tragischen Tod seiner Frau – die Deniz' Geburt nicht überlebt hatte – zärtlich und voller Liebe um seinen neugeborenen Sohn gekümmert hatte. Schon damals hatte der alte Herr, der Vater seines Vaters, sein Großvater, eine zentrale Rolle in seinem Leben gespielt. Zu dritt hatten sie es sich in ihrer Männer-WG so gut wie möglich gehen lassen. Vater und Großvater, die beide zu früh Witwer geworden waren, hatten Deniz einige wunderbare erste Lebensjahre ermöglicht. Nachdem ein Motorradunfall Deniz kurz nach seinem dreizehnten Geburtstag zum Vollwaisen gemacht hatte, hatten sein Opa und er nur noch sich gehabt. Die Trauer und der über einen langen Zeitraum nicht nachlassen wollende Schmerz hatten sie noch näher zusammenrücken lassen. Und nun war sein Großvater also allein in dem kleinen Haus zurückgeblieben. Doch auch über die täglich größer werdende Distanz würden sie sich so nahe bleiben wie immer.

Deniz war sich nicht sicher, ob es jemals ein Wiedersehen mit seinem Opa, dem Haus, seinem alten Leben geben würde. Das hing vermutlich davon ab, wie sich die Dinge weiterentwickeln würden. Vielleicht würden fremde Menschen, die eigentlich nicht hierher gehörten, das Haus in Besitz nehmen und seinen Opa von seinem Grund und Boden verjagen. Oder sogar töten, eine Vorstellung, die Deniz eiskalte Schauer über den Rücken jagte. Welche Fortsetzung die Geschichte nähme, konnte noch niemand sagen, am allerwenigsten Deniz. Ob die aktuellen Ereignisse irgendwann Einzug in die Geschichtsbücher nehmen würden, wusste er nicht. Was fremde Menschen, die sich als neue, rechtmäßige Eigentümer seines Landes, seines Hauses, seines Zimmers ansähen, vorfänden, wenn sie in die zurückgelassenen Teile seines Privatlebens eindringen würden, war hingegen klar. Würden sie sein Zimmer auf den Kopf stellen und es sogar schaffen, sich Zutritt zu seinem Computer zu verschaffen, könnte er niemals zurückkehren. Denn was und wie er war, akzeptierten die fremden Menschen nicht. Das hatte man schon oft genug gehört und gelesen.

Deniz dachte zurück. Im Internet hatte er schon einige Tage lang das Näherrücken der fremden Männer verfolgt. Und auch sein Opa hatte jeden Tag aufs Neue berichtet, wo sich die Truppen inzwischen befanden. Als sie eines Abends vor etwas über zwei Wochen am Nachthimmel in der Ferne den ersten Feuerschein gesehen hatten, hatte Deniz gewusst, dass es an der Zeit war, sich auf den Weg zu machen. Von seinem Opa mündlich verabschiedet hatte er sich nicht – der kurze Brief musste genügen. Deniz hatte befürchtet, dass ihn der alte Herr am Fortgehen gehindert hätte. Zumindest hatte sein Opa in den Tagen und Wochen davor Andeutungen gemacht, die diese Vermutung in Deniz geweckt hatten. Mit seinen vierundsiebzig Jahren war sein Opa noch sehr agil. Sicher würde er allein zurechtkommen, würde auch diesen Schicksalsschlag verkraften – so wie seinerzeit die Abschiede von seiner Frau, seiner Schwiegertochter und seinem Sohn. Wobei zumindest eine kleine Hoffnung auf ein Wiedersehen bestand. Irgendwann, so hoffte Deniz, würden sie sich wiederfinden und dann gemeinsam auf die Zukunft und das neue Leben anstoßen. Bis zu diesem Wiedersehen aber, musste er, Deniz Mykyta, sich allein durchschlagen.

In einiger Entfernung hörte er eine Glocke, vermutlich die eines Kirchturms, sechs Mal schlagen. Sechs Uhr? Dann würde bald die Morgendämmerung einsetzen, was für ihn bedeutete, dass er bis dahin etwas zu essen und ein Versteck für den Tag gefunden haben musste. Bei Helligkeit in der Gegend herumzulaufen und eventuell von den fremden Männern gesehen zu werden, erschien ihm zu riskant. Als er in den vergangenen Tagen zumeist in waldreichen Gebieten des Nordens unterwegs gewesen war, hatte das Finden eines Unterschlupfs kein allzu großes Problem dargestellt. Seit vorgestern aber lief er durch ein Gebiet mit einem eher lichten Bewuchs – Gras mit niederen Büschen und einzelnen Baumgruppen – und schon in der Nacht zuvor hatte er nur mit allergrößter Mühe einen Schlafplatz für den Tag gefunden. Und dann war da auch noch das andere Problem: der Hunger. Da er sich seit mehr als zwei Wochen keine richtige Mahlzeit mehr hatte gönnen können, hatte er den Eindruck, schon mindestens vier, fünf Kilo verloren zu haben. Zum Glück hatte er zuhause im letzten Moment einen Gürtel in den Rucksack gesteckt, sonst wäre ihm seine kurze

Hose wohl immer wieder in die Kniekehlen gerutscht. Und auch das T-Shirt, das er seit einigen Tagen trug und das die Umrisse und die Flagge seiner Heimat zeigte, schien von Tag zu Tag mehr Luft zu haben. Deniz hatte gegen einige Kilo weniger und eine sportlichere Figur zwar nichts einzuwenden, er befürchtete aber, dass ihn die nicht ausreichende Ernährung schwächen und auch seine Konzentration negativ beeinflussen würde. Im fahlen Licht der einsetzenden Morgendämmerung erreichte er ein Feld mit Tomatensträuchern. Hastig griff er zu und steckte sich einige in den Mund und weitere in seine Hosentasche. Was für ein Festschmaus im Vergleich zu den Wurzeln und Gräsern, die in den vergangenen Tagen mehrheitlich seinen Speiseplan ausgemacht hatten!

Kurze Zeit später – der ärgste Hunger war inzwischen gestillt – hatte Deniz unter einer mächtigen Weide auch eine Schlaf- und Ruhestätte für den Tag gefunden. Mehrere ausladende, tiefhängende Äste bildeten eine Art natürlichen Vorhang, durch den hindurch er zwar nach draußen sehen und beobachten konnte, was in der Umgebung geschah. Die Gefahr, selbst gesehen zu werden, erachtete er hingegen als gering. Deniz zog den Rucksack ab und lehnte ihn gegen den Baumstamm. Auf dem moos- und grasbewachsenen Boden lag man angenehm weich. Der dichten Belaubung verdankte der Platz ein fast behaglich anmutendes Halbdunkel und eine angenehme Temperatur. Deniz war sich sicher, dass er gut schlafen würde. Er zog seine Shorts aus und legte das Taschenmesser, von seiner physischen Kraft abgesehen die einzige Verteidigungsmöglichkeit, die er hatte, neben sich auf den Boden. In Boxershorts und T-Shirt streckte er sich dann auf dem Boden aus und deckte sich notdürftig zu – mit dem Tischtuch, das er vor einigen Tagen von einer Wäscheleine hatte mitgehen lassen. Mehr Luxus hatte seine momentane Situation nicht zu bieten. Zum Glück war es in diesem Jahr noch milder als in diesem Teil der Welt ohnehin üblich.

Fast augenblicklich begab Deniz sich auf die Reise in das so vertraute Paralleluniversum. Träume, wie sein Opa es stets bezeichnet hatte. Schon früh, kurz nach dem Unfall seines Vaters, hatte Deniz es besser gewusst.
„Deniz!"
„Ja?"
„Geht es dir gut, mein Schatz?"

„Papa, bist du es?"
„Ja."
„Warum machst du das?"
„Was meinst du?"
„Wieso besuchst du mich?"
„Warum sollte ein Vater seinen Sohn nicht besuchen?"
„Weil du ... du weißt schon. Der Unfall."
„Sie haben dir also erzählt, es sei ein Unfall gewesen?"
„Ja. So habe ich Großvater verstanden."
„Nun gut, ich sehe es ihm nach. Du warst noch zu jung für die Wahrheit."
„Oh! Wieso? Was war denn die Wahrheit?"
„Sie haben mich erschossen, bevor sie das Auto anzündeten und den Steilhang hinunterrollen ließen."
„Dann bist du nicht ...?"
„Qualvoll verbrannt? Nein, zum Glück nicht. Bis ich begriffen hatte, was mit mir geschehen würde, hatte die Kugel mich bereits ins Jenseits befördert."
„Wo bist du jetzt, Papa?"
„In deiner Erinnerung."
„Du besuchst mich also nicht wirklich?"
„Was heißt schon ‚wirklich'? Um mich zu sehen, zu hören oder zu fühlen, brauchst du weder Augen noch Ohren noch Hände. Dein Herz genügt. Aber ist es weniger wirklich als deine anderen Sinnesorgane?"
„Mein Herz genügt?"
„Ja. Versuche es. Öffne deine Augen ... und ich werde weg sein."
„Dann öffne ich meine Augen nie mehr wieder, Papa, denn ich möchte, dass wir für immer zusammenbleiben."
„Du weißt, dass das nicht geht, mein Schatz. Noch nicht. Noch lange nicht. Bis du alt genug sein wirst, um zu mir zu kommen, müssen wir uns auf diesem Weg treffen. Nachts. In deinen Träumen."
„Ja, Papa."

Deniz fuhr hoch. Es war wohl das wütende Bellen eines Hundes auf einem Bauernhof in der Nähe gewesen, das ihn geweckt hatte und das auch jetzt noch zu hören war. Vorsichtig erhob er sich, streckte seine Arme und Beine aus und schob die Äste vor seinem Versteck ein wenig zur Seite. Draußen war niemand zu sehen. Die Sonne schien. Die Schatten der Bäume waren kurz, demnach musste Mittagszeit sein. Fünf, sechs Stunden hatte er wohl geschlafen. Immerhin. Er merkte, dass seine Blase prall gefüllt war, weshalb er einige Schritte weiter ins Dickicht ging und Wasser ließ. Das Plätschern seines Wassers auf den Blättern des Baumes klang wie ein heftiger Regenschauer und Deniz seufzte erleichtert auf. Danach verschlang er die restlichen Tomaten vom Vorabend. Er wusste, dass es noch viel zu früh zum Weiterwandern war. Bei Tageslicht wäre er ein allzu leichtes Ziel für eventuelle Angreifer oder Verfolger gewesen. Bevor er seinen Rucksack zusammenpacken würde und weiterziehen könnte, würde er abwarten müssen, bis die Abenddämmerung eingesetzt hätte. Bis dahin konnte er sich erholen.

Deniz setzte sich in den Schneidersitz, den Rücken an den Baumstamm gelehnt, und dachte an David. Wie lange mochte es her sein? Vier, fünf Jahre? Er konnte es nicht mehr mit Bestimmtheit rekonstruieren. Er konnte sich allerdings sehr gut daran erinnern, dass sein bester Freund und Nachbar und er auf dem Rückweg von einem erfrischenden Bad in einem nahen See von einem heftigen Gewitter überrascht worden waren. Von einem Augenblick zum nächsten hatte es sintflutartig zu regnen begonnen. Und keine Minute später waren sie bis auf die Haut nass gewesen. Schnell hatten sie unter einem Baum wie diesem Schutz gesucht und hatten ihre triefenden Hosen und T-Shirts ausgezogen, um nach einem kurzen Moment des Zweifelns auch ihre feuchten Unterhosen folgen zu lassen. Auf dem Boden kauernd hatten sie ihre nackten Körper aneinandergedrückt, auf der Suche nach etwas Wärme einander umarmt, und das Ende des Wolkenbruchs abgewartet. Es hatte geholfen, denn es war ihnen nicht nur warm geworden, sondern sogar heiß. Deniz und möglicherweise auch David hatten ihren ersten von einem anderen Menschen herbeigeführten Orgasmus gehabt. Und da ihn die zärtlichen und zugleich fordernden Berührungen von Davids Händen auf seiner nackten Haut in unbekannte Sphären der Lust katapultiert hatten, war Deniz spätestens in diesem Moment klar geworden, dass er wohl nie mit einer Frau glücklich werden und Kinder zeugen würde. Ob es für David, in den er in jenem Moment unsterblich verliebt gewesen war, genauso atemberaubend schön gewesen war, wie für ihn selbst, wusste Deniz nicht. Obwohl sie auch später noch oft zusammen unterwegs waren und Freunde blieben, waren sie sich nie mehr so körperlich nahegekommen und hatten auch nie über die Ereignisse jenes Gewitternachmittages gesprochen. Obwohl Deniz es so schön gefunden hätte.

Deniz spürte, wie bei den Erinnerungen an David und seinen ersten richtigen Sex sein Glied hart geworden war. Er musste grinsen. Auch wenn die Welt im Begriff war unterzugehen: sein kleiner Prinz funktionierte immer. Schnell zog er seine Boxershorts ein Stück herunter und begann mit kraftvollen Bewegungen seiner rechten Hand, seine Erektion zu bearbeiten. Flucht hin oder her – auch in solch schwierigen Zeiten musste es möglich sein, sich ein wenig Freude zu verschaffen! Wenig später verspritzte er seinen Saft schwer schnaufend auf dem Waldboden. Als das Zucken des Fleisches in seiner Hand nachließ und sein Atem sich etwas beruhigt hatte, fiel Deniz erneut in einen unruhigen Schlaf.

„Papa? Papa, bist du da?"
„Ja, mein Junge. Ich habe dich beobachtet."
„Du hast ... was?"
„Ja, ich habe dich beobachtet. David ist ein toller Junge."
„Du weißt, dass ich an David gedacht habe?"
„Ja. Was auch immer du denkst, denke ich auch. Was auch immer du fühlst, fühle auch ich. Und, Deniz, David denkt auch oft an dich."
„Warum hassen uns diese fremden Menschen, Papa?"
„Ich ..."
„Sie töten dich. Sie jagen mich. Was haben wir ihnen getan, dass sie uns so sehr verachten?"
„Diese Frage kann ich dir nicht beantworten."
„Wer kann es? Wer kann sie mir beantworten, Papa?"
„Ich weiß es nicht."
„Vielleicht die Männer, die mir dich genommen haben? Die Männer, die mich jagen?"
„Ich glaube nicht, Deniz, dass diese Männer wissen, warum sie das tun, was sie tun. Sie wurden einfach losgeschickt. Sie führen Befehle aus. Sie töten, weil sie töten müssen. Und um nicht selbst getötet zu werden."
„Dann vielleicht diejenigen, die diese Befehle erteilt haben?"
„Ja, vielleicht die."
„Vielleicht?"

„Ja, vielleicht. Auch sie sind auf eine gewisse Weise nur Opfer, die irgendwann einmal einen Weg eingeschlagen haben, den sie jetzt nicht mehr verlassen können."

„Das verstehe ich nicht. Was wäre denn so schlimm daran, einen Weg nicht mehr weiterzugehen, wenn er doch falsch ist?"

„Nun, es wäre vermutlich ihr Ende."

„Papa?"

„Ja, mein Junge?"

„Hast du mich lieb?"

„Ja, mein Junge. Mehr als alles andere auf der Welt."

Genau in dem Moment, als das lächelnde Gesicht seines Vaters vor Deniz' innerem Auge Gestalt annahm, gab es in der Nähe seines Verstecks eine Explosion.

II – Andrej

„Nein, nein, nein! Du wirst mich nicht dazu bringen, eine Waffe in die Hand zu nehmen und zum Mörder zu werden!", schrie Andrej seinem Vater ins Gesicht.

„Aber mein Sohn, was erzählst du da? Du sollst niemanden ermorden! Du sollst dich bloß verteidigen. Dich, uns, deine Heimat."

Andrej zog sich in sein Zimmer auf der Rückseite des kleinen Hauses zurück. Sein Entschluss war gefasst, auch wenn sein Vater ihn zum wiederholten Mal hatte überzeugen wollen, sich doch endlich freiwillig zur Armee zu melden. Die Argumente waren immer die Gleichen: man müsse das Übel bekämpfen, die bösen Männer im Nachbarland bekämpfen und daran hindern, sich außerhalb ihres eigenen Landes auszubreiten. Das, was sein Vater tagein, tagaus gebetsmühlenartig herunterleierte, war das, was die Regierung den Menschen auch mehrmals am Tag in den Nachrichten im Radio oder im Fernsehen erzählte. Andrej war ein eher unpolitischer Mensch. Er hatte keine Ahnung, ob das, was die Nachrichtensprecher ohne Unterlass zum Besten gaben, der Wahrheit entsprach oder nicht. Aus Angst und weil niemand sicher war, wem man noch trauen konnte und wem nicht, hatten seine Freunde und er irgendwann aufgehört, über politische Themen zu reden. Und irgendwann hatte er selbst mit seinem besten Freund Sergej nur noch über unverfängliche Themen wie das Wetter oder die neusten Musiktitel gesprochen. Der Sergej, mit dem er bis vor ein, zwei Jahren auch die intimsten Geheimnisse geteilt hatte. So wie dasjenige seiner tiefen Zuneigung zu Michail, einem fast gleichaltrigen Jungen aus der Nachbarschaft. Sergej, der allein lebte, hatte ihn verstanden und hätte ihm sogar seine Wohnung für eine Verabredung mit Michail überlassen, aus der jedoch – aus verschiedenen Gründen – nie etwas geworden war. Heute war Andrej froh, dass es nicht so weit gekommen war, denn in letzter Zeit hatte Sergej mehrere Male zweifelhafte Sprüche von sich gegeben. Wie der, Andrej sei sicher kein Kämpfertyp, er sei ja noch nicht einmal ein richtiger Mann. Trotz jahrelanger enger Beziehung hatte Andrej begonnen, seinen ehemaligen Freund zu hassen.

Viele junge Männer in seinem Bekannten- und Freundeskreis hatten den Ruf des Vaterlandes erhört und hatten sich freiwillig für den Dienst an der Waffe gemeldet – irgendwann auch sein Freund Sergej. Nach und nach waren sie in die Kaserne in der nahen Stadt gegangen, kurz zurückgekommen um ihren Familien die neue, elegante Uniform zu präsentieren und schlussendlich ganz verschwunden. Von der Bildfläche, wenn nicht sogar von der Erdoberfläche. Andrej wusste es nicht. Was er hingegen wusste, war, dass weder die Begeisterung der Freunde und Bekannten, noch der Wunsch des Vaters ein ausreichender Beweggrund für ihn waren, ebenfalls Soldat zu werden und das Kostbarste, das er besaß, sein Leben, aufs Spiel zu setzen. Nein, lieber würde er davonlaufen.

Als die Kämpfe bereits begonnen hatten, hatte Andrej eines Nachts, als sein Vater und sein drei Jahre jüngerer Bruder Silas bereits schliefen, einige Kleidungsstücke und persönliche Wertgegenstände in einen Rucksack gepackt und war durch das Fenster seines Zimmers verschwunden. Ohne sich zu verabschieden. Ohne zu wissen, ob es ein Wiedersehen geben würde. Ohne sich sicher zu sein, ob er sich überhaupt auf ein Wiedersehen freuen sollte. Nun war er auf der Flucht. Er wollte leben, er würde versuchen zu überleben.

Tagelang lief er immer weiter – stets bemüht, den Abstand zwischen sich und dem Haus seines Vaters zu vergrößern. In den ersten Tagen folgte er dem Lauf eines kleinen Flusses bis zu einem See, dann bog er nach Westen ab, durchquerte ein hügeliges Waldgebiet, bis er irgendwann nach etwa vier Wochen am Wasser stand und nicht wusste, wo er genau war und ob die große Wasserfläche vor ihm schon das Meer war oder nur einer der vorgelagerten Küstenseen. Auch wie weit er schon von zuhause weg war, wusste er nicht. Einhundert, zweihundert Kilometer? Weniger? Oder doch schon mehr? Auf jeden Fall waren ihm während seiner Wanderung so gut wie keine anderen Menschen begegnet. Nur einige wenige Male hatte er Personen, möglicherweise Soldaten, aus größerer Entfernung wahrgenommen und sich dann versteckt, weil er die vielen Fragen scheute, die sie vermutlich stellen würden: Wer er sei, wohin er gehe und wieso er kein Soldat sei.

Andrej hatte Hunger und war müde. Der Lauf der Pistole, die er zuhause im letzten Moment aus Sicherheitsbedenken doch noch eingesteckt hatte und die er jetzt ständig - mit einem Gurt befestigt – um seine Taille trug, drückte gegen seine rechte Leiste. Obwohl es unangenehm und ein wenig schmerzhaft war, wollte Andrej die Waffe griffbereit am Körper tragen und nicht im Rucksack verstauen, wo sie im Ernstfall nicht schnell genug bereit gewesen wäre. Er trank zwei, drei Handvoll Wasser aus einem kleinen Bach, der sich ins Meer oder den See ergoss. Das Wasser war kalt und schmeckte köstlich. Er sah sich nach etwas Essbarem um, entdeckte außer einigen an einem Baum hängenden Äpfeln aber nichts. In einiger Entfernung entdeckte er eine Hütte. Obwohl sie alt und nicht sehr stabil aussah, beschloss er, zu ihr zu gehen und sie zu inspizieren. Vielleicht ließe sie sich als Schlafquartier nutzen. Zu Andrejs Freude war das Innere der Hütte einigermaßen gut in Schuss. Sogar ein klappriges Bett stand in dem kleinen Raum, wenn auch mit einer völlig verstaubten und durchgelegenen Matratze. Zum ersten Mal seit seinem Weggang daheim würde er in einem richtigen Bett schlafen können! Um ihn herum wurde es langsam dunkel. In der Hütte Licht zu machen oder ein Feuer anzuzünden, getraute sich Andrej nicht. Schließlich konnte man nicht wissen, wer in der Gegend unterwegs war. Als das letzte Licht des Tages am westlichen Abendhimmel verschwunden war, streckte Andrej sich auf der modrig riechenden Matratze aus und schlief wenige Augenblicke später ein.

„Andrej?"
„Wer ist da?"
„Ich bin's."

„Wer ‚ich'?"
„Michail. Du erinnerst dich sicherlich an mich."
„Michail? Der Michail aus meiner Straße?"
„Ja. Wie geht es dir, Andrej? Warum bist du nicht zuhause?"
„Ich suche ..."
„Du bist aber kein Soldat?"
„Nein. Weder habe ich das Verlangen zu töten, noch weniger möchte ich ..."
„Getötet werden?"
„Ja."
„Das wäre auch sehr schade!"
„Wie meinst du das?"
„Komm schon, Andrej, du weißt sehr gut, wie ich das meine."
„Ach ja, weiß ich das?"
„Du bist ein Bild von einem Mann. Niemand darf die perfekte Erscheinung deines Körpers verunstalten oder zerstören. Niemand. Niemals."
„Oh. Danke für dieses Komp ..."
„Ich habe dich vom ersten Moment an begehrt, wie ich noch nie zuvor in meinem Leben jemanden begehrt habe. Leider war es uns vergönnt, uns näher zu kommen. Vielleicht können wir das nachholen."
„Ja."
„Ja?"
„Ja!"

Ein lauter Knall zerriss die Stille der Nacht und Andrej fuhr von der Matratze hoch und sah sich erschrocken um. In nicht allzu weiter Entfernung schienen Kämpfe in Gang zu sein. Einen kurzen Moment lang fragte er sich, ob es sinnvoll wäre, bereits jetzt wieder aufzubrechen, entschied sich aber fürs Bleiben, da es ihm schwierig bis unmöglich erschien, sich bei Dunkelheit in dem unbekannten Terrain zurechtzufinden. Andrej dreht sich auf die Seite und versuchte, noch ein wenig zu schlafen.

„Andrej?"
„Was ist? Ich bin müde. Ich möchte schlafen."
„Hast du ihn geliebt?"
„Wen?"

„Deinen Freund Sergej."
„Hmmm."
„Hast du?"
„Ja. Nein."
„Ja, was jetzt?"
„Es gab einmal eine Zeit, in der wir uns sehr gut verstanden haben. In den letzten Monaten jedoch nicht mehr."
„Aber findest du ihn begehrenswert?"
„Ja, schon. Aber das hätte nie und nimmer funktioniert mit uns."
„Warum?"
„Weil er gar nicht auf Männer steht, vielleicht?"
„Steht er nicht?"
„Nicht das ich wüsste."
„Vielleicht weißt du einfach nicht alles..."

Als Andrej zum zweiten Mal erwachte, ging gerade die Sonne auf. Alles in allem hatte er erstaunlich gut geschlafen, auch wenn sein Rücken wegen der durchgelegenen Matratze ziemlich schmerzte. Nachdem Andrej seinen Darm, seine Blase und seine Hoden entleert und danach eine Katzenwäsche am Bach gemacht hatte, beschloss er weiterzuziehen. Da die Kampfgeräusche in der Nacht aus dem Osten gekommen waren, ging er der Küstenlinie entlang nach Westen, in der Hoffnung, den Kämpfen auszuweichen. Auf dem flachen, sandigen Untergrund kam er gut vorwärts.

Er dachte zurück an sein Zimmer, seinen Vater und seinen Bruder. Aber auch an Michail, der ihn im Traum besucht hatte. Wie es ihnen allen wohl ginge? Als er an seine Freunde und an Sergej dachte, wurde ihm mit einem Mal bewusst, dass es ja durchaus sein konnte, dass einige von ihnen gar nicht mehr lebten. Er schluckte trocken. Auf der einen Seite wäre es tragisch. Andererseits hatte niemand sie gezwungen, zu den Waffen zu greifen und zu kämpfen. Andrej wusste, dass diese Erklärung zu einfach war. Natürlich waren sie nicht verpflichtet gewesen, in den Kampf zu ziehen. Er wusste aber aus eigener, früherer Erfahrung, dass man in einer solchen Situation unter einem riesigen Gruppendruck stand. Wenn einer mit der verrückten Idee begann, Soldat werden zu wollen, es unbedingt werden zu müssen, zogen fast alle mit. Schließlich wollte niemand als Feigling dastehen oder, schlimmer noch, nicht als richtiger Mann gelten. Er dachte an

Sergejs bescheuerten Spruch, er, Andrej, der sich partout weigerte, in den Krieg zu ziehen, sei ja gar kein richtiger Mann. Noch immer tat ihm dieser Spruch seines ehemals besten Freundes extrem weh. Und wenn Michail – im Traum zwar nur, aber immerhin – tatsächlich vermutete, Sergej könne ebenfalls homosexuell sein, dann täuschte er sich gewaltig. Da war Andrej sich mehr als sicher.

Andrej fragte sich, ob er sein Zuhause und seine Lieben jemals wiedersehen würde. Um seinen Vater, zu dem er wegen seiner Homosexualität schon immer ein spezielles und tendenziell schwieriges Verhältnis gehabt hatte, tat es ihm nicht leid. Sein Erzeuger, den Andrej ohne Wenn und Aber mitverantwortlich hielt für seine genetische Veranlagung, hatte in den vergangenen Jahren verdammt noch mal zu viele Gelegenheiten ungenutzt verstreichen lassen, sich mit seinem Sohn auszusprechen und mit seiner sexuellen Orientierung Frieden zu schließen. Obwohl er es nie explizit ausgesprochen hatte, wusste Andrej, dass sein Vater die verweichlichenden Erziehungsmethoden der früh verstorbenen Mutter für die Abartigkeit des gemeinsamen Sohnes verantwortlich machte. Es war wie immer: Das Arschloch drückte sich vor der Verantwortung, dachte Andrej verbittert.

Nein, leid tat es ihm ausschließlich wegen Silas, seinem kleinen Bruder. Für Silas, der ihn abgöttisch liebte, war er Bruder, Freund und Mutterersatz in einem. Sie hatten Vieles gemeinsam erlebt. Und obwohl Silas seit wenigen Monaten eine Freundin hatte und deshalb glücklicherweise nicht auch in väterliche Ungnade fallen würde, waren sie äußerst intim miteinander umgegangen – begonnen vom Austausch von Zärtlichkeiten, über gelegentliches, gemeinsames Onanieren, bis hin zu den obligaten Gesprächen von fast gleichaltrigen Jungs über alle Probleme, die in der Pubertät auftraten und das Leben zum Teil zur Hölle machten. Ja, Silas vermisste er. Sehr sogar. Hoffentlich war er zuhause in Sicherheit und es ging ihm gut!

Andrej kam an einer kleinen Obstplantage vorbei. Die roten Äpfel und gelben Birnen sahen appetitlich aus. Er pflückte einige ab und aß sie zum Frühstück. Hatte er früher immer einige Kilos zu viel auf den Rippen gehabt, so war sein Körper in den letzten Wochen drahtiger und muskulöser geworden. Schließlich nahm er außer Wasser und Früchten kaum etwas zu sich. Zumindest diesem einen Aspekt seiner Flucht konnte Andrej etwas Positives abgewinnen. In einiger Entfernung hörte er eine Glocke, vermutlich die eines Kirchturms, schlagen. Neun, zehn, elf Mal. Also war kurz vor Mittag. Mit zügigem Schritt ging er weiter. Nach kurzer Wegstrecke erreichte er einen Bauernhof, der verlassen wirkte. Konnte er es riskieren, auf dem Hof nach etwas Essbarem zu suchen? Er hatte Lust auf Brot und auch auf Käse und Wurst hatte er seit Langem verzichten müssen. Vielleicht würde er fündig werden. Vorsichtig und leise näherte er sich dem Bauernhof von der Seite, stand aber, als er um eine Hausecke bog, plötzlich wenige Meter vor einem Hundezwinger. Wütendes Bellen begrüßte ihn. Er duckte sich, ging zurück, wo der Hund ihn nicht mehr sehen konnte, und wartete ab, bis er sich beruhigt hatte. Zu sehen war nach wie vor niemand. Vielleicht waren die Bewohner des Bauernhofes bei der Feldarbeit. Vielleicht waren sie aber auch geflohen, wobei sie dann vermutlich ihren Hund mitgenommen hätten. Oder, die dritte und durchaus wahrscheinlichste Möglichkeit, sie waren tot. Mit einem Mal verspürte Andrej keine Lust mehr, sich auf dem Hof umzuschauen. Zu schlimm konnte das sein, was er dort vielleicht vorfinden würde. Stattdessen nahm er sich einige Tomaten, die reif und dunkelrot auf Sträuchern im Vorgarten hingen. Zwei aß er sofort, vier weitere steckte er in die Seitentasche seines Rucksacks.

Plötzlich hörte er Geräusche. Waren doch Menschen auf dem Hof. Waren sie erst jetzt und durch das Gebell auf ihn aufmerksam geworden? Oder waren außer ihm noch andere Fremde in der Nähe? Andrej missfiel das plötzliche flaue Gefühl im Magen und er beschloss, die Umgebung des Hofes so schnell wie möglich zu verlassen und sich ein Versteck zu suchen. Nicht weit entfernt, auf der anderen Seite eines langen Weizenfeldes erspähte er einige hohe Bäume, die sich als Unterschlupf zu eignen schienen. So schnell er konnte, rannte er mit eingezogenem Kopf auf die Bäume zu. Dort setzte er sich im Schatten eines der größten Bäume auf den Boden, schloss die Augen und versuchte, seinen Atem zu beruhigen. Die überraschende Anstrengung, die Wärme der im Zenit stehenden Sonne und der mit Äpfeln, Birnen und Tomaten gut gefüllte Magen machten ihn müde. Schon wenige Minuten später war er in einen Dämmerzustand gefallen und machte sich im Traum auf den Weg zu seinem jüngeren Bruder. Der freute sich, ihn zu sehen, nahm ihn in seine Arme und küsste ihn.

Als Andrej erwachte, hörte er ein Geräusch, das ihn irritierte und wohl auch aufgeweckt hatte. War es das Ächzen und Knarren morscher Bäume, die der Wind hin und her bewegte? Oder war es doch das, was er spontan vermutet hatte: das leise und unregelmäßige Stöhnen eines Menschen? Andrej hielt den Atem an und lauschte aufmerksam. Aber was auch immer er zuvor vernommen hatte, war nun nicht mehr zu hören. Jetzt war da nur noch Stille und er entspannte sich.

Er sah sich um. Vor ihm lag das Weizenfeld, an dem er entlanggelaufen war und das ihm riesig vorkam, dahinter der Bauernhof, dessen Dach in der Sonne glänzte. Das Waldstück in seinem Rücken schien weitläufig zu sein. Wie groß genau es war, wusste er nicht. Sich durch das dichte Unterholz des Waldes zu kämpfen, würde mühsam werden. Liefe er nach rechts am Waldrand entlang, käme er früher oder später wieder auf das kleine Sträßchen, das in den Ort führte, den er in der Ferne gesehen hatte. Das war aber auch die Richtung, aus der er gekommen war und in die er sich eigentlich nicht zurückbewegen wollte. Bliebe also nur die vierte Himmelsrichtung, es musste Westen sein. Dort, am Horizont, machte Andrej eine hohe Bergkette aus, die er hoffentlich würde umrunden können. Irgendwo dort, das wusste Andrej noch aus dem Schulunterricht, musste sich die Grenze befinden, hinter der er endlich in Sicherheit wäre. Keine Ahnung, wie viele Menschen in dem Gebiet lebten und wie viele Siedlungen er auf dem Weg dorthin passieren müsste. Aber er würde es versuchen.

Als Andrej an seinen Bruder dachte, und daran, wie unendlich schön es doch wäre, genau in diesem Augenblick mit Silas zusammen über die Felder zu laufen, fröhlich und Hand in Hand, und sich auf dem verlassenen Bauernhof eine gemeinsame Zukunft aufzubauen, gab es einen markerschütternden Knall. Und nur wenige Sekunden später stand der gesamte Hof in Flammen.

III – Silas

Leise öffnete Silas die Türe zum elterlichen Schlafzimmer, streckte seinen dunkelbraunen Lockenkopf ins Zimmer und stieß einen seiner berühmt-berüchtigten Schreie aus, die im Bekanntenkreis mittlerweile unter dem Namen ‚Urwaldschrei' bekannt waren. Er musste geübt und an seiner Lautstärke gearbeitet haben, denn diesmal vibrierten sogar die Parfümfläschchen auf dem Sideboard. Als in der rechten Hälfte des Doppelbettes ein

Kopf unter der Decke hervorschoss, strahlte er wie das Christkind, das sie alle für den Abend erwarteten. Dazu grölte er triumphierend. Mal wieder war er seiner Rolle als Wecker des Grauens gerecht geworden.

„Papaaaaaaa!"

„Guten Morgen, mein Schatz, hast du gut geschlafen?"

„Ja. Du hoffentlich auch?"

„Bis gerade eben schon. Warum bist du schon wach? Es ist doch erst ..."

„Viertel vor acht. Es ist schon hell draußen. Wann kommt übrigens Daddy?"

„Silas, Schatz, Viertel vor acht ist mir zu früh. In den Ferien möchte ich vor neun nicht aufstehen, hell hin oder her. Das weißt du doch. Daddy kommt heute Nachmittag gegen fünfzehn Uhr. Bis dann haben wir noch einiges zu tun. Komm jetzt, Schatz, leg dich noch ein wenig zu mir ins Bett."

„Nö, keine Lust. Ich gehe nach unten und schaue, ob etwas im Fernsehen läuft, das mir gefällt. Darf ich, Papa?"

Ohne eine Antwort abzuwarten, stürmte er aus dem Schlafzimmer und zog die Türe lautstark hinter sich zu, weshalb das abschließende „Aber schlafe nicht mehr so lange, Papa, ich warte auf dich!" gedämpft klang.

Silas ging ins Erdgeschoss und öffnete die Tür zur Terrasse, wo Nachbarskater Tom, der hungrig und durchnässt Einlass begehrte, sich schon in Position gebracht hatte. In Windeseile huschte er zwischen Silas' nackten Beinen hindurch ins Wohnzimmer und weiter in die Küche, wo er laut miauend vor seinem leeren Fressnapf neben dem Kühlschrank zum Stehen kam. Silas gab der Terrassentür einen Schubs, so dass sie geräuschvoll ins Schloss fiel, und ging zu Tom in die Küche, um ihm das aus einer Dose Katzenfutter und Milch bestehende Frühstück zu servieren.

„Worauf hast du Lust, Tom? Hühnchen und Gemüse in Sauce oder Thunfisch?"

Da Silas meinte, Toms Miauen sei bei der Erwähnung von Thunfisch lauter gewesen, öffnete er die rote Dose, leerte den eindeutig nach Fisch riechenden Inhalt in den Futternapf und stellte die braune Hühnchen-Gemüse-Dose zurück ins Regal. Auch die würde Tom gierig verschlingen. Morgen halt. Er hatte nicht gelogen. Die Dezembersonne, die draußen tatsächlich schon über dem Horizont im Osten stand, schien durchs Fenster in die Küche. Ein Sonnenstrahl kitzelte seine kleine Nase und gerade, als er meinte, niesen zu müssen, öffnete sich die Küchentüre und sein Papa trat ein. „Hallo, Papa. Jetzt bist du doch schon hier unten?"

Andrej grummelte missmutig. „Silas, Schatz, ja, weil ..." Er holte tief Luft. „Ehrlich, Silas. Du veranstaltest hier unten einen solchen Lärm, dass man freiwillig aufsteht."

„Ups, Entschuldigung, das tut mir leid." Silas versuchte, schuldbewusst zu schauen, was ihm aber nur bedingt gelang. Vielmehr zog sich ein breites Grinsen vom linken bis zum rechten Ohr übers ganze Gesicht. „Aber, Papa, da du jetzt schon einmal hier bist, könnten wir ja frühstücken. Oder was meinst du?"

Anderthalb Stunden später, der große Zeiger der Küchenuhr sprang gerade auf zehn Uhr, hatten sie gefrühstückt, aufgeräumt, das Geschirr abgewaschen und abgetrocknet und die Blumen gegossen. Wobei Silas' Anteil an der Hausarbeit hauptsächlich darin bestanden hatte, seinem Papa zwischen den Beinen herumzurennen und zu allem seinen Kommentar dazuzugeben. Als Andrej auch noch eine Ladung Buntwäsche in die Waschmaschine gepackt und den Boden feucht gewischt hatte, sank er erschöpft und mit einem Cappuccino in der Hand auf die Couch im Wohnzimmer. Es ging keine drei Sekunden und Silas hechtete neben ihn auf die Couch und kuschelte sich an ihn.

Zärtlich fuhr Andrej mit seiner rechten Hand durch Silas' Locken. „Hey Großer, geht es dir gut?" Statt zu antworten gab Silas ein Geräusch von sich, dass fast wie Toms Schnurren klang. Offenbar musste Silas bei Tom in den Sprachunterricht gehen.

„Okay, ich glaube, das soll heißen: ja, es geht dir gut. Wollen wir schon den Tisch und die Geschenke für heute Abend richten?"

Jetzt klang Silas' Reaktion eher wie ein sanftes Knurren.

„Oder bereiten wir schon einige Salate für das Abendessen vor?"

Die Intensität des Knurrens hatte eindeutig zugenommen. Zusätzlich zu dem akustischen Signal schüttelte Silas heftig den Kopf. „Nein, keine Lust."

„Und worauf hast du Lust?"

Silas schien einen Augenblick lang nachzudenken.

„Lass uns einfach hier sitzenbleiben und ein wenig kuscheln."

„Gut, dann bleiben wir hier sitzen und kuscheln ein wenig. Wie lange?

Was denkst du? Zwei, drei Minuten? Danach ist dir sicher schon wieder langweilig."

„Du bist gemein, Papa."

„Ja, mein Schatz, ich habe dich auch lieb."

Geschlagene vierzig Minuten später saßen sie noch immer auf der Couch, was nur daran lag, dass Silas schon nach wenigen Minuten eingeschlafen war und Andrej sich von dem Moment an nicht mehr zu bewegen getraut hatte, da er seinen Sohn nicht aufwecken wollte. Silas war ein toller und lieber Junge, der seine Partnerschaft mit Andrej vervollkommnet hatte. Schon in dem Moment, als sie ihn zum ersten Mal gesehen hatten, hatten sie ihn in ihr Herz geschlossen. Seitdem waren etwas mehr als fünf Jahre vergangen und jeder von ihnen war nur dann glücklich, wenn ihre kleine Familie vollständig war. Was sie am Nachmittag auch wieder sein würde. Auch Andrej freute sich auf die Rückkehr seines Mannes und Silas' Daddys.

Andrej erwachte von Silas' feuchten Lippen auf seiner rechten Wange. „Bist du wach, Papa?"

„Jetzt wieder. Ich war eingenickt."

„Ja, ich auch. Tut mir leid wegen vorhin. Den Krach meine ich."

Andrej war gerührt. Wie schon oft, hatte sein Sohn es mit wenigen Worten und einer liebevollen Geste geschafft, dass man ihm nicht böse sein konnte. Er räusperte sich. „Du, das hatte ich doch schon wieder vergessen. Und ... was unternehmen wir jetzt, mein Engel?"

Silas rutschte ein wenig auf der Couch hin und her, so als ob es ihm unangenehm wäre, seine Gedanken in Worte zu fassen. „Ich weiß, dass wir das schon oft gemacht haben, Papa ..."

„Aber?"

Bevor er weitersprach, umschlang Silas mit seinen Armen Andrejs Hals. Er rückte mit seinem Kopf ans rechte Ohr seines Vaters und flüsterte. „Du hast die Geschichte schon so oft erzählt, aber würdest du sie mir trotzdem noch einmal erzählen?"

Obwohl Andrej wusste, wovon Silas sprach, fragte er so unwissend, wie es ihm möglich war: „Welche Geschichte denn, mein Schatz?"

Und einem Gebet gleich flüsterte Silas ihm die magischen Worte andächtig ins Ohr. „Unsere Geschichte, Papa." Und nach einer Pause von zwei, drei Herzschlägen fügte er kaum hörbar hinzu: „Wie Daddy und du und ich uns kennengelernt haben."

Sie hatten es sich auf dem flauschigen Teppich vor dem Kamin bequem gemacht, einem ihrer Lieblingsplätze. Vor allem jetzt, in der kalten Jahreszeit, wenn es draußen kühler geworden war und das Feuer eine wohlige Wärme verströmte, ließ es sich dort sehr gut aushalten. Andrej hatte seinen Oberkörper gegen eines der voluminösen Kissen gelehnt, die sie genau zu diesem Zweck dort hingelegt hatten, so dass er fast aufrecht saß. Silas lag auf dem Rücken, hatte seinen Kopf aber auf dem Oberschenkel seines Vaters aufgelegt.

„Liegst du bequem, mein Schatz?"

„Ja, Papa, superbequem. Jetzt erzähle mir bitte noch einmal, wie ihr euch zum ersten Mal gesehen habt, Daddy und du." Silas griff nach einer der Tassen mit dem heißen Pfefferminztee, die noch voll neben ihnen standen. „Ich nehme die. Ist gut, Papa? Erzählst du mir jetzt die Geschichte?"

Andrej nickte ruhig und wie in Trance. Ja, er war bereit für die Reise in die Vergangenheit, zu dem Zeitpunkt in ihrem Leben, als aus Angst und Hass Liebe und Zuversicht geworden waren. Er holte tief Luft und begann zu erzählen.

„Es hatte Krieg geherrscht. In unseren Heimatländern, unseren Köpfen und zum Teil sogar in unseren Herzen. Sowohl Daddy als auch ich waren auf der Flucht gewesen. Er hatte vor dem Krieg bei seinem Großvater in der Nähe der Grenze gelebt, da seine Eltern schon Jahre zuvor gestorben waren. Als die Kämpfe immer näher an ihren Wohnort gekommen waren, hatte Daddy eines nachts seine Siebensachen gepackt und war geflüchtet. Ihm war bewusst gewesen, dass er, wäre er geblieben, kaum Chancen gehabt hätte zu überleben. Als junger Mann im kampffähigen Alter, dem aber damals schon klar war, dass er auf Männer stand. Sein Großvater, dem er irgendwann von seinen Gefühlen einem anderen Jungen gegenüber erzählt hatte, liebte und unterstützte ihn bedingungslos. Wie wir später herausgefunden haben, war Daddys Entschluss, fortzugehen, das einzig Richtige gewesen. Denn wenige Tage später waren fremde Truppen in ihr Dorf gekommen, hatten seinen Großvater ermordet und ihr kleines Häuschen angezündet. Als wir Jahre später einmal dort waren, waren alle Spuren von Daddys Kindheit und Jugend ausradiert worden. Da, wo sie einst gewohnt hatten, befindet sich jetzt ein großer Supermarkt. Aus der Wiese, wo er immer mit seinen Freunden gespielt hatte, ist ein Parkplatz geworden."

Silas rutsche ein wenig hin und her und nahm einen weiteren Schluck Tee. „Und du, Papa?"

„Ich habe rund fünfzig Kilometer entfernt auf der anderen Seite der Grenze gelebt. Wie man heute weiß, waren tatsächlich wir die Bösen, die Angreifer. Die, die dafür verantwortlich sind, dass all das Leid, der Schmerz und das Morden überhaupt angefangen haben. Die meisten meiner Freunde sind der Propaganda der Politiker auf den Leim gegangen und haben die Lügen geglaubt, die uns monate-, nein jahrelang in den Nachrichten erzählt worden waren, nämlich, dass man uns besetzen und auslöschen wollte. Auch mein eigener Vater hätte es gut gefunden, wenn ich mich freiwillig zum Dienst an der Waffe gemeldet hätte. Aber auch für mich kam das nicht in Frage. Ich war, ich bin ein friedliebender Mensch, der mit anderen am liebsten in Harmonie zusammenlebt. Auszuziehen, um andere Menschen zu töten, nur weil sie nicht den gleichen Pass haben wie ich, war und ist für mich unvorstellbar. Nein, lieber tauchte ich ab und ließ meine Familie und Freunde zurück."

„Und Onkel Silas."

Andrej schluckte leer und merkte, wie seine Augen unkontrolliert feucht wurden. Mit nur drei Worten, drei kleinen, harmlos klingenden Worten, hatte Silas es geschafft, dass die Kulissen seines Lebens bedrohlich schwankten. Silas, der kleine Bruder, den er, Andrej, der Größere, abgöttisch geliebt hatte, und der Namenspate für ihren Sohn war. Er hatte ihn zuhause bei ihrem Vater zurückgelassen. Zurücklassen müssen, wie er sich anfänglich eingeredet hatte, hätten sie zu zweit auf der Flucht doch keine Chancen gehabt. Mittlerweile wusste er, dass sie es vielleicht geschafft hätten. Wenn es auch sicher bedeutet hätte, dass Andrej und er sich nie begegnet wären. Dann gäbe es ihre kleine Familie nicht, dann würde er mit seinem Sohn Silas jetzt nicht hier vor dem Kamin sitzen und über das reden, was geschehen war. Also hatte sein Bruder Silas - ohne es zu ahnen - sich und sein Leben dafür hergeben müssen, dass Andrej jetzt ein glückliches Leben führen durfte, mit den beiden Menschen, die er über alles auf der Welt liebte. Er, Andrej, lebte, während Silas gequält und ermordet worden war. Andrejs Tränen flossen, auch für seinen Bruder, dessen Tränen schon lange versiegt waren. Er schluchzte.

Besorgt streichelte Silas seine Wange. „Was hast du, Papa? Bist du traurig wegen Onkel Silas?"

Andrej nickte stumm. Eine große Träne tropfte auf Silas' Nase, der sie schweigend mit dem rechten Zeigefinger abwischte.

„Papa, bitte sei nicht traurig. Das würde Onkel Silas doch sicher nicht wollen. Ich glaube, er sieht zu uns herab und ist glücklich, dass wir es sind." Er schaute auf die Ablage über dem Kamin, wo ein gerahmtes Foto stand, das seinen Vater und seinen Onkel zeigte, wie sie, Arm in Arm, in die Kamera lachten. „Papa?"

„Ja, mein Schatz?"

„Ich glaube, Onkel Silas und ich hätten uns gut verstanden. Meinst du nicht?"

Mit immer noch feuchten Augen versuchte Andrej zu lächeln. „Doch, mein Schatz. Und ich bin mir sicher, dass er stolz auf dich wäre. Darauf, dass du ein so wunderbarer Junge bist. Und darauf, dass du seinen Namen weiterleben lässt."

„Erzählst du mir von dem Feld und den Bäumen neben dem Bauernhof, Papa?" Silas blickte seinen Vater erwartungsvoll an. Das war die Stelle, die ihm am besten gefiel. Andrej nickte. Klar, das Schlüsselerlebnis.

„Daddy war vor mir bei dem Bauernhof gewesen. Er war immer bei Dunkelheit unterwegs und hatte den Tag über versteckt zwischen den Bäumen geschlafen. Bis zu dem Moment, in dem eine Granate den Bauernhof in die Luft gejagt hat. Von dem infernalischen Lärm ist er dann natürlich wach geworden und hat sein Versteck verlassen, um nachzuschauen, was passiert war. Ich hatte keine zehn Meter entfernt, ebenfalls im Schatten der Bäume, Rast gemacht und war zu Tode erschrocken, als der Hof, dem ich kurz zuvor und auf der Suche nach etwas Essbarem noch einen Besuch abgestattet hatte, plötzlich explodierte. Von einer Sekunde auf die andere standen Daddy und ich uns plötzlich gegenüber. Er mit heruntergelassenen Hosen, ich mit einer Pistole in meinem Gürtel."

„Und dann, Papa?"

Andrej dachte an den Augenblick zurück, in dem ihre Zukunft auf der Kippe stand. Wenige Worte des Entsetzens über das unvermittelte Zusammentreffen hatten ihnen klar gemacht, dass sie einem Vertreter des feindlichen Lagers gegenüberstanden. Mit nur einer kleinen Bewegung seines Zeigefingers am Abzug der Pistole, die er in Sekundenschnelle in die Hand genommen hatte, hätte er der Geschichte eine andere, dramatische Wendung gegeben. Dass Deniz keine Schusswaffe bei sich trug, wusste er zu jenem Zeitpunkt nicht. Was aber hatte ihn dazu bewogen, einfach stehen zu bleiben und nichts zu tun? Wobei das so nicht stimmte. Er hatte nicht nichts getan, denn er hatte mit seinen Augen den hübschen, halbnackten jungen Mann regelrecht verzehrt. Einen der hübschesten Jungen, die er jemals zuvor zu Gesicht bekommen hatte. Der dazu noch ein wunderschönes Glied hatte, das halbsteif vor seinen Oberschenkeln baumelte. Offen sichtbar für Andrejs Augen, da sich der junge Mann wegen der auf ihn gerichteten Pistole nicht zu bewegen getraute, also noch nicht einmal die Hände vor seinen Schoss zu halten den Mut hatte. Wie es aussah, hatte die Explosion des Hofes den Jungen bei etwas sehr Intimem gestört. Etwas, das regelmäßig zu praktizieren auch für Andrej eminent wichtig war. Es war nicht schön, dabei gestört zu werden, insofern hatte der junge Mann sein Mitgefühl. Plötzlich bemerkte Andrej, wie sich der dünne Stoff seiner Shorts vorne auszubeulen begann. Verwirrt sah er von seiner eigenen, verdeckten Erektion auf das exponierte frei schwebende Stück Fleisch seines Gegenübers. Welch ein skurrile Situation! Ganz langsam ging Andrej in die Knie und legte die Pistole auf den Boden ab, jede seiner Bewegungen dabei verfolgt von zwei misstrauischen Augen. Langsam erhob sich Andrej wieder und lächelte den vor ihm stehenden jungen Mann zaghaft an. Dann deutete er mit dem Zeigefinger seiner rechten Hand auf seine Brust und sagte langsam seinen Namen.

„Ich heiße Andrej."

Ein schüchternes Lächeln des anderen war die Antwort.

„Ich bin Deniz."

Wie in Zeitlupe ging Andrej auf Deniz zu, sank, als er ihn erreicht hatte, auf die Knie und begann Deniz' Männlichkeit mit zärtlichen Bewegungen seiner Hände und den spielerischen Berührungen seiner Zunge zu liebkosen.

Als Andrej nach unten zu Silas sah, war der eingeschlafen und schnarchte mit einem Lächeln auf den Lippen ganz leise vor sich hin. Vielleicht war es auch besser so, denn noch war Silas etwas jung für homoerotische Schilderungen, auch wenn er zuhause natürlich vieles mitbekam. Auch dass seine Väter sich hinter der verschlossenen Schlafzimmertüre körperlich liebten.

Sie hatten sich stets allergrößte Mühe gegeben, den Jungen zu einem offenen und toleranten Menschen zu erziehen, der jeden Mitmenschen so respektierte, wie er war. Ob er ihnen in Hinblick auf seine sexuelle Orientierung dereinst folgen würde, oder ob er doch plötzlich mit einer Freundin vor der Türe stehen würde, galt es abzuwarten.

Den Rest ihrer gemeinsamen Geschichte kannte Silas. Schon oft genug hatten Deniz und er davon erzählt, wie es nach ihrem ersten spontanen Austausch von Zärtlichkeiten weitergegangen war. Deniz und er waren noch eine ganze Zeit lang bei den Bäumen hinter dem Weizenfeld geblieben und hatten lange Gespräche geführt, durchbrochen nur von Grundbedürfnissen wie Essen, Schlafen und Sex. Zum Glück waren ihre Muttersprachen recht ähnlich, so dass die Verständigung nach anfänglichen Schwierigkeiten immer besser klappte. Sie entdeckten viele Gemeinsamkeiten, angefangen natürlich damit, dass sie auf Männer standen, und verliebten sich ineinander. Viele gemeinsame Interessen und eine ähnliche Weltanschauung rundeten das Harmonieren ihrer Körper perfekt ab. Sie waren Kinder des Krieges, hatten sich unabhängig voneinander aber geweigert, zu einem Zahnrädchen in dieser Maschinerie der Gewalt degradiert zu werden. Streng genommen nannte man das, wofür sie sich entschieden hatten, Desertion oder auch Fahnenflucht. Schlimmer noch: Sie hatten sich nicht nur gegen eine aktive Teilnahme am Kriegsdienst entschieden, sondern sich auch noch mit einem Anhänger des feindlichen Lagers verbündet. Sie wussten, dass sie fliehen mussten, wollten sie nicht riskieren, bei einer Gefangennahme - egal durch welches der beiden Kriegsparteien – standrechtlich exekutiert zu werden.

Tagelang zogen sie durch Wälder, über Felder, Hügel und Flüsse, bis sie plötzlich einen breiten Strom erreichten, den zu überqueren nicht allzu schwierig schien. Schnell begriffen sie, dass das gegenüberliegende Ufer die Sicherheit verhieß, nach der sie sich beide so sehr gesehnt hatten. In einer lauen Neumondnacht stahlen sie ein kleines Fischerboot, das nur lose vertäut im Schilf lag, und ruderten so kraftvoll der Freiheit entgegen, als ob ihnen der Leibhaftige höchstpersönlich auf den Fersen wäre. Im Morgengrauen setzten sie den Fuß auf den Boden ihrer neuen Heimat und fielen sich schluchzend in die Arme. Endlich frei!

Auch wenn sie es geschafft hatten, den Albtraum der vergangenen

Wochen zu überleben, so wussten sie dennoch nicht, wie es weitergehen könnte. Sie waren mittellos, hatten nichts außer ihrer Liebe zueinander und der Kraft und Schönheit ihrer Körper. Dann aber war ihnen das Schicksal ein weiteres Mal wohlgesonnen. In einem verlassen wirkenden Haus in einem abgelegenen und bewaldeten Seitental entdeckten sie außer dem Staub mehrerer Jahre eine zerschlissene und staubbedeckte Tasche mit Bargeld. Wem die Tasche gehörte, beziehungsweise gehört hatte, und warum sie offenbar schon seit Langem in dem Haus stand, war unklar. Sie beschlossen, einige Zeit lang in dem Haus zu logieren, rührten die Tasche und das Geld aber nicht an. Nachdem mehrere Wochen später das Haus in frischem Glanz erstrahlte, die Tasche mit dem Geld aber immer noch so im Wohnzimmer stand, wie sie sie vorgefunden hatten, begannen sie in Erwägung zu ziehen, das Geld beim Verlassen des Quartiers mitzunehmen. An einem warmen Sommermorgen, kurz bevor sie weiterziehen wollten, saß auf einem kleinen Koffer auf der Treppe vor ihrem Haus dann der weinende und zitternde Silas. Wer ihn während der Nacht dort unbemerkt abgesetzt hatte, war genauso ein Rätsel wie der Wortlaut der in einer zittrigen Schrift verfassten Nachricht, die der Junge auf einem Papierfetzen in seiner Faust hielt: „Fiul, 4a, ajuta-l"

Sie hatten begriffen, dass, wer auch immer so verzweifelt gewesen war, den Jungen auf der Schwelle ihres Hauses abzustellen, darauf gehofft hatte, dass sie sich ganz gewiss um ihn kümmern würden. Sie hatten sich in der Nachbarschaft umgehört, Leute im Dorf gefragt, ihnen Fotos des Jungen und die Nachricht gezeigt, in der Hoffnung, jemand würde ihn oder die Handschrift wiedererkennen. Jedoch schien niemand auch nur das Geringste über ihn oder seine Eltern zu wissen, so dass Deniz und er die ihnen anvertraute Aufgabe am Ende annahmen, und den fröhlichen Buben mit den dunkelblonden Locken und den riesigen, blauen Augen für immer in ihr Herz schlossen.

Zunächst hatten sie geglaubt, Fiul sei der Name des Jungen, bis sie durch Zufall herausgefunden hatten, dass das rumänische Wort einfach nur ‚Sohn' oder etwas allgemeiner auch ‚Junge' bedeutete. Der Kleine brauchte also dringend einen Namen. Und das war der Moment gewesen, in dem Andrej vorgeschlagen hatte, den Kleinen Silas zu nennen. Nach seinem zurückgelassenen Bruder, den er über alles liebte und vermisste, wenn sich in der Zwischenzeit auch die Hinweise mehrten, dass der ursprüngliche Silas den Krieg nicht überlebt hatte. In einer kleinen, privaten Zeremonie hatten sie ihren Schützling auf den Namen Silas getauft. Und dem schien sein neuer Name sehr gut zu gefallen. Als sie nach weiteren Wochen weiterzogen, nach Westen über die hohen Berge, waren sie wegen des Geldfundes nicht nur ein wenig wohlhabend, sondern auch überglücklich. Eine kleine Familie wie aus einem Bilderbuch: Andrej, Deniz und Silas – Papa, Daddy und ihr gemeinsamer Goldschatz.

Als Deniz das kleine, gemütliche Wohnzimmer betrat, musste er lächeln. Andrej saß auf dem Boden, den Kopf leicht zur Seite geneigt und den Oberkörper gegen ein Kissen gelehnt, eine seiner Lieblingspositionen, und schlief. Silas hatte sich auf dem Boden ausgestreckt, den Kopf auf Andrejs Oberschenkel, und schlief ebenfalls. Ein Anblick, bei dem Deniz warm ums Herz wurde. Er versuchte, sich bemerkbar zu machen, und räusperte sich leise. Sowohl Andrej als auch Silas öffneten die Augen. Silas sprang auf, rannte auf Deniz zu und schlang seine Arme um Deniz' Hüfte.

„Daddy, endlich bist du wieder da!"

Auch Andrej war aufgestanden. „Hallo, mein Schatz, schön, du bist zurück. Konntest du alles erledigen, hat alles geklappt? Aber du bist spät dran. Es ist ja schon dunkel."

Deniz nickte. „Ja. Es ist alles geregelt. Es tut mir leid, dass ich jetzt erst komme. Es hat länger gedauert, als ich dachte. Aber ich habe euch etwas mitgebracht."

Silas tänzelte aufgeregt um seine beiden Väter herum, dabei stets die große Tasche im Auge behaltend, die Deniz beim Reinkommen neben der Türe abgestellt hatte.

„Was hast du uns mitgebracht, Daddy? Ein Weihnachtsgeschenk für mich? Was ist es, was ist es?"

Deniz nickte. „Ja, ein Weihnachtsgeschenk für dich, für Papa, für mich, einfach eines für uns alle." Und mit einem Seitenblick zu Andrej fügte er lachend hinzu. „Ich denke, wir essen aber zuerst, und ich gebe euch das Geschenk danach. Einverstanden?"

Andrej hatte genickt und trotz Silas' Enttäuschung hatten sie begonnen, das Abendessen vorzubereiten.

Zwei Stunden später saßen sie vor unzähligen leeren Tellern und

Schüsselchen. Das unkonventionelle Weihnachtsmenü – eine Kartoffelsuppe sowie ein Teller mit vielen verschiedenen Salaten als Vorspeisen und Raclette mit allerlei Zutaten als Hauptgang – war köstlich gewesen. Nun würde noch ein Fruchtsalat mit Vanilleeis folgen. Bevor er diesen aber in der Küche holte, gäbe es jetzt die angekündigte Überraschung. Deniz erhob sich, lächelte Andrej und Silas zu und begann zu reden.

„Lieber großer Schatz, lieber kleiner Schatz. Wir sind nun schon seit einigen Jahren eine Familie. Man könnte auch Dreamteam sagen. Mir für meinen Teil ging es niemals zuvor in meinem Leben so gut wie jetzt, da wir drei zusammen sind. Eigentlich haben wir genug, um glücklich und zufrieden zu sein."

Andrej nickte stumm und Deniz fuhr weiter.

„Wir haben uns, wir lieben uns. Wir haben ein Dach überm Kopf und immer genug zu essen. Wir sind gesund und schauen optimistisch in die Zukunft. Bisher zu dritt."

Deniz hatte das letzte Wort kaum fertig ausgesprochen, als Silas von seinem Stuhl aufsprang und jubelte. „Ich bekomme ein Brüderchen!"

Andrej prustete los. „Oh, Silas, das funktioniert so nicht." Und an Deniz gerichtet fügte er grinsend hinzu: „Das hat er dann aber wohl von dir, Schatz, denn ich hatte im Sexualkundeunterricht in der Schule immer sehr gute Noten."

Deniz drückte Silas an sich. „Schau mal vor der Türe nach und bringe unser neues vierbeiniges Familienmitglied mit herein. Er ist ein Junge, neun Monate alt und heißt Miro. Mir bedeutet in unseren Muttersprachen nämlich Frieden. Und das schien mir mehr als passend."

Als nach einem turbulenten, restlichen Weihnachtsabend mit vielen Freudenschreien und noch mehr Gebell, Deniz und Andrej endlich im Bett lagen, nahm Andrej Deniz in den Arm und gab ihm einen langen Kuss. „Du wusstest es, oder?"

„Ja, Schatz. Ich wusste es. Du hattest es mir schon vor Jahren einmal erzählt."

„Ich verdanke diesem Hund, der damals, an dem Nachmittag, an dem wir beide uns kennengelernt haben, seinen Bauernhof gegen mich, den Eindringling verteidigt hat. Hätte es diesen Hund nicht gegeben, würde ich heute vermutlich nicht mehr leben. Ich wäre in den Hof gegangen und bei dem Angriff wahrscheinlich ums Leben gekommen."

„Dann haben wir also alles, was wir heute haben, uns, unser Goldstück Silas, eigentlich jenem Hund zu verdanken."

„Das könnte man womöglich so sagen."

„Dann sind wir jetzt also zu viert?"

„Dann sind wir jetzt also zu viert: Papa Andrej, Daddy Deniz, Sunnyboy Silas und Miro, der Friedliebende mit der kalten Schnauze."

„Frohe Weihnachten, mein Schatz. Ich liebe dich."

„Frohe Weihnachten, mein Engel. Ich dich auch."

BEN EBENHO

Kämpfer für die Gerechtigkeit *Band 2*
MARCO.
ESCORT.
IN SÜDAFRIKA

Himmelstürmer
Verlag

Reto-Dumeng Suter

Alles fließt

Toro lag daneben und schaute zu, wie die beiden sich küssten. Die Hingabe und Nähe, die sie ausstrahlten, machten ihn an, wie kaum etwas anderes es schaffte. Er strich Valentín sanft über die feuchte Stirn und fuhr mit einer Hand durch dessen Haar. Die andere legte er zwischen die beiden Körper auf Valentíns behaarte Brust, die sich anspannte und wie zwei Hügel wölbte. Dann näherte er sich mit seinem Mund dem Kuss. Er spürte, wie zwei Zungen sich auf seinen Lippen berührten und kam sanft mit der seinen dazu.

Ein Dreierkuss erschien ihm seit jeher als etwas vom Magischsten, was ihre Beziehung zu bieten hatte. Die Intensität einer Berührung dieser Art, von drei Menschen, ließ immer wieder aufs Neue einen Schlag der Erregung durch seinen Körper fließen - und würde das wohl immer tun. Ein Kuss war für ihn schon immer etwas vom Intimsten gewesen, viel intimer als ein Blowjob zum Beispiel, und zu dritt wurde ein Kuss geschmückt mit dem Hauch von einem Zauber. Vielleicht, weil ein Kuss der Inbegriff von Nähe zu zweit ist und der Dritte hier ein gleichsam irritierender, wie erregender Bruch mit Konventionen war.

Toro spürte die Hitze von Valentíns Körper, der sich dem Dritten hingab, seine Arme weit zur Seite gelegt wie in ein Kreuz, seine Augen geschlossen. Schweißperlen von zwei Männern vermischten sich auf seinem Körper und Atem aus zwei Körpern wehte über seine Wangen. Er atmete laut. Gleichzeitig fühlte sich Toro eins mit den beiden und mit der ganzen Welt. Er gefiel sich in dieser Rolle des teilnehmenden Voyeurs. Er wusste nicht, warum ihn genau das so anmachte, das Zuschauen. Nicht bei irgendwem, aber ganz besonders bei Valentín.

Valentín und Toro hatten sich in einer Sommernacht auf

Formentera kennengelernt. Das war vor mehr als 10 Jahren und gegen alle Klischees war daraus Liebe geworden. Sie führten lange Zeit das, was man eine On/Off-Beziehung nennt, einige schimpften sie toxisch, sie selber tauften ihr Verhältnis wilde Liebe. Ihre Beziehung erlangte Tiefgang, gerade weil sie oft holprig war, und selten glatt. Davon waren sie überzeugt. Und Toro hatte sich damit abgefunden, dass Valentín seinen bockigen Charakter für ein Zeichen von Stärke hielt. Und auch bereit war, dafür den Preis zu zahlen. Alles andere hielt er für feige.

In letzter Zeit hatten sie eine Art Balance gefunden zwischen den Extremen. Vielleicht lag es daran, dass sie einen Dritten in ihre Beziehung gelassen hatten. Die Tatsache, dass sie jetzt zu dritt waren, schien jedenfalls einen ausgleichenden Effekt auf ihre Beziehung zu haben. Ob sie nun ein Trouple wären, wurde Toro oft gefragt. Er wusste es nicht, er wusste ja nicht einmal, ob sie zuvor ein Couple waren. Beziehungen waren kompliziert geworden. Kompliziert und spannungsvoll, fand er.

1

Toro hieß eigentlich Isidor. Aber daraus wurde in seiner Schulzeit Toro. Isidor klinge wie der Name für einen Papagei, fand er ohnehin, so gefiel ihm Toro um Längen besser. Und Toro bedeutet Stier. Deshalb fand er den Namen umso attraktiver, als er erwachsen wurde. Er konnte sich gut damit identifizieren: seine Männlichkeit war durchaus ausgeprägt. Die gewinnende Wirkung derer lernte er zwar erst mit den Jahren so richtig einzusetzen.

Er kam aus der Dusche, am Küchentisch rührte jemand in einem Schälchen mit Haferflocken und Joghurt.

„Ist das dein Abendessen?" Toro konnte die Essgewohnheiten ihres Freundes auch nach einem Jahr noch nicht ganz nachvollziehen.

„Na, du gehst ja aus, und Valentín hat jetzt dann gleich ein Meeting online, ich habe Hunger. Kann man verstehen, oder?" Er lachte in seiner typischen Art, einen Tick zu spaßig für die Situation. Er war mit Abstand der Jüngste.

„Absolut kann man das." Toro nickte schelmisch. „Ja, ich bin heute Abend zum Essen verabredet."

Verabredet war er in der Tat, ob zum Essen, war nicht so klar. Und mit wem wusste auch niemand. Diese kleine Eskapade hielt er geheim. Um Unruhe zu vermeiden, um nicht die anderen auch auf solche Gedanken zu bringen, um sich Diskussionen zu ersparen? Er wusste es selbst nicht genau. Außerdem kamen diese Treffen nur sehr selten vor, manchmal sah er Cesare länger als ein Jahr nicht. Und vor allem: Cesare war einer der ersten Männer, die er gehabt hatte. In einem Auto hatten sie es zum ersten Mal sprichwörtlich miteinander getrieben. Auf einem Parkplatz in Castelldefels, vor mehr als 20 Jahren. Und genauso alt war er damals: 20. Insofern handelte es sich hier nicht um irgendein zufälliges Date, sondern um eine Ausnahme mit einer langen Geschichte.

Irgendetwas sollte er Cesare wohl noch mitbringen? Er drehte die verschiedenen Weinflaschen im Regal um, um die Etiketten zu sehen. *Viña Esmeralda* vielleicht? Nein, keinen Weißwein, schließlich war es Dezember, da passte ein Roter besser. Ein paar Flaschen lagen da, die sie mal geschenkt bekommen hatten und deren Wert und Güte sich ihm jetzt nicht erschloss. Einem elitären Italiener wie Cesare konnte man auf keinen Fall schlechten Wein mitbringen. Es lagerten noch drei Flaschen von Valentíns Lieblingswein da, sie öffneten diese nur für spezielle Anlässe. Toro packte eine davon in eine Tüte. Er hatte sie zwar als Geschenk für Val gekauft, aber er war ja eh derjenige, der sie dann wieder kaufte.

Cesare, Geschäftsmann, geschniegelter Mailänder wie aus dem Bilderbuch, verheiratet, mit einer Frau, Ende 50, pflegte in eleganten und sehr zentralen Hotels zu logieren. Die Rechnung bezahlte jeweils das Geschäft, sein eigenes zwar, aber abziehen von der Steuer konnte er es ja trotzdem. In Barcelona war das Hotel seiner Wahl jeweils das *Banys Orientals* in der Argenteria. Nicht allzu teuer zwar, dafür mit viel Charme und an einer exzellenten Lage.

Toro überquerte in einem Schwall von Menschen die Via Laietana und bog in die Fußgängerzone des Born ein. Die schwarzgelben Taxis, die blinkend am Eingang der Argenteria auf Touristen warteten, versperrten den Weg und von unten her zogen die Fußgängerströme mit ihren Weihnachtseinkäufen in Richtung Metrostation. Feierabendlärm hallte durch die Häuserschlucht.

In der Argenteria wehte eine leichte Brise über das Pflaster und Toro stellte den Kragen seiner Jacke auf. Cesare stand auf dem Balkon und winkte herunter. Sie würden jetzt Sex haben, das war klar. Das war nie abgemacht, aber immer so. Das war am Ende des Tages der Zweck ihrer Treffen. Bei aller Freundschaft. Wobei Freundschaft hier eher eine Zeitangabe war. Sie kannten sich einfach schon jahrelang, das schaffte Vertrautheit. Viel mehr als das und Sex waren da nicht mehr.

Cesare stand im Bademantel im Zimmer. Heute musste es wohl schnell gehen, dachte Toro. Eigentlich hatte er sich noch ein anschließendes Abendessen im *Senyor Parellada* ausgemalt, in dem zum Hotel gehörenden Restaurant – für mehr als das reichte es nie, das wusste auch Toro.

„Bist du so spitz oder so müde?" Toro sah, dass Cesare unter dem Bademantel nichts trug. „Du alter Lüstling!" Er lachte matt mit dem Quäntchen Ironie, das nach 20 Jahren noch übriggeblieben war und schob ihm den Mantel über die Schultern, so dass dieser zu Boden fiel.

Cesare war in der Tat müde, aber der Sex wie immer gut. Toro verstand das nicht, diese italienische Häufigkeit an verheirateten

Männern, die wussten, dass sie schwul waren, das auch auslebten, aber trotzdem verheiratet blieben. „Man muss nicht alles verstehen im Leben", pflegte Val zu sagen, in anderen Belangen selbstverständlich, aber Toro fand das grundsätzlich eine gewinnbringende Einstellung.

Er hatte Cesare mal gefragt, wie das eigentlich genau wäre mit seiner Frau.

„Weiß die Bescheid?"

„Meine Frau und ich, wir reden nicht darüber", war die lapidare Antwort, die signalisierte, dass hier weder Lust noch Bedarf in der Luft lagen, das Thema zu vertiefen. Also hielten sie es pragmatisch und beschränkten ihren Kontakt auf Sex und ab und zu ein Abendessen. Dieses bezahlte immer Cesare, warum war Toro auch nicht ganz klar, aber er wehrte sich nicht. Heute hingegen komplementierte er ihn nach etwa zwei Stunden hinaus.

„Mein Flug geht um 10 Uhr, da muss ich schon um 7 Uhr das Taxi nehmen."

Toro verstand den Appell und zog sich an. Er fand das eigentlich auch besser. Seit er in dieser Dreierbeziehung war, wollte er auf die Treffen mit Cesare zwar nicht ganz verzichten, aber er wollte es auch nicht übertreiben. Der einzige Grund zu leichter Enttäuschung war, dass er jetzt Hunger hatte. Naja, er würde im *El Reloj* vorbeischauen und sich ein paar Tapas bestellen. Sonst würde es auffallen, wenn er so früh schon wieder zuhause war.

„Ich habe dir ein Weihnachtsgeschenk mitgebracht."

Toro formulierte das so, weil es ja nun kein Abendessen gab und deshalb ein Gastgeschenk nicht angebracht war. Ein Weihnachtsgeschenk ging immer. Und bei Gelegenheit hatten sie sich auch schon was geschenkt zum Fest. Cesare hatte ihm seinerzeit sogar eine Uhr mitgebracht, als sie sich kurz vor Weihnachten mal in Rom trafen. Das war lange her.

„Danke dir." Er lächelte schief und schaute auf die Weinflasche. „Ein Portugiese, danke!"

Toro suchte seine Kleider zusammen und etwas Wehmut machte sich breit. Er wusste nie, wann er Cesare wieder sehen würde. Er fragte sich ab und zu, ob sie mal verliebt waren. Was wäre passiert, wenn Cesare damals nicht schon verheiratet gewesen wäre. Hätte er sich je auf ihn eingelassen?

Nostalgia nannten die Italiener dieses melancholische Gefühl, das hatte ihm Cesare einst erklärt, und es drückte damit mehr aus als simple Nostalgie. Es beschrieb genau das Gefühl, das sich breit machte, als er zur Tür hinaus ging und still an der Rezeption des *Banys Orientals* vorbeischlich.

2

Cesare Gallo stellte den Wecker auf 6:00. Er erwartete viel Betrieb am Flughafen, so kurz vor Weihnachten. Das Frühstück ließ er am folgenden Morgen aus - er war sowieso am Intervallfasten - und packte hastig sein Handgepäck zusammen. Er war überzeugt, daran zu spüren, dass er älter wurde: an der Tatsache nämlich, dass er Reisen immer anstrengender fand. Einpacken, auspacken, kaum ausgepackt schon wieder einpacken, das hatte ihm früher nichts ausgemacht, im Gegenteil, er fand es erquickend. Nun fand er es bisweilen *a pain in the ass*, wie die Engländer zu sagen pflegten.

Seine Firma war im Versicherungsbereich tätig, spezialisiert auf Yachten, die sonst keiner versichern wollte. Entweder weil die Besitzer aus exotischen Ländern kamen, deren Rechtsstaatlichkeit nicht über alle Zweifel erhaben war, oder weil sie sonst irgendein moralisches Risiko darstellten. Wenige Kunden, hohe Risiken und noch höhere Summen, das war sein Geschäftsmodell – Verhandlungen mit europäischen Partnern gehörten zu seinem Alltag.

Ein Taxi zum Flughafen fand er auf der Via Laietana auf Anhieb und der Verkehr auf der Gran Via de l'Hospitalet war noch flau, so war er sehr früh am Flughafen.

Cesare hatte eine Tradition etabliert, sich an Flughäfen die Zeit zu vertreiben. Und die lautete: schnelles Abenteuer. Er stellte immer wieder fest, dass manch anderer abfliegender Gast auch auf diese Idee gekommen war. Ein interessantes Feld, so ein Flughafen: viele Menschen aus unterschiedlichen Ländern auf engem Raum. Blieb nur immer die Frage nach dem Wohin, auf die sich in den allermeisten Fällen die Antwort Toilette aufdrängte. Es galt die entfernteste zu finden, und da kam dann noch ein anderes Problem ins Spiel: die unterschiedlichen Abflugzeiten von unterschiedlich entfernten Gates. Ab und an auch eine Putzfrau. Aber im Grossen und Ganzen war das immer alles lösbar.

Das Grindr-Profil hatte zwar kein Gesicht, aber das Alter 25 sowie die Angabe *Into Daddies* tönten vielversprechend. Ist es ok, sich mit jemandem für einen Blowjob auf eine Flughafentoilette zu schleichen, dessen Alter kleiner ist als das eigene geteilt durch zwei? Diese Frage stellte sich Cesare nicht zum ersten Mal. Die Antwort lautete immer noch Ja.

Oriol hatte die hinterste Toilette bei den Gates zu den Inlandflügen vorgeschlagen, die war genug versteckt, um keinen hohen Bekanntheitsgrad bei Passagieren zu haben. Und da Oriol am Flughafen arbeitete, kannte er auch sämtliche im wahrsten Sinne des Wortes stillen Örtchen dieses Gebäudes. Oriol hatte ein Stunde Pause und diese verbrachte er nicht selten auf dieselbe Weise, die Fluktuation auf Grindr war hier an seinem Arbeitsort erfreulich hoch und das kam ihm gelegen. Er wartete in der hinteren Kabine und hatte den suchend dreinschauenden Herrn im Anzug schon zuvor gesehen. Seine Intuition sah er einmal mehr bestätigt, als Cesare zögerlich die angelehnte Tür zurückschob und dann umso forscher eintrat und seine Hose öffnete. Cesare machte es noch einen Tick spitzer, als er realisierte, dass der auf ihn Wartende eine Uniform trug.

Oriol fühlte sich gut in der Rolle des Bedienenden. Dementsprechend fokussierte er seine Aufmerksamkeit auf das, was jetzt vor seinem Gesicht in der Hand des Stehenden zu stehen begann. Und dementsprechend waren seine Pausenkameraden auch oft in Cesares Alter. Das machte ihm nichts aus, ganz im Gegenteil. Ebenso schätze er die Anonymität. Diese jedoch sollte heute schon bald zunichte gemacht werden durch ein unpässliches Wiedersehen.

Nach dem Toilettenbesuch genehmigte sich Cesare an der kleinen Bar noch einen Espresso und begab sich dann zur Sicherheitskontrolle, hatte er doch durch das kleine Stelldichein in dem entfernten Winkel des Terminals Zeit, wenn auch nicht verloren, dann doch eingebüßt. Und er wollte in der Abflughalle oben noch durch ein paar Läden streifen, um für seine Gemahlin, die ihn zu Hause in Mailand mehr oder mittlerweile auch weniger sehnsüchtig erwartete, ein kleines Geschenk zu finden – einen Seidenschal, Honig, edle katalanische Süßigkeiten, etwas dergleichen.

Als er seinen Gürtel zum zweiten Mal an diesem Tag und an diesem Flughafen öffnete, erblickte er mit leichtem Schrecken den Mann am anderen Ende des Bandes, auf das er seinen metallenen Koffer legte. Dieser wiederum wurde durch den Tunnel gefahren und dann von einem zweiten Mitarbeiter unwirsch aus dem Verkehr gezogen. Also musste er unweigerlich zu dem anderen Mann ans Gepäckband treten.

„Ist das dein Koffer?"

Cesare schaute in zwei Augen, die er gerade eben noch aus einer anderen Perspektive gesehen hatte.

„Sehr wohl."

„In dem Koffer befindet sich eine Flasche, die kannst du leider nicht mitnehmen." Oriol lächelte spitz, nur gerade so komplizenhaft, dass es noch als professionell durchging.

„Oh, Entschuldigung, das habe ich komplett vergessen."

Er öffnete den Koffer, nahm den Rotwein heraus und streckte ihn Oriol entgegen. Das wirkte nun schon etwas mehr komplizenhaft. „Ich schenke dir hiermit offiziell diese Flasche. Fröhliche Weihnachten."

Er machte den Koffer wieder zu, während Oriol etwas perplex mit der Flasche Wein in seinen Händen dastand. Eher weil er nicht wusste, was sagen, als dass er sich fragte, ob er das überhaupt annehmen durfte.

„Als Gegenleistung", fügte Cesare noch spitz an, lächelte, fädelte seinen Gürtel wieder ein und lief davon.

Es gab an jeder Sicherheitsstation eine Kiste, in die Gegenstände gelegt wurden, die Passagiere nicht mitnehmen durften. Jene wurden weggeworfen. Es gab eine kleine Kiste, die Gegenstände beherbergte, die Leute bei ihrer Rückkehr wieder abzuholen gedachten. Und es gab Oriols Rucksack, in den nun Cesares Weinflasche wanderte. Mit gutem Gewissen - war sie doch ausdrücklich ein Geschenk, außerdem schien es sich um einen guten Tropfen zu handeln und Oriol hatte auch schon Verwendung dafür gefunden.

3

Oriol Cuevas saß in der fahrenden Metro und draußen schneite es. Diese beiden Dinge zusammen glichen einem Wunder. Wenn es in Barcelona mal schneite, ging üblicherweise gar nichts mehr, insbesondere nicht im öffentlichen Personennahverkehr. Und auch sonst war die Stadt in einer Art meteorologischem Ausnahmezustand. Strom fiel aus, Taxis waren wie weggefegt und Menschen rannten, als stünde ein Krieg bevor. Schließlich schneite es nur selten, und auch dann nur für wenige Minuten oder Stunden.

Heute kam das unpässlich, denn Oriol wollte jetzt schnell nach Hause. Er hatte Frühsicht gehabt und deshalb schon um 15 Uhr Feierabend, also quasi Feiernachmittag. So hatte er heute ein Date angesetzt, und dieses war in Sitges. 40 Minuten mit dem Zug, an einem Tag, an dem es schneite, eigentlich keine gute Idee.

Oriol öffnete seinen Rucksack und studierte das Etikett des Weines, den der anonyme Herr im Anzug ihm notgedrungen zurückgelassen hatte. Es war weiß, und nicht mehr war darauf zu sehen als der Name, eine Zahl und eine kleine, stilisierte Blume. 13 war die Zahl, das war wohl der Jahrgang. Und das war soweit er wusste, richtig alt für einen Wein. Hinten klebte noch ein zweites Etikett, auf dem eine Geschichte erzählt wurde, und dass dieser Wein einem Häuptling der Sioux gewidmet wäre. Er steckte die Flasche wieder ein und war zufrieden, dass er schon etwas hatte, das er heute seinem Date mitbringen konnte. Wenn denn der Zug überhaupt fuhr.

Für die 40 Kilometer von Barcelona Sants ins Küstendorf Sitges brauchte der Zug über eine Stunde, zudem war die Abfahrt schon viel zu spät. Oriol unterhielt sich bereits im Zug mit dem, der ihn am Bahnhof abzuholen gedachte und schickte ihm seinen Live-Standort, damit er nicht vergebens lange dort auf ihn warten musste.

    Sie hatten sich zuvor dreimal getroffen - einmal gingen sie in ein für Oriols Verhältnisse etwas zu schickes spanisches Lokal am Passeig de Gràcia essen, beim ersten Date tranken sie Dosenbier am Strand von Barceloneta. Das war so gekommen, da sich ihre Wege auf dem Gehsteig gekreuzt hatten. Dabei schauten sie sich so tief in die Augen, dass jeweils einer nach dem andern sich umdrehte, um zu schauen, ob der andere auch schaute. Irgendwann blieben beide stehen, lachten und drehten um. Sie setzten sich an den Strand, tranken ein paar Bier und unterhielten sich, bis die Sonne hinter dem Montjuïc verschwunden war. Sex hatten sie noch nie, da der andere – so viel hatte Oriol bis jetzt in diesen Gesprächen mitbekommen – irgendwie gerade verlassen worden war, oder noch nicht über seinen Ex weg war, sowas in der Art, exakt hatte er es jetzt auch nicht verstanden. Ebenso wenig, was er in seinem Leben machte. Er hatte offenbar ein Haus in Sites am Strand, das klang glamourös und Oriol war gespannt darauf, heute zu sehen, wie glamourös es denn tatsächlich war. Der RENFE-Regionalzug fuhr endlich in den schnuckeligen Bahnhof von Sitges ein.

    In den zwei Minuten vom Zug durch die Unterführung hindurch auf die andere Seite des Geleises gingen Oriol Fragen wie folgende durch den Kopf: Warum bin ich nervös? Wäre es nicht entspannter, jetzt zuhause zu liegen und Netflix zu schauen? Werden wir heute endlich Sex haben? Die zwei Minuten waren schnell vorbei, als er sah, wie jemand in einem roten Sportwagen ihm zuwinkte. Es standen nur wenige Autos hier, verglichen mit der Sommerzeit, aus der Oriol diese Hochburg des Tourismus kannte. Der rote Sportwagen sah etwas bizarr aus in den Schneeflocken, die zwar nicht zu Schneebelag auf dem Boden ansetzen konnten. Unpassend zum Wetter war das Auto trotzdem.

„Hallo Ruwen, danke fürs Abholen", er lächelte zögerlich, weil er nicht wusste, ob er ihn küssen oder umarmen sollte.

Ruwen umarmte ihn herzlich und sogleich fühlte es sich entspannter an.

„Es wäre auch etwas weit zu Fuß. Und erst recht bei diesem Unwetter."

Im Haus des Gastgebers angekommen, stand Oriol zunächst einmal eine Zeitlang der sprichwörtliche Mund offen. Sie standen in einem luftigen Raum von gut 100 Quadratmetern. Er schaute sich wortlos um. Drei schwarze Ledersofas standen, scheinbar mit Absicht etwas ungeordnet hingestellt, im Halbkreis vor der Fensterfront. Diese ging direkt auf das dunkle Meer, über dem immer noch die Schneeflocken tanzten. Eine surreale Variation eines Wintergemäldes. Vor einem Kamin, an dem sich der Gastgeber jetzt zu schaffen machte, stand ein monströser Weihnachtsbaum, an dem nicht wie üblich in Spanien farbige Lämpchen blinkten, sondern echte Kerzen auf kleinen Ständern auf den Ästen thronten, das hatte Oriol noch nie gesehen.

„Ehm, schönes Haus." Er wusste nicht, was er sonst hätte sagen sollen. „Ah, ich habe dir etwas mitgebracht."

Oriol zückte die Flasche aus seiner Tasche und hoffte, dass der Geschmack des anonymen Herrn von der Flughafentoilette diesem Standard hier gerecht wurde.

„Oh danke, das wäre nicht nötig gewesen."

Oriol meinte, etwas zwischen Erstaunen und Erschrecken auf dem Gesicht seines Gegenübers lesen zu können. Oje, offenbar war das ein Fusel. Naja, sonst hätte er ihn wohl nicht einfach so an der Sicherheitskontrolle zurückgelassen. Was soll's.

„Ich habe einen Cava im Kühlschrank, ist das ok für dich?"

„Oh ja, auf jeden Fall." Den Wein würde er wohl zum Kochen gebrauchen.

Oriol machte sich so seine Gedanken über diesen Ruwen und seine Behausung. Der hatte sicher geerbt. Ein Ausländer. Reich von Haus aus. Oder irgend so ein Start-up-Gründer? Schnell viel Geld verdient und mit 35 schon Privatier. Rentner konnte man das nicht nennen. Oder – das kam ihm beim Wort Rentner in den Sinn – von einem verblichenen Ehemann geerbt? Deshalb kein Sex?

„Setz dich doch, bist du schüchtern?"

Sie ließen sich beide auf den riesigen schwarzen Sofas nieder. Ruwen hatte gekocht. Zuerst gab's Pasta, danach Ente. Sie aßen, sie tranken. Sie redeten und tranken noch mehr. Sie schauten eine Folge einer spanischen Serie, nachdem sie rausgefunden hatten, dass sie an der gleichen Stelle aufgehört hatten. Sie tranken noch mehr und küssten sich ab und zu. Sie öffneten eine dritte Flasche und tranken auch diese leer. Und dann schliefen sie auf den Sofas ein.

Es war klar, dass Oriol dort übernachtete und genauso klar war es auf einmal, dass sie wieder keinen Sex hätten. Für die Art von Dates, die Oriol sonst hatte, war das etwas ungewöhnlich. Er war fit und jung und dadurch naturgemäß in dieser Szene begehrt. Doch am nächsten Morgen stand Ruwen - statt der obligaten Zugabe nach dem Aufwachen - bereits wieder in der Küche und machte Frühstück. Von Zugabe hätte man auch nicht reden können. Draußen war der Schneefall einem herrlichen Sonnentag gewichen und durch die großen Fensterscheiben betrachtet, lockte das Meer zu einem Strandtag, obwohl es zwei Tage vor Weihnachten war.

„Rühr- oder Spiegelei?"

Oriol fragte sich, wann das letzte Mal jemand für ihn Frühstück gemacht hatte, und antwortete etwas zögerlich. „Dann gerne Rührei."

4

Ruwen König tat auf dem Ledersofa das, was man als etwas zwischen Sitzen und Liegen bezeichnen könnte. Vor allem aber starrte er auf diese Weinflasche, die Oriol mitgebracht hatte und an der sich jetzt das einfallende Sonnenlicht brach und ihn blendete. Er dachte, dass Sonne dem Inhalt der Flasche bestimmt nicht gut bekommen würde und stellte das Geschenk mit einem Seufzer in den Schatten.

Es war der 23. Dezember. Vor genau einem Monat hatte ihn jemand verlassen. Und mit diesem Jemand hatte er oft genau diesen Wein getrunken.

Ein kraftvoller und intensiver Charakter, unzähmbar und kühn, aber auch einfühlsam, elegant and gütig, wie der Wein, der jetzt seinen Namen trägt.

Ruwen las schweigend den Text auf dem Etikett und nickte betreten in den leeren Morgen.

Dass dieser Oriol gerade diesen Wein mitbrachte, konnte das Zufall sein? Oder war es ein Zeichen? Na hallo, was denn bitte für eins? Es war die Rache dafür, dass er versuchte, sich seinen Schmerz mit einem profanen Date zu vertreiben. Komischerweise schrieb er besagtem Menschen sogar solch metaphysische Kräfte zu. Manchmal zweifelte er an seiner Zurechnungsfähigkeit in dieser Angelegenheit. Warum deutete er es nicht zugunsten von Oriol? Als gutes Omen. Wenn schon diese übersinnlichen Ideen, warum nicht optimistischer Art? Doch nein, jemand war in diesem Haus immer noch anwesend, obwohl er schon seit einem Monat weg war.

Doch das ist eine andere Geschichte. Es klingelte. *La Vie En Rose* hallte durch den Raum, da kam ihm in den Sinn, dass er die Klingel hatte auf ein Weihnachtslied umprogrammieren wollen. Doch das hatte er vergessen, es hatte auch schon lange keiner mehr geklingelt hier.

Vor der Tür stand Carla.

„Um Himmels willen, was machst du denn hier? Kannst du mir nicht Bescheid geben, dass du kommst?"

Er lachte und umarmte sie fest und herzlich, so dass er ihre gelockten, blonden Haare kratzig in seinem Gesicht spürte. Zudem stach ihm der Geruch von Haarspray in die Nase.

„Ich war bei einem Kunden in Salou, jetzt dachte ich, ich klingle hier spontan mal auf der Rückfahrt und schaue, ob einer zuhause ist."

„Glück gehabt!" Ruwen nahm sie an der Hand und freute sich über den Besuch seiner Freundin.

„Was gibt's? News?" Carla war immer im Bilde.

„Keine News von ihm. Ich glaube, ich sollte das Haus vermieten und wieder nach Barcelona ziehen."

„Damit kannst du sicher eine Menge Geld verdienen, im Sommer auf jeden Fall."

„Und wenn er doch zurückkommt?"

„Na, du musst es ja nicht verkaufen. Vermiete es an Touristen."

Sie schmiedeten Pläne für den kommenden Sommer, redeten über Immobilienpreise, schwule Feriendestinationen, Putzfrauen und Weltschmerz.

Ruwen dachte, dass platonische Freundschaften vielleicht wichtiger wären als ein sogenannter fester Partner. Sollte man das überhaupt gegeneinander abwägen? Warum behandelten viele Menschen ihre Freunde rücksichtsvoller als ihre Partner? So schien es ihm zumindest. Vielleicht nicht besser, aber toleranter. Sollten wir einfach Freunde haben und mit diesen dann und wann eine heiße Nacht zubringen?

Nun gut, mit Carla kam das auf keinen Fall in Frage. Das mit der heißen Nacht. Ihre herzliche Freundschaft war definitiv platonischer Natur. Und das im wahrsten Sinne des Wortes – sie diskutierten oft philosophische Themen, über Gott und Beziehungen, und das bis zu dem Punkt, an dem der Geist sich um sich selbst drehen wollte und einen das fahle Gefühl beschlich, man schaue in den Spalt der Welt herab.

Heute verhandelten sie keine moralphilosophischen Fragestellungen abgehobenen Sinngehalts, sondern backten Mailänderli. Ein Schweizer Weihnachtsgebäck, das Ruwen aus seiner Heimat vermisste, weil es in Spanien keiner kannte und es daher auch nicht zu kaufen war. Also selbst machen war die Devise und er überzeugte Carla, die voller Freude das Nudelholz als Mikrofon missbrauchte und herzhaft eine Performance von Beyoncé zum Besten gab.

Bevor jenes jedoch zu seinem sachgemäßen Einsatz kam, galt es den Teig zu rühren. „Ein Schuss Kirsch ist das Geheimnis." Ruwen goss einen Schluck Schnaps in die Schüssel und Carla sang einen Tick lauter.

Nachdem Ruwen die herzförmigen Mailänderli aus dem Ofen genommen hatte, entkorkte er eine Flasche Rotwein.

„Warum backen wir eigentlich Herzen? Hast du keine Tannen, Engel oder Sterne?"

„Das Fest der Liebe." Er hielt ihr demonstrativ das Glas vors Gesicht. „Prost. Auf uns!"

„Auf unsere Liebe."

„Das ist ein Tempranillo aus dem Penedès, die andere Flasche nimm bitte mit!"

„Aus den Augen, aus dem Sinn – verdrängen macht's auch nicht besser, Ruwen."

„Manchmal schon."

Die Plätzchen schmeckten richtig gut und zum ersten Mal machte sich für Ruwen in diesem Haus eine Stimmung breit, die man als weihnachtlich bezeichnen konnte.

5

Carla Bolaño fuhr auf der C-32 zurück nach Barcelona. Die Radiostation, die von sich selbst verkündete, nur die 40 größten Hits zu spielen, behelligte sie mit penetrantem Gesang. Sie schaltete genervt ab und überlegte sich, wie sie von hier am schnellsten an den Fuß des Tibidabo käme. 30 Minuten später tuckerte sie hinter dem Tramvia Blau die Panaromastraße zur Talstation der Tibidabo-Standseilbahn hoch, vorbei an eindrucksvollen Villen des katalanischen Modernisme.

Sie parkte vor einer der Villen, zum Glück kamen die meisten Teilnehmer dieser Veranstaltung mit dem öffentlichen Verkehr und ließen ihr eine Auswahl an Parkplätzen, eine Seltenheit in dieser Stadt.

Taller Tantrico Jordi Palau stand auf einem kleinen Schild neben der mit Efeu überwachsenen Tür im Erdgeschoss des verspielt in einem wilden Garten stehenden Gebäudes. Besagter Jordi Palau war ein hagerer Mann um die 50, der nur mit einem mit Batik bedruckten Lunghi um die Hüfte bekleidet in der Mitte eines farbenfrohen Raumes stand. Carla war etwas besorgt gewesen, dass sie durch die ganze Backerei zu spät hier auftauchen würde, aber jetzt sah sie, dass Jordi noch in ein Gespräch vertieft war und die versprengte Truppe sich noch nicht im üblichen Kreis eingefunden hatte. Sie besuchte diesen Workshop einmal pro Monat, jeweils am Abend vor dem Vollmond.

Jordi Palau war ein lustiger Mann, der eigenartig redete.

„Meine Gästinnen und Gäste, wir begeben uns jetzt in unseren Sitzkreis."

Carla nervte es, wenn er in der ersten Person Plural sprach, aber eigentlich ein Imperativ gemeint war.

„Heute wird das holy Universum durch meine Medusa uns unsere Partner übermitteln." Auch sein Vokabular war etwas schwindelerregend. Carlas Angst zu spät zu kommen, dadurch die Auswahlphase der Paare zu verpassen und dann einen Left over nehmen zu müssen war also unbegründet. Heute entschied eh der Zufall.

Alle traten nach vorne und Jordi hielt ein Bündel Stoffbänder umständlich in seiner Hand. Alle mussten eines ziehen und die beiden, die je ein Ende des gleichen Bandes geschnappt hatten, mussten die heutigen Übungen zusammen absolvieren. Dazu muss noch gesagt werden, dass hier Frauen und Männer anwesend waren. „Geschlecht nehmen wir als Konstruktion wahr, wir akzeptieren alle Formen der Natur", pflegte Jordi zu sagen.

Da hatte Carla nichts dagegen, trotzdem verstand sie diesen Satz nicht ganz, wenn sie jeweils die Konstruktion der Natur in ihren Händen hielt.

Carla hatte Glück. Beziehungsweise die Medusa des Universums war ihr wohlgesinnt. Das andere Ende des Bandes, das sie in den Händen hielt, fischte ihr Borja aus dem Quallenteich. Ein guter Fang.

„Wir finden uns ein auf unserer Insel mit dem Geschenk, das uns für heute zuteilgeworden ist."

Mit Insel war ein kleiner Teppich gemeint, von denen etwa zehn Stück in dem ganzen farbenreichen Raum verteilt waren. Auf jeder Insel nahmen nun zwei Personen mit mehr oder weniger erfreuter Miene Platz. Männer und Frauen. Junge Philosophiestudenten mit wilden Haaren und runden Brillen, Frauen im mittleren Alter mit Kopftüchern und hungrigen Augen, androgyne Wesen mit bleicher Haut und ohne Geschlecht.

Der Besuch dieser tantrischen Werkstatt - wie Jordi Palau seine Veranstaltung nannte - tat Carla jeweils gut. Auch wenn sie sein „Wir lassen die Formen des Körpers respektvoll außer acht", nicht immer gut umsetzten konnte. Als sie beschlossen hatte, dass eine monogame Beziehung und erst recht eine Heirat für sie nie in Fragen kommen würden, hatte sie nach Formen gesucht, die über einen klassischen One-Night-Stand hinausgingen. Und eine dieser Formen praktizierte sie gerade mit dem nackt vor ihr sitzenden Borja.

Nach langen Minuten des Atmens - „wir senden den heiligen Äther hinunter zu unserem ersten Chakra" - durften sie sich endlich berühren. Zuerst sanft, dann fester, dann begleitet von voluminösen Lautmalereien ihrer Stimme, alles geführt vom Master Palau. Einige begannen mit der Zeit zu weinen oder wild zu atmen, zu zucken, zu stöhnen und dergleichen.

„Alles ok?", fragte Borja, als Carla sich in seinen Armen fallen ließ.

Sie antwortete nicht, sondern küsste ihn auf den Mund. Das machte sie hier eigentlich nie, aber heute war das ihre Intuition in der Stimmung und er ließ es geschehen. „Wir nehmen ein Ja als ein Ja und ein Nein als ein Nein", war die Grundregel dieser Inszenierung hier. Sie freute sich über das Ja und spürte, wie Borja jetzt mit seiner Hand ihr erstes Chakra berührte. Es dauerte nur wenige Momente, bis sie in seinem Schoss saß und er - „wir ehren unseren Zauberstab" - unbeachtet von allen anderen Inseln Carlas erstes Chakra von innen anpeilte. Sie hatten den Flow gefunden.

Nach etwa 90 Minuten war das ganze Ritual vorbei. Alle lagen nebeneinander auf ihren Inseln und es sah aus wie ein Raum mit 20 Schlafenden. In der Mitte wallte nackt ein hagerer Mann und gebot, langsam wieder zu sich zu kommen.

Die Leute richteten sich auf ihren Teppichen auf und schauten zum Meister.

„Wir hatten vereinbart, die heutige Weihnachtssitzung mit einem kleinen Geschenk an unseren Partner zu beenden."

Mierda. Das hatte sie vergessen. Ein kleines fucking Geschenk. „Wir holen jetzt das Präsent und überreichen es unserem heutigen Lustgeber."

Alle standen auf und kamen mit irgendwelchen Säckchen, Päckchen oder Tütchen zurück.

Es gab nur einen Ausweg. Das war jetzt etwas unpassend zwar, aber etwas anderes kam Carla nicht in den Sinn. Sie hielt ihr Geschenk vorsichtig in den Händen und überreicht es so feierlich und zaghaft wie nur möglich. Eine Show, um die fehlende Verpackung zu kompensieren.

Sie schaute Borja übertrieben lang und entschieden in die Augen und schenkte ihm eine Flasche Rotwein.

6

Borja Perlmann fühlte sich aufgeladen. Er war jetzt schon drei Mal bei diesen Treffen dabei und immer fühlte er sich danach wie *a sex-machine ready to reload*. Er war begeistert von diesem Jordi Palau und seinen Techniken und heute hatte er doch tatsächlich zum ersten Mal nach vielen Jahren wieder mal mit einer Frau. Bemerkenswert.

Auch wenn ihm die esoterische Ausdrucksweise des Gastgebers bisweilen auf den Sack ging, die Dinge funktionierten. Gleichzeitig meldete sich in ihm nach diesen achtsamen Körperbegegnungen auf runden Inseln in einem farbigen Raum jeweils ein anderes Bedürfnis. Und zwar das nach einem dunklen, versauten, lasterhaften Sexclub. Er hatte noch nicht ganz verstanden, wie das funktionierte, aber er glaubte, dass es irgendetwas mit Polaritäten zu tun hatte.

Borja Perlmann war Schauspieler. Er war vor gut einem Jahr nach Barcelona gezogen, als *die ARD* auf die Idee gekommen war, eine *Tatort* Folge pro Jahr auf Mallorca zu drehen. Deutsche Spezialeinheit hilft bei der Ermittlung von Verbrechen deutscher

Touristen, so etwa war jeweils der Plot. Perlmann ergatterte sich die Hauptrolle im Team Mallorca als Kriminalhauptkommissar Andrès Kupferschmied, ein Deutsch-Spanier, der nach Palma versetzt wurde. Auch Borja war halb Spanier und nahm die Rolle als Anlass, in seine zweite Heimat zu ziehen.

Hoffentlich ist das ein anständiger Wein, dachte er, hatte er sich doch einige Tage lang den Kopf zerbrochen über ein passendes Geschenk und dann Carla ein kleines glitzerndes Päckchen überreicht, das er in einem vornehmen Sexshop in Eixample gekauft hatte. Ein Doppeldildo aus Silikon. Und er kriegte einen Wein, na gut.

Ein Wein, der eine Kraft der Natur ist und all jenen verrückten Pferden dieser Welt Tribut zollt, die, leidenschaftlich und furchtlos, unabhängig denken und ihren eigenen Weg gehen.

Der Text auf der Etikette klang vielversprechend. Und bestätigte ihn im Vorhaben, jetzt ins *Open Mind* zu gehen.

Der Eingang des Clubs war unscheinbar inmitten von Geschäftslokalitäten an der vielbefahrenen Calle Aragón. Man musste klingeln, um eingelassen zu werden.

Die Party war in vollem Gang, das merkte Borja bereits am Getümmel in der Garderobe, wo einige sich anzogen und andere sich ihrer Kleider entledigten. Ein Kommen und Gehen der baren Lüsternheit.

Wir entblößen uns und geben uns der Dunkelheit anheim, sinnierte Borja in Gedanken an den Ort, von dem er gerade gekommen war und lachte in seinen Spind hinein. Er verstaute auch seine Kleider darin, zog die Sneakers wieder an und die Socken hoch über die Knöchel. Mit nur einem Cockring bekleidet betrat er den gar nicht so dunklen Raum.

Wie immer trat er zuerst an die Bar und tauschte seinen Getränkegutschein gegen einen Vodka. Ankommen, Ausschau halten, Übersicht gewinnen. Mehrere Männer streiften ihre Körper beim

Vorbeigehen an seinem und gegenüber befriedigten sich zwei Bären auf einer Art Gynäkologenstuhl. Der Vodka schmeckte nach dem Ingwer-Gebräu bei Jordi Palau.

Es war die Atmosphäre. Es ging gar nicht darum, hier Sex zu haben. Das war vielleicht ein Plus, wenn ihm denn jemand gefiel und der auch noch auf ihn stand. Sex pflegte er lieber mit Menschen zu haben, die er kannte, in der Art wie vor einer guten Stunde: langsam und mit viel Nähe. Er hatte sie gefickt inmitten von 20 Leuten, niemand hatte es mitbekommen, denn es interessierte niemanden. Es waren nur sie beide in dem Moment, eine Art Verschmelzung von Körper und Geist.

Deshalb hatte Borja auch so gut wie nie Sexdates. Das war ihm zu belanglos. Entweder verschmelzend und tantrisch oder dreckig und anonym. Hier ging es um das, was in der stickigen Luft lag. Das Wilde, Raue, Finstere, Verbotene. Das machte ihn an.

Jetzt machte ihn auch noch ein junger Mann an, den er von Weitem im Obergeschoss kurz dem Geländer entlang gehen sah. Es gab immer einen. Einer, der ihm gefiel, war immer dabei. Und heute war es dieser in der blauen Unterhose.

Borja wartete noch einen Moment, um nicht allzu sehr den Eindruck zu erwecken, dass er ihm folgte. Er bestieg die Treppe nach oben.

Wanderbewegungen. Dieses typische Gehen, wenn Männer cruisen. Sie schlendern durch einen Raum, vorgeblich absichtslos und gleichzeitig voll von Begehren. Borja gliederte sich ein in den Kreis der Suchenden. In dieser Bar konnte man Runden drehen. Von den Kabinen zu den Glory Holes, nach hinten zu der Badewanne und dann wieder durch das dunkle Labyrinth nach vorne. An den engen Stellen berührten sich die Körper derer, die in die jeweils andere Richtung wandelten. Haarige dicke Bäuche und muskulöse Oberarme berührten seine Haut. Immer wieder kreuzte man die gleichen Gesichter.

Borja blieb stehen. Der mit der blauen Unterhose lief an ihm vorbei. Er hatte weder einen dicken Bauch, noch übertrieben muskulöse Oberarme. Er war hübsch und hatte einen wohlgeformten Körper. Und er hatte geschaut. Eigentlich war es immer sehr schnell zu erkennen, ob jemand interessiert war oder nicht. Dieses endlose, aufreizende Herumgehen ist eigentlich sinnlos, davon war Borja überzeugt. Ob jemand wollte oder nicht, entschied sich im ersten Moment und änderte sich kaum noch.

Je näher es gegen Weihnachten ging, desto voller war jeweils das *Open Mind*. Die Leute waren wohl in Feststimmung und feierten auf ihre Art. Oder sie spürten die Anspannung der „heiligen Zeit" und brauchten Erlösung. Der Club wurde immer voller.

Der Blaue schlenderte schon wieder an ihm vorbei, jetzt noch langsamer, und schaute Borja in die Augen. Dann verschwand er in einer der kleinen Kabinen hinter ihm. Im *Open Mind* konnte man keine Kabine abschließen, der Name war Programm. Borja wusste, dass die Kabinen auf dieser Seite jeweils durch ein Glory Hole verbunden waren. Er betrat die in unmittelbarer Nähe.

Sich bücken und durchs Loch spähen war keine Option, das wusste er. Man sah nichts und es sah erbärmlich aus. Trotzdem wollte er sicher sein, dass das, was sich jetzt durch das Loch schob zu dem Mann in der blauen Unterhose gehörte. Noch als er es schon in seinem Mund hatte, war er sich nicht zu 100 Prozent sicher, aber darum ging's doch eigentlich bei einem Glory Hole. Fantasie, Vorstellung, Imagination. Sex findet im Kopf statt.

Der andere zog sein Teil plötzlich zurück und nach nur wenigen Sekunden öffnete er den Vorhang von Borjas Kabine. Er war es.

Borja ließ ihn eintreten und gab sich hin. Dem Gegenstück seiner lustvollen Vorstellung auf dem tantrischen Teppich.

Borja verharrte noch einen Moment in der Kabine und atmete tief durch. Ein erfüllter Tag. In der Garderobe traf er auf seinen

Kompagnon der Dunkelheit. Er sah auch im grellen Licht der Umkleide gut aus.

„Ich bin Patrick", er streckte ihm die Hand hin.

Borja zögerte. Die Anonymität war ihm eigentlich recht. Zudem wollte er nicht erkannt werden, man wusste ja nie, woher all die Leute in Barcelona kamen.

„Borja, freut mich", sagte er so verschlossen, wie es ging. Er hatte den Eindruck, dieser Patrick machte extra langsam mit Anziehen.

Nach anonymem Sex nach der Telefonnummer zu fragen, galt als verpönt. Das wusste Patrick, drum machte er es nicht, obwohl er gerne wollte. Außerdem wusste er auch, dass das noch mehr gegen die Regeln seiner Beziehung verstoßen würde.

„Bist du von hier?"

„Ja, ja", antwortete Borja noch und eilte zum Ausgang. Er winkte flüchtig und presste seine Lippen zu einem einigermaßen gequälten Lächeln zusammen. Dieses Gespräch wäre nicht nötig gewesen.

Patrick zog sich an und zögerte einen Augenblick. Er hielt es für unwahrscheinlich, aber man wusste ja nie. Er öffnete die angelehnte Tür von Borjas Spind, um zu schauen, ob jener ihm allenfalls eine geheime Nachricht hinterlassen hatte.

Eine Telefonnummer fand er in dem Spind nicht. Das Einzige, was er sah, war eine Weinflasche.

7

Patrick Ramos stürmte aus dem *Open Mind* auf den Carrer d'Aragó und schaute nach links und rechts, in seiner Hand eine Flasche Wein. Das wäre eine gute Gelegenheit gewesen. „Hey, du hast deinen Wein vergessen!"

Doch es war weit und breit niemand mehr zu sehen. Es war 3 Uhr in der Früh und Patrick schlenderte in Richtung Raval nach Hause.

Er hatte seine Eltern besucht heute an der Costa del Maresme. Sie hatten das Weihnachtsessen vorgezogen, weil Patrick dieses Jahr den Heiligabend mit seinen Freunden verbringen wollte. Er würde sagen, er sei mit dem Taxi von Sant Pol hergekommen. Dass er noch im *Open Mind* war, brauchte zuhause ja keiner zu wissen.

Er war in dieser Beziehung seit gut einem Jahr, es war im letzten Dezember an einer Vernissage im Born. Sie waren sofort ins Gespräch gekommen und Patrick hatte schon nach wenigen Minuten gemerkt, dass diese Offenheit sie noch am selben Abend zusammen ins Bett führen würde. So war es dann auch. Und auch nach einem Jahr fühlte sich alles noch erstaunlich frisch an. Trotzdem konnte er sich mehr schlecht als recht daran gewöhnen, auf Dauer mit nur zwei Menschen Sex zu haben. Das *Open Mind* war da eine genauso erprobte wie heimliche Lösung.

Er öffnete leise die Tür und legte sich in das extrabreite Bett, in die Mitte.

Es war der 24. Dezember und ein Zufall, dass heute Morgen alle frei hatten. Sie saßen beim Frühstück und Patrick nahm einen Schluck Kaffee.

„Ich habe uns einen Wein mitgebracht für heute Abend", er stellte die Flasche strahlend auf den Frühstückstisch.

„Alle Achtung, der Häuptling der Sioux!" Valentín machte große Augen. „Ich liebe diesen Wein, hast du den von deinen Eltern?"

Er umarmte Patrick herzhaft und aus heiterem Himmel, sichtlich bewegt, so dass Patrick einen Moment lang nicht verstand, um was es hier ging.

„Oder hast du ihn einfach aus dem Weinregal genommen? Da war doch vor Kurzem noch einer mehr von denen?" Valentín unterbrach seinen Freudenausbruch für einen Moment.

„Ehm nein, jene Flasche hatte ich kürzlich mitgenommen als Geschenk für einen Bekannten", fühlte sich der Dritte am Tisch verpflichtet, sich zu Wort zu melden.

Valentín schaute Toro mit ironischer Vorwurfsmiene an.

„In dem Fall hat unser Patrick einfach ein gutes Händchen für Wein. Oder seine Eltern." Valentín küsste ihn auf den Mund.

„Ehm auch nein, das ist ein Geschenk von mir." Patrick kam es vor, als hätte er ohne es zu Wissen irgendeine verborgene Prüfung bestanden.

Toro saß schweigend am Tisch und machte große Augen. Es kam ihm alles etwas spanisch vor.

„Na dann, auf uns. Feliz Navidad!" verkündete Valentín und hob sein Glas.

Patrick dachte kurz an Borja, Toro an Cesare, und niemand sagte ein Wort.

Valentín küsste einen nach dem anderen auf den Mund. „Und heute Abend trinken wir das *Verrückte Pferd*! Vielversprechende Weihnachten! Ich liebe euch."

Reto-Dumeng Suter

Bei Philippi sehen wir uns wieder

Ein Mittelmeerkrimi

Himmelstürmer Verlag

Gerhard Riedl
Wenn Santa zweimal klingelt

Es war der 20. Dezember, als ich am späten Nachmittag durch die verschneite Altstadt von Salzburg spazierte. Die Straßen und Plätze, Schaufenster und Lokale waren wunderschön weihnachtlich geschmückt. Aus jeder zweiten Ecke klang ein *Jingle Bells* oder *Stille Nacht*. Das perfekte Winter-Wonderland. Obwohl Weihnachtstrubel herrschte, die Menschen durch die Straßen hasteten, vermutlich, um letzte Geschenke für ihre Lieben zu erwerben, ließ ich mich davon nicht beeindrucken. Ich hing meinen Gedanken nach. Weihnachten. Das war immer das Fest der Familie. Auch wenn ich schon in jungen Jahren mein Elternhaus verließ, um in der Stadt mein Glück zu finden, an Weihnachten kehrte ich immer nach Hause zurück. Stets am dreiundzwanzigsten abends. Wir, das waren meine Eltern, meine jüngere Schwester Claudia und ich, saßen in gemütlicher Runde zusammen, spielten Karten oder erzählten uns Geschichten. Am vierundzwanzigsten wurde ausgiebig gefrühstückt, denn zu Mittag gab es nur eine Suppe. Der Christbaum wurde im Wohnzimmer aufgestellt, den ich dann festlich schmückte. Das war immer meine Aufgabe, und ich übernahm sie sehr gern. Am Nachmittag besuchten wir auf dem Friedhof das Grab meiner Großeltern. Abends um sechs wurde gegessen, Karpfen, den ich als Kind nicht besonders gernhatte. Aber das war Tradition. Danach große Bescherung. Weihnachten war immer ein Fest des Schenkens, der wahre Sinn dieser Tage war nur nebensächlich, so gläubig waren wir nicht. So lief das jedes Jahr. Bis meine Schwester bei einem Autounfall ums Leben kam. Sie war damals siebzehn, auf dem Weg zur Schule. Sie wurde von einem Raser, der auf spiegelglatter Fahrbahn die Beherrschung über seinen Wagen verlor, einfach niedergemäht. Dieses Ereignis veränderte alles. Es wurde ein Loch gerissen, eine große Wunde, die niemals verheilte. Auch Weihnachten war danach nicht mehr so, wie ich es kannte, obwohl sich meine Eltern sehr bemühten, all unsere Traditionen aufrecht zu erhalten. Es gelang nicht. Ich war damals einundzwanzig und meine jüngere Schwester fehlte mir. Wir besuchten also fortan ein Grab mehr auf dem Friedhof. Die Jahre vergingen, der Schmerz blieb. Besonders an Weihnachten. Immer noch ertappte ich mich dabei, dass ich nach einem Geschenk für Claudia Ausschau hielt.

Letzte Weihnachten waren wieder komplett anders. Denn im Sommer starben meine Eltern. Bei einem Autounfall. Ihr Wagen wurde auf der Autobahn von einem LKW gerammt. Dieser wollte die Spur wechseln, übersah das Auto meiner Eltern und drückte sie an die Mittelleitplanke, beide waren auf der Stelle tot. So war ich plötzlich allein, ganz ohne Familie. Doch meine Freunde kümmerten sich rührend um mich, halfen mir bei der Beerdigung, bei der Auflösung des Haushaltes. Sie waren immer für mich da. Und dann kam Weihnachten, davor graute mir. Doch dafür hatten meine Freunde eine Lösung parat. Sie nahmen mich mit in die Berge, auf eine Skihütte. Einen Tag vor Heiligabend standen plötzlich Günter mit seinem Freund Peter und Jan mit seinem Mann Martin vor meiner Tür. Sie packten für mich eine Reisetasche zusammen und schon saßen wir im Auto. Ich hatte keine Zeit darüber nachzudenken, keine Gelegenheit, Einspruch zu erheben. Ich ließ es einfach geschehen. Wir blieben vier Tage auf dieser Hütte, rundherum von Schnee umgeben, nur ein paar Minuten Fußweg zur Skipiste. Sie taten alles, um mich abzulenken, nicht in Trauer zu verfallen. Und es gelang ihnen. Trotzdem fehlte etwas. Die Tradition, die festgelegten Weihnachtsrituale. Und natürlich meine Familie. Dieses Jahr luden sie mich wieder ein. Doch ich lehnte ab. Dieses Jahr wollte ich Weihnachten so begehen wie früher. In meine Heimatgemeinde fahren, die Gräber auf dem Friedhof besuchen, abends dann daheim gut essen und anstatt der Bescherung einfach auf der Couch liegen und fernsehen. Das beschloss ich bei einer Tasse Glühwein auf dem Christkindlmarkt. Massen von Menschen drängten sich zwischen den Verkaufsbuden. Touristen und Einheimische. Die Leute aßen und tranken, unterhielten sich und hatten Spaß. Und dann begann es zu schneien. Alles war perfekt. Naja, nicht ganz. Aber ich musste nach vorne schauen.

Am vierundzwanzigsten stand ich um acht Uhr früh auf. Ein Blick aus dem Fenster bestätigte, was sich schon am Vortag angekündigt hatte. Der Schnee war weg, das Thermometer zeigte 15 Grad. Nichts mit weißen Weihnachten. Wie auch schon die Jahre davor. Egal, wir werden uns alle daran gewöhnen. Ich frühstückte ausgiebig, danach schmückte ich die kleine Tanne, die ich am Vortag erstanden hatte. Sie war ziemlich schief gewachsen, keiner wollte sie haben. Also kaufte ich sie und mit den silbernen und roten Kugeln, dem Lametta und den Kerzen sah sie trotzdem sehr festlich aus. Als ich damit fertig war, machte ich mich zurecht und ging zum Bahnhof. Ich wollte mit dem Zug in meine Heimatgemeinde fahren und die Gräber meiner Familie besuchen.

Dort angekommen, spazierte ich die Viertelstunde zum Friedhof. Zuerst besuchte ich das Grab meiner Großeltern, zündete eine Kerze an und dachte einen Moment an sie. Danach ging ich weiter zum Grab von Claudia und meiner Eltern. Auch meine Asche wird irgendwann dort vergraben werden. Ich ging in die Hocke, holte eine Kerze aus meinem Rucksack und zündete sie an. Ich stellte sie neben die anderen, die dort bereits brannten. Offensichtlich gedachten auch andere Leute meiner Eltern. Noch nie in meinem Leben kam ich mir so einsam vor. Auf dem Weg zum Ausgang traf ich Martina, eine ehemalige Nachbarin. Sie war ein paar Jahre älter als ich, Alleinerzieherin von zwei Kindern, die mittlerweile in die Volksschule gehen mussten. Das war ein glücklicher Zufall, denn Martina wollte ich noch unbedingt besuchen. Sie kümmerte sich nämlich um die beiden Gräber, jätete das Unkraut, setzte neue Pflanzen ein und zündete regelmäßig Kerzen an. Und dafür wollte ich ihr heute wieder Geld für ihre Ausgaben geben. Normalerweise überwies ich ihr immer einen kleinen Betrag, doch Weihnachten wollte ich dies persönlich erledigen, mit einem größeren Betrag.

„Was für ein Zufall!", rief sie und kam mir mit offenen Armen entgegen.

„Hallo Martina!" Ich umarmte und drückte sie ganz fest. „Wie geht es dir?"

„Sehr gut. Muss ich wirklich sagen. Weihnachten endlich mal ohne Stress. Lisa und Leon sind bei ihrem Vater, in einer Stunde hole ich sie ab. Ich konnte also alles vorbereiten, ohne von den beiden gestört zu werden. Jetzt noch ein kurzer Blick auf die Gräber, dann ist alles erledigt."

„Bei den Gräbern ist alles in Ordnung. Sie sehen wunderschön aus. Vielen Dank." Dann reichte ich ihr einen Umschlag, den ich vorbereitet hatte. Sie warf einen Blick hinein und schaute mich etwas irritiert an.

„Alex, das ist zu viel."

„Das ist angemessen", beruhigte ich sie. „Du machst dir immer so viel Mühe."

„Was ich sehr gerne mache. Ich bin deinen Eltern sehr dankbar. Sie haben mich so unterstützt, als ich mit den Kindern hierhergezogen bin. Ich konnte mich zu ihren Lebzeiten nie dafür revanchieren. Und das tue ich jetzt. Sie waren wunderbare Menschen." Tatsächlich suchte sich eine Träne den Weg über ihre Wange. Das rührte mich sehr.

„Dann sieh es als Geschenk. Heute ist Weihnachten!"

„Ich danke dir, Alex. Vielmals. Jetzt würde ich dich so gerne auf einen Kaffee einladen, aber ich muss die Kinder holen." Plötzlich stockte sie, schien zu überlegen. „Aber hättest du nicht Lust, Heiligabend mit uns zu verbringen?"

Diese Einladung überraschte mich sehr, damit hatte ich nicht gerechnet. „Aber ich würde doch nur stören. Deine zwei kennen mich doch nicht."

„Dann lernen sie dich eben kennen. Ich meine das ernst, Alex."

„Ich weiß. Aber ich bin verplant." Warum diese Lüge? Niemand wartete daheim auf mich. Aber ich wollte diesen Abend für mich.

Und in Gedanken an meine Familie. Ich blieb bei meinem Entschluss. Nachdem wir uns Frohe Weihnachten gewünscht hatten, verabschiedeten wir uns und ich eilte Richtung Bahnhof. Die Zeit drängte, ich wollte den nächsten Zug unbedingt erreichen.

Als ich gerade einen Sitzplatz eingenommen hatte, klingelte mein Telefon. Es war Günter.

„Hi, Günter!"

„Hallo, Alex!"

Es war schön, Günters Stimme zu hören. Ich war mal in ihn verliebt, aber das war leider eine einseitige Sache. Ich war optisch leider nicht sein Typ. Soll vorkommen. Wochenlang rannte ich ihm damals hinterher, besuchte dieselben Lokale, suchte seine Nähe. Irgendwann raffte er das natürlich. Eines Abends, als wir in meinem Lieblingslokal nebeneinander an der Bar standen, drehte er sich plötzlich zu mir und sprach mich an.

„Hör zu. Das bringt alles nichts. Du bist ein süßer Kerl. Wirklich. Aber du bist nicht das, was ich suche. Also, verschwende nicht die Zeit, mir hinterher zu laufen. Es gibt so viele süße Jungs hier, aber du nimmst sie nicht wahr. Und das ist schade. Vorschlag: Wir trinken jetzt was zusammen und dann werfen wir einen Blick in die Runde. Einverstanden?"

Ich war so perplex, dass ich nur stumm nickte. Aus einem Getränk wurden mehrere. Und der Abend richtig lustig. Und was blieb, war eine jahrelange platonische Freundschaft. In jener Nacht lernte er seinen Peter kennen. Den kannte ich vom Sehen. Eigentlich ein unscheinbarer Typ. Nicht gerade hübsch, aber interessant. Und offenbar genau das, was Günter suchte. Sie schienen dieselben Vorlieben zu haben, holten sich bereits nach kurzer Zeit weitere Mitspieler ins Bett. Das war nicht mein Fall. Aber sie schienen glücklich zu sein. Schon seit Jahren. Wir verbrachten viel Zeit zusammen. Essen gehen, Kino. Aber eben kein Sex. Irgendwann kamen dann noch Jan und Martin dazu. Wir wurden eine eingeschworene Truppe.

„Viel Schnee bei euch in den Bergen?"

„Das wahre Paradies. Nur du fehlst. Hör zu. Jan und Martin kommen erst heute Abend auf die Hütte. Du könntest mit ihnen mitkommen, falls du deine Meinung geändert hast."

„Das ist lieb von dir. Aber es bleibt dabei. Ich war gerade auf dem Friedhof, jetzt bin ich auf dem Heimweg, dann wird gekocht. Und *Kevin allein zu Haus* wartet auch noch auf mich. Aber ich wünsche euch eine schöne Zeit."

„Kevin, der Film. Wie oft hast du den schon gesehen? Ein Kevin in echt würde dir guttun, mein lieber. Aber hör zu. Jan und Martin bringen noch jemanden mit. Dann wärst du nicht das fünfte Rad am Wagen. Und vielleicht …". Er vollendete den Satz nicht. Ich wusste, was er meinte. Günter konnte nicht aufhören, mich mit jemandem zu verkuppeln.

„Kein Bedarf. Im Moment. Aber danke, dass du dir so viele Gedanken darüber machst."

„Ich will doch nur, dass du endlich wieder glücklich bist."

„Das ist lieb von dir. Du, ich muss aufhören. Der Schaffner kommt, ich muss noch eine Fahrkarte kaufen. Aber ich wünsche euch schöne Tage."

„Die werden wir haben. Aber es ist mir nicht ganz wohl dabei, dich Weihnachten allein zu wissen.

„Es ist so, wie ich es will. Alles gut. Mir geht es gut. Außerdem ist Kevin bei mir. Also dann, liebe Grüße an die anderen und Frohe Weihnachten."

„Dir auch, mein Lieber. Aber Silvester sehen wir uns."

„Ganz bestimmt."

Wären wir damals wirklich ein Paar geworden, wären wir schon längst nicht mehr zusammen. Denn wie sich herausstellte, stand Günter auf Dreier und Gruppensex. Und das war so gar nicht meins. Letztes Jahr auf der Hütte spürte ich, dass ich den vieren den Spaß verdarb. Nur Kartenspiel und kein Rudelbums. Aus Rücksicht auf mich. Dieses Jahr konnten sie wieder die Sau rauslassen, ohne auf jemanden Rücksicht nehmen zu müssen. Trotzdem freute mich das

Angebot sehr, Weihnachten doch noch mit ihnen zu feiern. Doch ich wollte den Abend eben anders verbringen. Ich würde mir einen schönen Abend machen. Gut essen, fernsehen und früh ins Bett. Allein.

Um fünf war ich wieder zurück in der Wohnung und begann sogleich mit den Vorbereitungen in der Küche. Schnitzel mit Kartoffelsalat stand auf meiner Karte. Auf Karpfen verzichtete ich, man muss nicht alle Traditionen fortführen. Ich stellte einen Topf mit Wasser auf die Platte, um die Kartoffeln zu kochen. Im CD-Player lief Weihnachtsmusik. Ich mochte besonders die alten Songs, Dean Martin und so weiter. Während die Kartoffeln kochten, deckte ich den Küchentisch besonders festlich, auch wenn es nur für mich war und ich keine Gäste erwartete.

Pünktlich um sechs setzte ich mich an den Tisch und verspeiste mein Schnitzel. Es war köstlich. Aber seltsam war es schon. Das erste Mal in meinem Leben Weihnachten allein. Und dieser Gedanke trübte plötzlich meine Stimmung. Die letzten zwei Jahre war ich in meiner Trauer gefangen. Ich gönnte mir nichts, hatte keinen Spaß am Leben. Seit nunmehr fast fünf Jahren war ich Single, Sex eine Mangelerscheinung. Ich hatte die Lust verloren. Lust auf Leben, Lust auf Männer, Lust auf Zweisamkeit. So konnte das nicht weitergehen. Vor einem Jahr hatte Günter versucht, mich aus meinem Schneckenhaus herauszuholen. Doch ich ließ es nicht zu. Auch dieses Jahr gestattete ich es ihm nicht. Ich musste etwas ändern, ich musste zurück ins Leben finden, das zuletzt nur aus Arbeit und Einsamkeit bestand. Das würde ich mir für das neue Jahr vornehmen. Ein guter Vorsatz.

Ich aß zu Ende, verstaute das schmutzige Geschirr im Geschirrspüler, öffnete eine Flasche Rotwein, nahm ein Glas und machte es mir schließlich auf der Couch bequem. Früher war das der Zeitpunkt für die Bescherung. Warum habe ich mir selbst nicht etwas gekauft? Eine Kleinigkeit. Oder auch etwas Größeres. Ich hätte es mir leisten können. Finanziell ging es mir sehr gut. Ich hatte schließlich das Haus meiner Eltern geerbt. Doch ich wollte darin nicht leben, wollte nicht mehr zurück aufs Land. All die Erinnerungen. Und der große Garten, an dem ich überhaupt kein Interesse hatte. Also verkaufte ich das Haus. Ich erzielte einen guten Preis und mit dem Geld kaufte ich mir diese Wohnung. Vier Zimmer, Altbau. Mit Balkon. Mitten in Salzburg. Ein Traum.

Ich nahm die Fernbedienung und schaltete den Fernseher ein. Schließlich wartete *Kevin* auf mich. Doch nach fünf Minuten klingelte es an der Tür. Besuch? An Heiligabend? Wer? Ich stand auf und öffnete die Tür. Ich traute meinen Augen kaum. Santa Claus stand vor mir.

„Ho, ho, ho", war das erste, was ich von ihm hörte.

„Hi", gab ich irritiert zurück.

„Alex?"

„Ja."

„Dann bin ich hier richtig". Und damit drängte er sich an mir vorbei und betrat die Wohnung.

Ich starrte ihm kurz nach, schloss aber die Tür und folgte ihm.

„Schalte den Fernseher aus und mach es dir bequem", befahl er mit sanfter ruhiger Stimme.

Noch immer irritiert nahm ich Platz und tat wie befohlen. Und harrte der Dinge. Santa kramte aus seiner Tasche ein Handy, werkelte kurz daran herum, legte es schließlich auf den Couchtisch, schlüpfte aus seinen Schuhen und stellte sich in Position. *Rocking around the Christmas Tree* tönte aus dem Telefon und Santa begann augenblicklich dazu zu tanzen. Gleichzeitig öffnete er die Knöpfe seiner flauschigen Jacke. O GOTT! Der strippt! Aber warum? Wie komm ich dazu? Wie kommt er zu mir? War das Günter? Wollte er mir Abwechslung verschaffen? Etwas geschmacklos für meine Begriffe, einen Stripper für mich zu organisieren, am Heiligabend. Aber Santa sah zugegebener Maßen sehr schnucklig aus, also ließ ich ihn gewähren. Als der letzte Knopf geöffnet war, schälte er sich lasziv aus der Jacke. Ein prachtvoller Oberkörper kam zum Vorschein, muskulös, braungebrannt und unbehaart. Er hatte ein Piercing in der linken

Brustwarze. Trotz meiner Bedenken beschloss ich, ihn weiter gewähren zu lassen. Nun wollte ich mehr sehen. Während er sich umdrehte, um mir seine Rückseite zu präsentieren, öffnete er Knopf und Reißverschluss seiner Hose. Dann beugte er sich vor, griff an seine Hosenbeine und zog sie sich mit einem kräftigen Ruck vom Körper. Zwei wohlgeformte Arschbacken, verhüllt, oder besser sagt, unverhüllt von einem roten Stringtanga, lachten mir entgegen. Wow! Die mal anfassen und kneten dürfen. Mit einem Sprung drehte Santa sich um, grinste mich unverschämt lüstern an und kam die paar Schritte auf mich zu. Er nahm meine Hände und drückte sie fest an seinen knackigen Pfirsichhintern. Und der fühlte sich richtig gut an. Er nahm seine Hände weg und tanzte weiter. Meine blieben dort, wo sie waren. Auffordernd blickte er mich an. Sollte ich ihm etwa den Stringtanga vom Körper reißen? Doch er nahm mir die Entscheidung ab und tat es selbst. Und plötzlich hing eine fette lange Wurst vor meinem Gesicht. So einen Schwanz hatte ich in echt noch nie gesehen! Und schon gar nicht aus der Nähe, zum Anbeißen bereit. Fassungslos schaute ich auf das Gerät, ahnungslos, ob ich etwas damit anstellen sollte. Ich schaute nach oben, Santa grinste nur. Er zog sich noch die Mütze vom Kopf und warf sie zur Seite. Blonde Locken kamen zum Vorschein. Er sah aus wie ein Engel. Nur nicht so unschuldig. Dann war die Musik zu Ende und augenblicklich drehte Santa sich um und ging zu seiner Jacke. Tja, Gelegenheit verpasst, dachte ich mit leisem Bedauern. Diesen Kerl hätte ich gerne noch länger angefasst. Er kramte in seiner Jacke und zog ein Kuvert heraus.

„Normalerweise gibt es Applaus", sagte er ohne Enttäuschung.

Also klatschte ich. Er musste nicht wissen, dass es in meiner Hose Standing Ovations gab. Dann reichte er mir den Umschlag. Während ich ihn öffnete und die darin befindliche Karte las, zog Santa sich wieder an. *„Liebe Alex, wir hoffen, du hattest Spaß mit Santa Claus. Frohe Weihnachten, Süße! Anita und Vanessa"*. Ich wusste es! Er war falsch bei mir. Denn ich kannte keine Anita. Und auch keine Vanessa. Ich steckte die Karte wieder zurück in den Umschlag und beobachtete Santa beim Anziehen seiner Schuhe. Als er damit fertig war, reichte ich ihm das Kuvert.

„Was soll ich damit?"

„Das Geschenk war nicht für mich, sorry."

„Bitte?" fragte er verwundert. „Du bist doch Alex Meier?"

„Bin ich, aber du warst trotzdem nicht für mich bestimmt."

Augenblicklich nahm er sein Handy und suchte darin nach etwas. „Da haben wir es. Alex Meier, Korngoldgasse 4/3." Ich habe den Auftrag von Vanessa und Anita. Ich trainiere die beiden in meinem Fitnessstudio."

Also Fitnesstrainer. Kein Wunder bei dem Körper. Und gewiss hetero. Ein offener Hetero. Er ließ mich seinen Arsch anfassen. Drängte mich dazu. Zum Glück hatte ich ähnliches nicht mit seinem geilen Dödel getan.

„Ich bin Alexander Mayr, mit ay, Korngoldgasse 3/4. Aber im vierten Stock wohnt eine Alexandra Meier, mit ei, und vor der hättest du dich vermutlich entblättern sollen. Aber ich danke dir vielmals für die Verwechslung. Dieses Weihnachten werde ich bestimmt nie vergessen."

„Mann, ist mir das peinlich." Und um dies zu unterstreichen, wurde er tatsächlich etwas rot im Gesicht. „Dann bist du sicher schwul, wenn ich das so ganz offen vermuten darf. Ein Hetero hätte mir gewiss schon zu Beginn in die Fresse gehauen."

„Davon gehe ich aus."

„Ich bin übrigens Thomas." Er streckte mir seine Hand entgegen, ich stand auf und drückte sie ganz fest.

„Freut mich, Thomas."

„Dann geh ich mal eine Etage höher. Frohe Weihnachten!"

„Danke, wünsche ich dir auch." Als er Richtung Eingangstür ging, fiel mir noch ein ihn zu fragen, ob ich etwas schuldig wäre. Immerhin hatte er mir großen Spaß und Freude bereitet.

„Das wäre ja noch schöner", antwortete er darauf. „Wenn ich zu dämlich bin, an der richtigen Tür zu klingeln, kann das doch dein

Schaden nicht sein. Dann noch einen schönen Abend. Mit wem auch immer."

Als er weg war, atmete ich erst einmal kräftig durch. Was für ein Mann! Ein Traum, und doch ganz real. Glückliche Frauenwelt. Schade für uns. Nachdem die Bescherung nun zu Ende war, ich hatte schon lange nicht mehr ein so aufregendes Geschenk erhalten, machte ich es mir wieder auf der Couch bequem. Ich nahm einen großen Schluck Wein und schaltete den Fernseher ein. Den Anfang von *Kevin* hatte ich verpasst. Egal, ich kannte den Film auswendig, kann fast jeden Satz mitreden. Mensch, die Jungs werden Augen machen, wenn ich ihnen Silvester von diesem Abend erzähle! Ich hätte fragen sollen, in welchem Studio er arbeitet. Ein bisschen Training würde mir auch nicht schaden. Früher war ich sportlicher. Doch in den letzten Jahren ließ ich alles ein wenig schleifen. Ich war nicht dick, aber auch nicht mehr ganz schlank. Und die Muskeln waren auch schon mal ausgeprägter. Nächster Vorsatz fürs neue Jahr: Mehr Sport. Und wieder in die Muckibude. Irgendwie würde ich schon erfahren, wo Santa Thomas trainierte.

Ich widmete mich wieder Kevin. Mittlerweile war er aufgestanden und fand sein Elternhaus leer vor. Die ganze Familie war abgereist und hatte auf ihn vergessen. Auf mich hatte keiner vergessen, allein war ich trotzdem. Selbst schuld. Aber warum? Es war meine Entscheidung. Die richtige? Bevor ich weiter darüber nachgrübeln konnte, klingelte es erneut an der Tür. Was war denn heute los?

Ich stand auf und öffnete.

„Ho ho ho. Hallo, Alex!" Santa Thomas grinste mich an. Und mir fehlten irgendwie die Worte. Was wollte er denn noch? „Habe ich meine Mütze bei dir vergessen?"

Mütze? Ach, seine Mütze. Deswegen war er hier. Und ich dachte kurz … „Möglich. Komm herein und wir schauen nach."

Thomas trat ein und begann im Wohnzimmer sofort mit der Suche. Ich folgte ihm und tat es ihm gleich. Unter dem Christbaum wurde ich fündig. „Da ist sie", rief ich und hielt sie ihm entgegen.

„Jetzt bin ich wieder komplett, danke."

„Ich denke, meiner Nachbarin hat die Show auch ohne Mütze gefallen, oder?"

„Absolut. Die ging richtig ab, konnte ihre Hände nicht von mir lassen."

Das konnte ich mir gut vorstellen. Keiner war so schüchtern wie ich.

„Aber ich lasse mich nicht so gerne begrapschen. Von Frauen."

Wie bitte? Hatte ich richtig gehört? War Thomas also doch schwul? Er wirkte ganz und gar nicht so. Sollte ich darauf eingehen? Oder so tun, als hätte ich es überhört?

„Und jetzt noch ein Auftrag oder Feierabend?" Ich wechselte sicherheitshalber das Thema.

„Feierabend. Schließlich ist Weihnachten."

„Noch was vor?", fragte ich vorsichtig.

„Ich wurde kurzfristig von Freunden zum Skifahren eingeladen, aber ich wollte diesen Auftrag nicht absagen. War für zwei Freundinnen. Und auf zweihundert Euro für fünf Minuten ausziehen wollte ich auch nicht verzichten. Also jetzt schön brav heim und auf die Couch. So wie du."

„Du kannst auch gern zu mir auf die Couch und ein Glas Rotwein mittrinken."

Das war jetzt voll der Angriff. So kannte ich mich gar nicht. So direkt war ich selten. Obwohl, es ging ja nur um Wein.

„Ja gern. Warum nicht?"

Bingo. Der Angriff hatte Erfolg, was mich ehrlicherweise ziemlich überraschte. Ich ging in die Küche, um ein weiteres Glas zu holen. Und um einmal kräftig durchzuatmen. Der Traummann bei mir auf der Couch. Und offenbar doch schwul. Jetzt nur nichts falsch machen. Ich nahm ein Glas und begab mich zurück ins Wohnzimmer. Dort hatte sich Thomas in der Zwischenzeit seiner Schuhe entledigt und saß gemütlich auf dem Sofa.

„*Kevin allein zu Haus*. Ein Klassiker. Immer wieder sehenswert."

Ich füllte das Glas und reichte es Thomas. „Also dann. Prost und Frohe Weihnachten." Ich lächelte ihn an.

„Frohe Weihnachten." Wir tranken beide einen Schluck und ich setzte mich zu Thomas auf die Couch. Nicht zu nahe, ich wollte nicht aufdringlich wirken.

„Und warum ist Alex allein zu Haus? Keine Familie? Freunde?"

Und dann erzählte ich meine Geschichte. Es sprudelte förmlich aus mir heraus. Ich erzählte ihm alles. Mein ganzes Leben. Ließ nichts aus. Und Thomas hörte zu. Interessiert, wie mir schien, nicht gelangweilt. Währenddessen leerten wir auch die Flasche.

„Und auf Sex mit Günter, Peter, Jan und Martin hatte ich eben keinen Bock. Schon gar nicht an Weihnachten. Ende der Geschichte. Und jetzt hole ich uns noch eine Flasche. Einverstanden?"

„Einverstanden."

Nachdem ich mit der neuen Flasche zurück war, grinste Thomas mich an.

„Was ist?"

„Jan und Martin. Genau so heißen die beiden Typen, die mich für heute und die nächsten Tage zum Schifahren eingeladen hatten. Gemeinsam mit einem befreundeten Pärchen."

„Das kann kein Zufall sein. Ich meine, wie viele Jans und Martins gibt es denn in dieser Stadt?"

Er gab mir Recht. Und als ich bestätigte, dass sich die Skihütte in der Nähe von Bad Gastein befand, war die Sache klar. Wir hatten dieselben Bekannten und waren uns trotzdem noch nie begegnet.

„Dann bin ich richtig froh, dass ich nicht mitgefahren bin", sagte er erleichtert. „Auf Rumgeficke in der Gruppe habe ich wirklich keine Lust." Er wurde mir immer sympathischer. „Da sitze ich viel lieber bei dir."

So, wie er mich dabei ansah, meinte er das ernst. „Und ich bin froh, dass du dich an der Tür geirrt hast. Wir hätten uns vermutlich nie kennengelernt."

„Da hast du Recht", stimmte er mir zu. „Das soll jetzt keine

Anmache sein, aber es ist sehr warm hier."

Und damit zog er seine Santa-Claus-Jacke aus, die wirklich sehr warm sein musste. Erneut präsentierte er mir seinen prachtvollen Oberkörper. Augenblicklich wurde auch mir warm. Es fiel mir schwer, ihn nicht anzustarren. Irgendwie musste ich mich ablenken. Also verfolgte ich das Geschehen im Fernseher.

„Mir ist gerade etwas eingefallen", unterbrach er unser Schweigen. „Ist aber etwas gemein."

Das machte mich neugierig. „Was denn?" fragte ich, ohne meinen Blick vom Bildschirm zu nehmen.

„Wir machen Selfies und schicken sie den vieren. Ich an Jan."

„Und ich an Günter." Ich drehte mich zu Thomas und lachte ihn an. „Die werden Augen machen. Sehr gute Idee."

Also machten wir ein paar Selfies von uns. Zusammengekuschelt auf der Couch. Thomas halb nackt, ich angezogen. „Und weg damit."

„Wie lange wird es dauern, bis wir eine Reaktion bekommen?"

„Kommt darauf an, womit sie gerade beschäftigt sind."

Kaum hatte ich den Satz beendet, klingelte mein Telefon. Es war Günter.

„Das ging aber schnell."

Und auch Thomas' Handy klingelte. Jan. Gleichzeitig gingen wir mit einem Lächeln ran. Dabei stand ich auf und verließ das Wohnzimmer. In der Küche setzte ich mich auf einen Stuhl. Dieses Telefonat könnte länger dauern.

„Der unschuldige Alex", begann Günter das Gespräch. „Kein Wunder, dass du keine Lust hattest mitzukommen. Was macht der geilste Kerl der Stadt halbnackt bei dir auf der Couch? Wir wollten ihn doch vernaschen."

Ich erzählte ihm die ganze Geschichte. Günter unterbrach mich kein einziges Mal. Als ich geendet hatte, herrschte für einen Moment Stille. Nur Thomas hörte ich aus dem Wohnzimmer, immer noch im Gespräch mit Jan.

„Krall dir den Kerl, Alex. Ich glaube, der ist es wert."

„Meinst du?"

„Er zieht einen gemütlichen Abend mit dir einer geilen Orgie mit uns vor. Das sagt doch wohl alles."

„Ich will nichts falsch machen", bekräftigte ich meine Zweifel.

„Du kannst nichts falsch machen. Genieße den Abend. Und wenn tatsächlich nicht mehr daraus werden sollte, hast du immerhin eine schöne Erinnerung.

Da hatte Günter wirklich Recht. An diesen Abend würde ich mich ewig erinnern.

„Und wie ist es bei euch?"

„Frag nicht", erwiderte Günter.

„Was ist los?"

„Dicke Luft zwischen Jan und Martin. Ich glaube, es hat mit dem Typ auf deiner Couch zu tun."

Deshalb das aufgeregte Gespräch, das aus dem Wohnzimmer kam. „Das tut mir leid. Ich weiß, wie sehr du dich auf diese Tage gefreut hast."

„Das wird schon wieder", beruhigte mich Günter. „Die beiden sind Zicken, das wissen wir doch beide, oder?"

Was ich leider bestätigen musste. So lieb sie auch waren, konnten Jan und Martin sich über jede Kleinigkeit aufregen. Ein Wunder, dass ihre Beziehung nun schon seit mehr als acht Jahren bestand und sie diese vor drei Jahren mit dem Ehebund besiegelten. Nachdem wir uns ein weiteres Mal einen schönen Abend wünschten, beendeten wir unser Gespräch. Thomas telefonierte im Wohnzimmer immer noch. Also schnitt ich ein paar Scheiben vom Christstollen ab, legte sie auf einen Teller und wagte einen Blick nach nebenan. Thomas deutete mir mit einer Handbewegung an, zu ihm zu kommen. Also setzte ich mich neben ihn und stellte den Teller auf den Tisch.

„Also, Jan. Zum wiederholten Male. Es hat weder mit dir noch mit Martin zu tun. Ich mag euch beide, ich verbringe gerne Zeit mit euch. Mehr aber auch nicht. Wenn ich mit euch gefahren wäre, hätte ich mich an euren Spielchen nicht beteiligt. Ich stehe nicht drauf. Okay?" Pause. Jan sprach. Ich konnte aber nichts verstehen. Doch Thomas verdrehte genervt die Augen. „Silvester? Kein Problem. Sehr gern. Dann noch einen schönen Abend. Danke." Thomas legte das Handy zur Seite und schnaufte tief durch. „Sorry."

„Kein Grund sich zu entschuldigen. Mit unseren Selfies haben wir ihnen wohl gründlich den Abend verdorben."

„Kann man wohl sagen."

„Also, Günter freut sich mit mir. Er gönnt mir, dass der geilste Kerl der Stadt halbnackt auf meiner Couch sitzt."

„Sieht er das so? Und du?", fragte er und schaute mir dabei tief in die Augen.

„Ich?" Was sollte ich antworten? Ich wollte nichts falsch machen. Obwohl Günter meinte, ich könne gar nichts falsch machen. „Ich sehe das auch so." Jetzt war es raus. „Und ich kann es eigentlich immer noch nicht glauben."

„Ist es unangenehm für dich?", fragte er ehrlich besorgt.

Es war nicht unangenehm für mich, das sagte ich ihm auch. Aber doch überraschend. „Ein Kerl wie du hat doch an einem Abend wie diesem bestimmt anderes geplant. Hättest du die Mütze nicht vergessen, wärst du doch bestimmt jetzt ganz wo anders."

„Habe ich die Mütze vergessen? Oder war es Absicht, um einen Grund zu haben wiederzukommen?"

„Warum solltest du?

„Vielleicht gefällst du mir ja?"

„Ich? Ich bin doch nichts Besonderes."

„Das schreit ja nach Selbstvertrauen!" Thomas schüttelte mit einem Lächeln den Kopf und nahm meine rechte Hand. „Ich erzähle dir eine Geschichte. Über den geilsten Kerl der Stadt, wie Günter findet."

Er nahm noch einen Schluck Wein, ließ dabei aber meine Hand nicht los. Und dann erzählte er von seiner Kindheit. Übergewichtig, Sehschwäche, Brille mit dicken Gläsern. Er wurde gehänselt und gemobbt. Er war ein sehr guter Schüler, fast ein Streber, was ihn noch unbeliebter machte. Er war ein Einzelgänger. Auch später, auf dem Gymnasium, änderte sich seine Situation nicht.

„Aber dann kam Klaus. Unser neuer Sportlehrer. Ganz frisch von der Uni. Und Klaus veränderte alles."

Thomas nahm noch einen kräftigen Schluck Wein. Die anderen Sportlehrer vor Klaus ließen Thomas immer links liegen, sahen ihn als hoffnungslosen Fall und konzentrierten sich auf die Sportskanonen. Klaus tat dies nicht, er forderte Thomas auf behutsame Weise. Integrierte ihn, erkannte seine Fähigkeiten, versteckten Talente. Und er weckte den Ehrgeiz in Thomas. Denn aufgrund seiner Körpergröße war Thomas ein idealer Spieler für Volleyball oder Basketball. Nur an der Fitness mangelte es noch. Doch daran arbeiteten die beiden. Privat, in ihrer Freizeit.

„Wir freundeten uns an. Der Altersunterschied war nicht so groß. Wir trafen uns zum Joggen, machten Krafttraining und langsam wandelte sich mein Fett ins Muskelmasse. Und ich wurde wirklich ein ausgezeichneter Sportler. Und eitel. Die Brille musste weg. Ich besorgte mir Kontaktlinsen und über Nacht blickte mich plötzlich ein ganz anderer Mensch aus dem Spiegel an. Dies veränderte mich auch mental erheblich. Auch hier war Klaus nicht unbeteiligt. So ganz nebenbei hat er mein Selbstvertrauen gestärkt. Und das blieb nicht unerkannt. Die anderen sahen mich plötzlich mit völlig anderen Augen. Aus der Brillenschlange war ein gutaussehender junger Mann geworden. Und ich hatte mich verliebt. In Klaus. Aber der war leider nicht schwul."

Am Ende der Schulzeit stand für Thomas fest, dass er Lehrer werden würde. Er studierte Sport und Geografie auf Lehramt.

„Ich hatte mir Klaus als Vorbild genommen. Auch ich wollte anderen helfen. Mich um die ausgegrenzten Schüler kümmern, so wie Klaus es bei mir getan hatte."

Aber Thomas scheiterte. Er kam mit dem Lehrbetrieb nicht zurecht. Vor allem kam er mit den Schülern nicht zurecht.

„Der Großteil von ihnen hatte keine Manieren, keinen Anstand. Es herrschte teilweise Krieg an der Schule. Und ich war völlig überfordert damit. Da stieg ich aus. Ich hatte nicht die Nerven dafür."

Er wechselte in den Fitnessbereich. Wurde Trainer.

„Wow", sagte ich nur. Ich war beeindruckt. Aus dem hässlichen Entlein war ein Schwan geworden. Und hatte trotz seines Scheiterns neuen Anlauf genommen und etwas aus seinem Leben gemacht.

„Sorry. Ich wollte dich nicht mit meiner Lebensgeschichte langweilen."

Meine kurze Antwort hatte wohl den Eindruck in ihm geweckt, er hätte mich gelangweilt. Und das tat er absolut nicht. Das klärte ich sofort auf.

„Dann bin ich ja beruhigt."

„Und schließlich hast du auch meine Geschichte über dich ergehen lassen."

„Da war schon etwas mehr Drama. Wenn ich überlege, die ganzen Schicksalsschläge ... heftig. Wie du das alles weggesteckt hast. Oder fast. Denn das wird man wohl nie überwinden."

Für eine Weile herrschte Schweigen. Meine Hand hielt er immer noch, streichelte sie sogar.

„Und sonst? Überhaupt kein Drama bei dir?", fragte ich ihn.

„Eigentlich nicht. Naja, als ich mich mit neunzehn geoutet habe, brach für eine kurze Zeit der Kontakt zu meinen Eltern ab. Die konnten damit nicht umgehen. Aber das Verhältnis hat sich wieder gebessert. Ich hatte nicht das Glück, so offene Eltern wie du zu haben."

Ja, da hatte ich wirklich Glück. Meine Eltern hatten nie ein Problem mit meinem Schwulsein. Im Gegenteil, sie hätten es gerne gehabt, wenn ich ihnen mal einen netten Schwiegersohn vorgestellt hätte. Aber dazu kam es nie. Ich hatte nie den richtigen kennengelernt. Thomas hätte ihnen gefallen. Bestimmt.

„Du hast den Christstollen noch gar nicht probiert", wechselte ich das Thema. „Meine Arbeitskollegen sagten, er wäre sehr lecker."

Augenblicklich nahm Thomas eine Scheibe und biss herzhaft hinein.

„Und sie haben Recht", sagte er, nachdem er hinuntergeschluckt hatte. „Du kannst auch backen! Der ideale Ehemann. Auch wenn ich bei diesem süßen Zeug achtgeben muss. Diese Figur hält sich nicht von allein."

„Aber es ist Weihnachten."

„Genau. Und da darf man sich auch mal etwas gönnen. Morgen wird wieder trainiert."

„Würde mir auch nicht schaden", erwiderte ich und sah an meinem Körper hinab.

„Das kann ich nicht beurteilen. Aber so schlimm sieht das nicht aus. Du kannst die Tage mal mitkommen, falls du nichts anderes vorhast."

Ich hatte nichts anderes vor und nahm seine Einladung gerne an. *Kevin* war mittlerweile zu Ende. Und der gemeinsame Abend mit Thomas wohl auch. Denn er schnappte seine Jacke, zog sie an, schlüpfte in seine Schuhe und stand auf.

„Das war ein schöner Abend, Alex. Vielen Dank."

Und der musste noch nicht zu Ende sein, dachte ich bei mir. Doch Thomas war schon auf dem Weg zur Wohnungstür. Dort angelangt, drehte er sich zu mir um. „Wartet zu Hause doch noch jemand auf dich?", fragte ich ganz unverblümt.

Er lächelte mich an. „Wie ich schon sagte, ich bin Single. Und auf mich wartet nur eine leere Wohnung."

„Und es ist immer noch kaum zu glauben. Ein Mann wie du! Die Kerle müssen doch Schlange stehen."

„Ohne eingebildet zu wirken, das tun sie tatsächlich."

„Ich wundere mich immer noch, dass wir uns noch nie begegnet sind."

„Ich verkehre nicht in der Szene. Und Internetdating ist auch nicht mein Ding. Natürlich lebe ich nicht wie ein Mönch. Es gibt Zufallsbekanntschaften, One-Night-Stands. Aber der Richtige war noch nie dabei. Ich glaube immer noch daran, dass er eines Tages vor meiner Tür stehen würde." Dann lachte er.

„Was ist?"

„Es ist komisch. Ich sage es, obwohl ich nicht weiß, wie es ankommt. Gut. Und heute stand ich vor seiner Tür."

Ich brauchte einen Moment, um seine Worte richtig zu deuten.

„Aber …". Mehr konnte ich nicht sagen, denn plötzlich küsste mich Thomas ganz sanft auf den Mund. Es waren nur ein paar Sekunden, aber wunderschön.

„Als du mir mit überraschtem Gesicht die Tür geöffnet hast, dachte ich nur, okay, ein ganz Netter, da fällt es mir nicht schwer, die Hüllen fallen zu lassen. Denn das mach ich ja nicht jeden Tag. Als ich ging, dachte ich, schade. Aber die letzten zwei Stunden haben mir gezeigt, dass da ein Mensch neben mir sitzt, dem ich gerne nahe sein würde. Du bist sympathisch, humorvoll, mir sehr ähnlich. Wir hatten beide zu kämpfen in unserem Leben, haben aber trotzdem die Zuversicht nicht verloren. Wow, das war jetzt fast pathetisch."

Er lachte. Ein schüchternes Lachen. Und sehr süß.

„Und warum willst du dann gehen?"

„Ich habe fast zwei Stunden deine Hand gehalten. Und von dir kam…nichts."

Er hatte Recht. Von mir kam nichts. Aber nicht, weil ich nicht wollte. Ich war einfach zu perplex. Ich schien in einem Traum zu sein. Um seine Bedenken zu zerstreuen, nahm ich seinen Kopf mit beiden Händen und küsste ihn. Erst sanft, dann immer drängender, fordernder. Als ich ihn wieder losließ, schaute ich ihm tief in die Augen.

„Alle Bedenken zerstreut?"

„Du küsst gut."

„Willst du immer noch gehen?"

Er wollte nicht. Wir gingen zurück auf die Couch und knutschten weiter. Nach und nach entledigten wir uns der Kleidung. Als wir beide nackt waren, schaute er mich intensiv an. Von oben bis unten.

„So schlimm, wie du sagtest, schaut das aber nicht aus. Ein bisschen mehr Sport vielleicht. Falls du dich dann besser fühlst. Was mich betrifft, kann alles so bleiben wie es ist. Mir gefällt, was ich sehe."

„Schmeichler."

Aber ich bedankte mich mit einem stürmischen Kuss für sein Kompliment. Als ich den Vorschlag machte, ins Schlafzimmer zu wechseln, erhob er keinen Einspruch. Im Bett hielt uns dann nichts mehr zurück. Es wurde eine heiße Nacht. Voll Leidenschaft und geilem Sex.

Als ich am Morgen die Augen öffnete und Thomas friedlich schlummernd neben mir liegen sah, fühlte ich mich wie im siebten Himmel. Da lag ein Traummann neben mir, der gestern Abend irrtümlicherweise an meiner Tür klingelte. Niemals hätte ich gedacht, oder auch nur gehofft, am nächsten Morgen mit ihm in meinem Bett aufzuwachen. Ich beobachtete ihn. Er sah friedlich aus. Glücklich. Er musste meine Blicke gespürt haben, denn er bewegte sich und öffnete schließlich seine Augen.

„Guten Morgen", sagte ich sanft.

„Guten Morgen", erwiderte er noch etwas verschlafen.

Ich lächelte Thomas zärtlich an. Mir gefiel sehr, was ich da sah. Und dann musste ich lachen.

„Was ist?

„Mir fiel nur gerade ein, was aus einer vergessenen Mütze entstehen kann."

Dann lachte auch Thomas. „Jetzt kann ich es dir ja sagen. Ich habe diese Mütze nicht vergessen. Ich habe sie absichtlich liegengelassen. Ich brauchte doch einen Vorwand, erneut bei dir klingeln zu können. Denn schon da wusste ich, diesen Kerl will ich unbedingt wiedersehen."

Wow. Ich war überwältigt. Da hatten wir beide wohl dieselben Gefühle und Gedanken. „Frühstück?"

„Noch nicht. Komm her, ich will dich noch einen Moment spüren".

Ich kuschelte mich an ihn und hielt ihn fest. Wir küssten uns zärtlich, so, als ob wir uns schon ewig kennen würden. So blieben wir noch eine Zeit liegen, bevor wir in die Küche gingen und uns ein ausgiebiges Frühstück gönnten. Wir redeten wenig, schauten uns nur an. Und lächelten glücklich.

Nach dem Frühstück duschten wir gemeinsam, konnten dort aber nicht die Finger von uns lassen. Was folgte war leidenschaftlicher Sex unter der Dusche. Dann gab es ein kleines Problem beim Anziehen. Thomas wollte nicht am helllichten Tag in seinem Santa-Claus-Kostüm durch die Stadt. Was ich verstehen konnte. Also suchten wir etwas aus meinem Kleiderschrank, das ihm einigermaßen passte. Es war für ihn Zeit zum Aufbruch. Er hatte mit einem Kunden eine Trainingseinheit für diesen Vormittag vereinbart. Es fiel mir schwer ihn gehen zu lassen. Doch zum Mittagessen würden wir uns wieder treffen.

Als er weg war, wir hatten vorher noch unsere Telefonnummern ausgetauscht, vermisste ich ihn schon. Es war, als wäre er immer schon hier gewesen. Ich begann zu grübeln. Ein wunderschöner Abend, eine fantastische Nacht, ein Morgen in harmonischer Zweisamkeit. Würde das so bleiben? Konnte das so bleiben? Oder war das nur eine schöne Weihnachtsgeschichte, die mir das Gefühl gab, endlich angekommen zu sein. Zweifel kamen hoch, leichte Panik, wieder irgendetwas falsch zu machen. Dann piepste mein Handy. Eine Nachricht. Von Thomas. *Ich vermisse dich jetzt schon.* Idiot. Warum diese Zweifel? Ich schob sie beiseite. Thomas vermisste mich. So wie ich ihn. *Dito*, antwortete ich ihm. *Freu mich schon auf später. Und viel Spaß beim Training.* Ich würde nichts falsch machen. Ich musste keine Panik davor haben, die Sache mit Thomas zu vermasseln. Mit diesen positiven Gedanken schaffte ich Ordnung, beseitigte im Wohnzimmer die Spuren des vergangenen Abends, machte das Bett, räumte das Geschirr in der Küche auf. So verging die Zeit, bis

Thomas nach dem Training wiederkam. Da wir noch keinen Hunger hatten, entschieden wir uns für einen Spaziergang durch die Stadt. Ein Weihnachtstag bei frühlingshaften Temperaturen. Unterwegs aßen wir dann doch eine Kleinigkeit und gönnten uns Kaffee und Kuchen. Mit meinem Traummann Hand in Hand durch meine Stadt. Ich schwebte auf Wolke sieben. Thomas schien es nicht anders zu gehen. Er lächelte unentwegt, er machte einen glücklichen Eindruck.

Wir verbrachten den ganzen Tag und die Nacht zusammen. Mein Gefühl, hier mit Thomas das Richtige zu tun, verfestigte sich und ich gewann immer mehr die Sicherheit, dass tatsächlich eine feste Beziehung entstehen konnte. Nichts trübte unser Glück. Doch würde es nach den Feiertagen so weitergehen? Würde der Alltag etwas daran ändern? Doch ich ließ mich von diesen Gedanken nicht verunsichern. Meine Gefühle für Thomas waren echt, waren stark. Und sie würden allen Querschüssen, von wem auch immer, standhalten. Davon war ich überzeugt.

Und ich behielt recht. Als Günter und Peter von ihrem Kurztrip in die Berge zurückkamen und wir uns zu viert trafen, blieb alles entspannt. Die beiden freuten sich für uns. Auch die erste Begegnung mit Jan und Martin verlief unspektakulär. Anfangs hatte ich schon das leichte Gefühl, sie würden uns unser Glück nicht gönnen, würden eifersüchtig sein, dass ich Thomas einfangen konnte, bevor sie Spaß mit ihm hatten. Aber das legte sich.

Und dann kam Silvester. Ursprünglich war geplant, dass ich den Jahreswechsel mit Günter, Peter, Jan und Martin begehen würde. Ebenso Thomas. Doch die Situation hatte sich geändert. Thomas war nun Teil meines Lebens. Und deshalb waren wir als Paar mit von der Partie. Und dieser Abend würde die erste Bewährungsprobe für unsere junge Beziehung werden. Doch dies ist eine andere Geschichte...

Gerhard Riedl

Himmelstürmer Verlag

Benschi forever

Marc Förster
Special Weihnacht auf Gran Canaria

Jan saß auf seinem Freund, um Simon den Rücken einzuschmieren. Dabei schaute er vom Gay Strand rüber zum Leuchtturm von Maspalomas. Es war der 23 Dezember und sie waren auf Gran Canaria, um abzuschalten. Vor allem aber um Weihnachten zu entfliehen. Nach dem Krach mit den Alten hatten sie beide keinen Bock auf den Klimbim zum Jahreswechsel. Zudem Funkstille zu beiden Eltern herrschte.

„Machst du gut", brummte Simon. Der sich dabei wohlig im warmen Sand reckte.

„Später Revanche", rutschte Jan tiefer.

Um nun Sonnencreme auf die Oberschenkel seines blonden Freundes zu träufeln. Mit zwei Fingern verrieb er das Öl. Um dann auch über die schwarze Badehose mit dem Regenbogenaufdruck zu streicheln.

„Schon wieder horny?"

Simon drehte sich, als Jan sich zu ihm runter beugte. Ihre Lippen fanden sich zu einem langen Kuss. Dabei streichelte nun Simon über Jans weiße Badehose, die ebenfalls einen Regenbogenaufdruck hatte. Deutlich fühlte der blonde Youngster, sein Lover hatte einen Halbsteifen.

Der drückte sich nun fest auf Simon. Ihre Küsse wurden intensiver. Einige Jungs um sie herum schauten neidisch auf die jungen Männer.

Deren Badehose nun beulten und sich fest aneinander rieben.

„Wir hören besser auf."

Jan wurde vernünftig.

„Schade. Ich dachte, wir fangen jetzt erst an."

Simon drückte seinen Freund weiter auf sich.

„Später. Was machen wir denn morgen?"

Er dachte an Heiligabend.

„Einkaufen. Dann am Pool bleiben und später zusammen kochen und dann ..."

Simon drückte sich gegen seinen potenten Freund. Er liebte ausgiebige Sexspiele.

Jan nicht minder. Dennoch dachte er an Weihnachten in Deutschland. Ihm fehlte die Stimmung doch ein wenig. Auch die Musik in der Kirche. Krippen und Weihnachtsdeko.

Simon dagegen war wohl eher das festliche Essen wichtig. Okay, dafür würde er schon sorgen.

Wenig später wurde es so windig, dass sie beide beschlossen, heimzugehen. Ihr Bungalow hinter der Cita lockte. Als sie den erreichten, kam die Sonne wieder.

Jan schaute auf den Pool.

„Wie wäre es? Nochmal ins Wasser?"

„Sicher. Hab ich voll Bock drauf."

Simon streifte sich da bereits sein Shirt vom Kopf, die kurzen roten Shorts fielen neben den Pool und er zog kurz die Kordel seiner Badehose fest, eh er ins Wasser sprang.

Jan tat es ihm Sekunden später nach.

Beide schwammen mehrfach quer durch den beheizten Pool. Im Hintergrund versank die Sonne langsam hinter dem Bungalow.

Jan setzte sich an den Rand des Pools. Wasser perlte auf seiner schon braungebrannten Haut. Er schaute runter. Die klatschnasse Badehose war fast störend. In dem Augenblick kam sein Lover auf ihn zu geschwommen. Simon drückte mit breitem Grinsen sein Gesicht voll gegen die nasse weiße Badehose mit dem Regenbogenaufdruck.

Er leckte mit seiner Zunge gegen den Schwanzabdruck. Jan drückte seine Oberschenkel noch weiter auseinander. Er liebte die Spontanität seines Freundes.

Der nun kurzentschlossen die nasse Badehose unter Jans Eier zog, um dann mit seiner Zunge den bereits halbsteifen Schwanz trocken zu blasen. Was ihm nur bedingt gelang. Dafür aber schaffte er es, dass sein Lover nun binnen Sekunden einen Steifen bekam. Hart, dass es härter nicht ging.

Simon liebte es, seinen Schatz zu verwöhnen. Auf Gran Canaria mit der vielen Sonne noch mehr. Er hätte es Tag und Nacht mit seinem Schatz treiben können.

„Geil ... Simon ... ich liebe dich."

Jan stöhnte auf. Ihm war egal, ob die Nachbarn etwas mitbekommen konnten. Als sein Freund wenig später nach Luft schnappte, rutschte er ins Wasser. Knutschen war angesagt. Dabei zogen sie sich unter Wasser gegenseitig die Badehosen aus. Um sich beim Küssen die Latten zu wichen. Bis schließlich Simon am Poolrand saß. Nun war es Jan, der es seinem Freund oral besorgte.

„Ich bin so geil. Fick mich bitte gleich, Jan. Hier draußen. Bin gespült. Komm schon auf den Rasen."

Simon flüsterte. Doch Jan war klar, sein Schatz wollte es nun sofort besorgt bekommen.

Er nickte, als Simon auch schon aufsprang, sich dann in Doggy Stellung auf dem Rasen in Position brachte.

„Bitte mach erst langsam, dann fest."

Simon schaute zum Pool. Jan stieg dort aus dem Wasser. Sein Lümmel wippte hart im Wind und wollte nun ebenfalls nur noch eins. Einlochen. Der Youngster kniete sich hinter seinen Freund, packte seinen Harten und drückte ihn mit etwas Spucke ins Loch seines Freundes.

„Ja ... endlich ... Jan. Fuck."

„Schatz ... du bist geil, irre."

Mit einer leichten Bewegung drang Jan in seinen Freund ein. Dessen Hintern war eh voll sein Ding. Knackarsch, und ich knack dich täglich, bewegte er sich da auch schon schneller.

Ihm war nun nur noch nach ficken.

„Gut so?"

„Ja ... jetzt fest ... Jan ... Schatz."

Simon war happy. Er schrie seine Geilheit laut durch die Gegend.

Jan aber gab Gas. Mit schnellen Fickbewegungen vögelte er sich uns seinen Lover Richtung Orgasmus.

„Fick ... fick ... ja ... Jan ... ich komme gleich schon."

Sie wechselten die Position, lagen nun beide auf dem Rasen. Dabei konnte Simon seine Latte wichsten, während sein Freund es ihm von hinten immer schneller besorgte.

„Ich bin soweit ... Schatz ... Simon."

Jan explodierte. Er fühlte den Orgasmus tief in Simons Kiste.

„Ja ... jetzt."

Der blonde Youngster dagegen wichste noch schneller, bis seine Boysahne auf den frisch gemähten grünen Rasen spritzte.

Am Morgen war shoppen angesagt. Mit dem Auto fuhren sie zu gleich zwei Shopping Center, wo Simon alles fand, was er für ein weihnachtliches Menü brauchte.

Bis Jan vor einem Geschäft kleine Weihnachtsbäume liegen sah. Zögernd schaute er rüber. Dahinter stand in großen Lettern Sale im Fenster des Geschäftes. Weihnachtsdeko lag in Kisten in dem Verkaufsraum, den es sicher nur vor Weihnachten in der Form gab.

Simon drückte Jan an sich.

„Da holen wir uns einen Baum und Schmuck. Kerzen und Deko. Für heute Abend."

„Meinst du?"

Jan war die Freude anzusehen.

„Klar. Du magst das und es ist Weihnachten. Komm schon."

Er gab seinen Freund einen Schubs.

Zwei Stunden später schmückte der selig den kleinen Baum. Sogar eine winzige Krippe hatten sie in dem Geschäft noch gefunden. Dazu Kerzen und weitere Deko Artikel für den Abend.

Gegen Abend war Jan immer noch dabei, die Finca weihnachtlich zu schmücken. Im Hintergrund lief der Fernseher mit deutscher Musik. Simon aber stand in der Küchenzeile, um ein drei Gänge Menü für zwei Personen zu zaubern. Mehrfach dachte er dabei an das vergangene Jahr. Seine Eltern, der Streit und dass nun all das hinter ihm lag.

Auch Jan dachte kurz an das, was nun Vergangenheit war. Weihnachtsgottesdienst daheim, inclusive. Bis er sein Smartphone zückte. Die nächste Kirche war nicht weit. Sie lag in der Kasbah, einem Hetero Vergnügungsviertel. Gegen 22 Uhr war dort eine Andacht mit Musik. Aber ob Simon da noch hin wollen würde?

„Schatz, wir fangen mit einem Sekt an. Oder?"

Der blonde Schnuckel schaute zu Jan rüber.

„Gute Idee. Kann ich helfen?"

„Mach die Kerzen an und dann kannst du auch gleich die Flasche öffnen. Aber stell Wasser dazu. Sonst kommen wir später nicht mehr ins Jumbo."

Jan tat wie ihm geheißen. Dabei dachte er kurz an seine Mutter. Sie hatte es ihm besonders schwer gemacht. Stefan, den großen Bruder dann auch noch als Gegenbeispiel genannt. Sollte der doch für Enkel sorgen.

Simon dagegen dachte eher an seinen Vater. Das der ihm an den Kopf geworfen hatte, nicht an die Kollegen im Finanzamt zu denken. An mich hat er dabei nicht gedacht, drehte Simon die Klöße. Um dann die Eltern zu vergessen. Oder noch kurz dran zu denken, was die wohl an dem Abend essen würden? Von seiner Schwester wusste er nur, dass sie mit den Eltern im Urlaub war. Überhaupt hielt Laura weiter zu ihm.

Mit Plop öffnete Jan die Sektflasche. Gleich darauf stießen sie an.

„Frohe Weihnachten. Auf einen coolen Abend."

„Merry Christmas und auf einen geilen Abend. Auch später im Jumbo."

Simon grinste.

„Wie bist du denn drauf?"

Jan nahm seinen Schatz in die Arme.

„Gut. Und drunter noch besser. Dacht, könnte ja noch heiß werden."

Simon drückte seinem Schatz einen Kuss auf den Mund. Der wusste sofort, worauf sein Lover anspielte. Nach über einem Jahr, in dem sie sich treu waren, konnten sich beide einen Dreier vorstellen. Unkompliziert und nur wegen Fun. Aber auf alle Fälle zusammen.

„Jetzt ist erst mal das Essen heiß. Hab auch voll Hunger."

Jan zwinkerte seinem Freund zu.

Wenig später genossen sie die überbackene Ente, dazu Salat, Klöße und zum Dessert einen Pudding mit viel Eis.

Simon rieb sich über den Bauch.

„Bisschen viel", brummte er dazu.

„Wir können ja gleich noch eine Runde spazieren. Eh wir ins Jumbo gehen."

„Ach. Okay, Wohin?"

„In die Kasbah, wenn okay. Da ist noch so eine Weihnachtsandacht in der Kirche."

Jan flüsterte.

„Cool. Warum nicht. Das fehlt dir sicher. Gottesdienst mit der Familie."

„Ja. Ein wenig."

Jan nahm seinen Freund erneut in die Arme, als ihre beiden Handys vibrierten.

Simon schaute aufs Display.

„Laura. Ich geh kurz raus."

„Mach das. Oh, und mein Bruder Stefan."

Auch Jan schaute aufs Handy.

„Hallo, Stefan. Frohe Weihnachten."

Der Youngster setzte sich wieder auf seinen Stuhl. Dabei schaute er durch die weihnachtlich geschmückte Wohnung.

Draußen auf der Terrasse unterhielt sich Simon mit seiner Schwester. Als er wenig später wieder die Finca betrat, legte Jan grad sein Handy zur Seite.

„Ich soll dir frohe Weihnachten von Laura sagen. Sie ist mit meinen Eltern im Urlaub. Ich hab nicht verstanden wo. Aber sie hat morgen um 14 Uhr einen Tisch für uns in Las Palmas reserviert. Als Geschenk."

„Ups. Das ist ja ein Ding. Stefan auch. Dann haben die sich wohl zusammengetan. Von ihm auch Merry Christmas. Ist mit meinen Alten auch im Urlaub."

„Hm. Dann müssen wir wohl morgen nach Las Palmas."

Simon verdrehte die Augen.

„Müssen wir. Es soll eh windig werden. Da passt doch so ein Ausflug gut. Ausschlafen und dann dahinfahren. Mit unserem Mietauto sind wir in 45 Minuten da. Später können wir ja in die Berge."

„Egal wohin. Hauptsache wir."

Eine Stunde später bummelten sie die Avenida de Espana hoch, am Jumbo vorbei in die Kasbah.

Die Kirche in dem Vergnügungszentrum war festlich geschmückt und bis auf wenige freie Plätze gut besucht.

Die Melodien der Lieder kamen ihnen bekannt vor, wenn auch die Texte auf spanisch fremd klangen. Dennoch kam hier so richtig Weihnachtsstimmung auf.

Die auch noch anhielt, als sie gegen 23 Uhr im Jumbo waren. Hier funkelte es bunt aus jeder Bar und Last Christmas war an jeder Ecke zu hören.

In der Wunderbar gönnten sich die Youngster einen Cocktail, eh Jan die Augen verdrehte.

„So langsam reicht es aber mit dem Weihnachtsklimbim."

„Haha. Das sagst ausgerechnet du. Wer wollte denn zur Kirche und die Bude schmücken?"

Simon drückte kurz eine Hand auf die Oberschenkel seines Lovers.

„Passte schon. Aber langsam richtige Mucke zum abdancen wäre auch nicht schlecht."

„Okay. Dann hoch ins Mykonos."

Simon sprang auf.

Jan nickte. Dabei schaute er seinen Freund an. Beide trugen sie hautenge Jeans mit Löchern, dazu weiße Sneaker und Simon ein schwarzes, er ein rotes Muskelshirt.

Eine Etage höher in den schwulen Discos war es dann auch sofort vorbei mit Weihnachtsliedern, bunten Kugeln und weiterem Kitsch. Hier sang Ricky Martin, dessen Video hinter der Tanzfläche auf der Leinwand zu sehen war. Gleich danach Aha mit Take on me.

Außerdem war die Disco schon gut besucht. Beide Youngster zog es sofort auf die Tanzfläche.

Abdancen war angesagt.

Dann ein Drink an der Theke, eh es wieder auf die Tanzfläche ging.

Als Simon dort die Augen öffnete, fiel ihm ein Typ auf, der nicht weit von ihnen am Rand der Tanzfläche stand. Lässig hielt der Kerl ein Glas in der Hand. Scheinbar genoss er die Atmosphäre ebenso wie sie beide.

Simon taxierte ihn. Sicher um einiges älter, trug der Fremde ein weißes Hemd. Außerdem eine schwarze Lederhose. Braungebrannt, mit Dreitagebart und kurzen, dunklen Haaren, wirkte er machohaft und war auf alle Fälle voll nach Simons Geschmack.

Jetzt leerte er sein Glas, um dann auf die Tanzfläche zu springen.

Simon drückte Jan an sich.

„Schau mal der Kerl dort. Hot, oder?"

„Hm. Der ist mir schon eben auf der Tanzfläche aufgefallen. Glaub, der ist allein hier."

Auch Jan schaute zu dem Fremden rüber. Bis sich ihre Blicke trafen. Der Kerl lächelte, um dann wieder auf der Tanzfläche zum Rhythmus von nun Enrique Iglesias zu tanzen. Die Youngster aber schauten sich an, eh sie den Kerl weiter taxierten. Bis beide ebenfalls wieder tanzten und sich dabei dem Kerl näherten.

Ihre Augen trafen sich öfter und Simon schaffte es sogar, seine Jeans mehrfach gegen die Lederhose des Kerls zu drücken. Zu seinem Glück wurde es immer voller und sie kamen sich noch näher. Jan dagegen blieb leicht hinter dem Kerl, um aber zweimal mit seiner Hand kurz die Lederhose zu berühren.

Er fühlte, der Kerl machte ihn horny. Fast schuldbewusst schaute er zu seinem Freund rüber. Doch der grinste nur und lächelte dann wieder den Kerl an.

Bis der es war, der Simon plötzlich an sich drückte und dem einen Kuss auf den Mund gab. Was den noch heißer werden ließ. In Jan aber erwachte eine Spur Eifersucht. Was, wenn der Fremde nun nur Simon mitnehmen wollte? Er drückte sich vor und dann an seinen Freund.

„Hallo", murmelte er dabei.

Sein Freund ließ von dem Fremden ab.

„Hallo. Merry Christmas."

Der Fremde lächelte.

Jan nun ebenfalls.

„Frohe Weihnachten. Bin Jan. Das ist mein Freund Simon."

„Habe ich mir schon gedacht. Marc."

„Bist du allein hier?"

Das kam nun von Simon, der fühlte, er bekam einen Steifen. Auch wenn ihn Marc nur kurz geküsst hatte.

„Ja. Freunde sind auch da. Aber schon im Hotel."

„Wir haben eine Ferienwohnung. In der Nähe der Cita."

Simon pries ihr Domizil förmlich an.

„Sicher nett. Ich bin um die Ecke im Neptuno. Gefällt euch der Urlaub?"

Locker drückte Marc sich erneut kurz an Simon, dann aber auch an Jan. Was den dazu veranlasste, eine Hand auf Marcs Rücken zu drücken und den an sich zu ziehen. Dabei tat er so, als könne er wegen der Musik nicht richtig hören.

„Mega. Dir auch?"

Jan fühle, Marc presste seine Lederhose nun gegen die Jeans. Fester als nötig.

Was auch ihn richtig spitz werden ließ.

„Klar. Dann noch so nette Leute."

Diesmal küsste Marc kurz Jan. Der wurde dabei so horny, dass er seine Hand tiefer wandern ließ. Bis auf den Hintern von Marc. Wo er zu seiner Überraschung auch eine Hand seines Freundes berührte.

Simon lächelte den Lover an.

Marc aber zwinkerte beiden zu, zog sie an sich und dann küssten sie zu dritt.

Simon schloss seine Augen. Er fand das saugeil, war spitz wie schon lang nicht mehr und drückte nun eine Hand noch fester auf Marcs Hintern. Die andere aber auf die Jeans seines Freundes. Von vorne. Der hatte längst einen Ständer. So wie er selbst.

Die fremde Zunge nun neben Jans in seinem Mund machte ihn noch geiler. Fast unbewusst drückte er dann die Hand gegen die Vorderseite von Marcs enger Lederhose. Deutlich konnte er darunter dessen Latte fühlen.

Auch Simon ging zunehmend auf Tuchfühlung. Zudem er merkte, dass auch sein Lover den Fremden intensiv mit den Händen befummelte. Intensiv wurde auch ihr Zungenspiel. Marc drückte dabei lässig seine Hände nun auch auf die Jeans der beiden Youngster.

„Wir können zu mir rüber und einen Sekt trinken. Ich hab genug getanzt."

Er unterbrach die Knutscherei, schaute die beiden an und drückte ihnen nun jeweils eine Hand auf den Hintern.

„Okay. Wir kommen mit."

Simon antwortete für beide, während Jan zufrieden und voll aufgegeilt nickte.

Marc zog sie da schon durch die nun überfüllte Disco zum Ausgang. Von dort zur Straße und Richtung Neptuno. Dort am Pool vorbei ins Hotel. Im Aufzug schauten sich die drei an.

„Cooles Weihnachtsfest."

Marc fühlte, beide waren leicht nervös. Es schien ihr erster Dreier als Paar zu sein.

„Das ist es. Hast du echt Sekt da?"

Simon schaute den neuen Bekannten an.

Der nickte.

„Klar. Soviel ihr mögt."

Schon Sekunden später standen die beiden auf Marcs Balkon, um nun zum Pool runterzuschauen.

Drinnen aber hörten sie das Öffnen einer Flasche, dann war Marc wieder da.

Er drückte ihnen jeweils ein volles Glas in die Hand.

„Auf unser Kennenlernen", lachte er dabei.

„Auf die Nacht."

Simon war schon wieder horny. Er schaute zu Marc rüber. Die schwarze Lederhose stand dem, wie der Youngster fand, irre geil und noch dazu das weiße, weit geöffnete Hemd. Darunter konnte er die Brustbehaarung erkennen. Auch der Dreitagebart turnte ihn an. Er warf einen Blick zu seinem Lover rüber. Jan schien es ähnlich zu gehen. Seine Jeans beulte immer noch und der Sekt sorgte für ein Kribbeln und Vorfreude.

Marc aber fühlte, er musste nun die Initiative ergreifen. Was er dann auch machte. Er zog beide Youngster an sich, küsste Simon und Jans Zunge kam dann automatisch dazu. Marc war es nun, der seine Hände gegen die Jeans rieb. Bis er zwei harte Schwänze darunter fühlte.

Sie machten nun da weiter, wo sie in der Disco aufgehört hatten. Nur diesmal noch hemmungsloser.

Bis der Macho seine Gäste ins Zimmer schob. Beide verstanden.

„Macht es euch bequem" deutete er aufs Bett.

Um dann die Vorhänge zu schließen. Als er sich umblickte, waren die beiden dabei, miteinander zu knutschen. Simon lag dabei auf Jan und Marc schaute zu. Der Anblick gefiel ihm.

Bis die zwei zu ihm hoch schauten.

„Komm endlich zu uns", nickte Jan ihm zu.

Marc warf sich aufs Bett.

„Okay. Verwöhnt mich."

Das musste er den beiden nicht zweimal sagen. Nun ganz ohne Hemmungen, fielen sie regelrecht über ihn her. Dabei öffnete Simon die Knöpfe von Marcs Hemd. Sein Lover knabberte sofort an einer Brustwarze. Simon tat es ihm nach und Marc schloss seine Augen.

„Ja, geil. Zieht euch aus."

Marc half und beide Youngster trennten sich von ihren Shirts, den Sneakern und dann fielen auch die Jeans vors Bett. Nur noch in roten Jocks standen sie dann vor dem Bett.

„Nicht schlecht. Macht weiter."

Marc drückte sich eine Hand auf die Latte in seiner Lederhose.

Schon lagen seine Gäste wieder auf dem Bett. Gemeinsam öffneten sie den Gürtel, dann die Knöpfe der Lederhose. Simon drückte dabei seine Lippen fest auf die Beule. Bis Jan das Teil runter zog. Darunter trug Marc einen hauchdünnen silbernen Slip. Darunter zuckte sein Lümmel. Jan drückte mit einer Hand zu. Dann wieder waren Simons Lippen auf dem Slip. Bis Jan auch den unter die Eier schob. Marcs steifer Schwanz wippte nach oben. Doch nur kurz. Beide Youngster beugten sich runter. Simon war schneller. Marcs Harter verschwand zwischens seinen Lippen. Jan konnte nur noch an den Eiern saugen.

„Ja, geil. Gut so. Ihr seid Klasse."

Marc turnte die zwei an. Dabei war das nicht nötig. Wie ein eingespieltes Team verwöhnten sie ihn nun. Bis Jan sich aufrichtete.

Marc packte nun dessen Jocks, zog den harten Lümmel raus und drehte sich so, dass er nun Jan. einen blasen konnte. Gleichzeitig war Simon immer noch mit Marcs Teil beschäftigt.

Bis sie sich, als würden sie das ständig machen, abwechselten. Zu dritt lagen sie nun auf dem Bett, jeder hatte einen Schwanz im Mund und nicht nur die Youngster fanden die Weihnachtsnacht irre geil. Marc drückte dabei immer häufiger eine Hand auf einen der beiden Knackärsche. Die ganz nach seinem Geschmack waren.

Ob er einen der beiden ficken durfte?

Simon schaute plötzlich hoch.

„Ich bin so horny. Schatz, darf er?"

Das galt Jan, der nickte.

„Magst du Simon ficken? Mich vielleicht danach? Er bläst mir dabei einen. Das wollten wir..."

„Wolltet ihr immer schon."

Marc war begeistert.

Die zwei nickten, als er aufsprang, eine Tube Gleitgel, drei Kondome und Poppers aus dem Spiegelschrank holte.

„Schmier deinen Schatz ein", warf er dann Jan die Tube zu.

Der gehorchte sofort. In Hündchen Stellung lag Simon dann auf dem Bett. Jan kniete vor ihm, ließ sich einen blasen und dann schob er Simon auch noch das gelbe Poppersfläschchen unter die Nase.

„Ja geil. Marc, fick mich."

Simon ging voll ab, während der Macho sich fast lässig ein schwarzes Kondom über seinen harten Schwanz zog. Mit dem Finger bohrte er kurz vor. Dann stellte er sich hinter den Youngster, warf kurz einen Blick zum Spiegel, eh er seinen Harten mit zwei Fingern in das zuckende Loch drückte.

„Ja..."

„Fick ihn", turnte auch Jan nun Marc an.

Der bewegte seine Hüften, fühlte die Enge und das geile Gefühl, nun ganz drin zu sein.

Automatisch wurden seine Fickbewegungen schneller. Jan schaute begeistert rüber, um sich gleichzeitig von seinem Schatz einen blasen zu lassen.

„Gib mal Poppers."

Marc wollte noch eine Steigerung. Die er bekam. Simon stöhnte, jaulte und schließlich durfte ihm Jan den Schwanz wichsen.

„Irre", flüsterte der Youngster.

Fast neidisch nun Jans Blick.

„Willst du auch? Marc, kannst du noch?"

Simon drehte seinen Kopf.

„Okay. Wechselt mal."

Der Macho war nun viel zu horny, um nicht auch den dunkelhaarigen Youngster noch zu verwöhnen.

Noch leichter konnte er in den eindringen. Simon aber legte sich unter seinen Schatz, lutschte dessen Koben und wichste sich selbst das Teil.

Marc gab Gas.

„Irre. Besser als Weihnachtsgeschenke. Fuck."

Simon konnte nur nicken. Jan aber schrie plötzlich laut auf. Marc wurde schneller. Er fühlte seinen nahenden Orgasmus.

Als er runter schaute, spritzte Simon seine Boysahne voll übers Bett. Der Anblick reichte. Auch Marc explodierte. Dabei fühlte er nun auch Jans Sperma an seinen Oberschenkel. Simon hatte wohl grad im richtigen Augenblick seinen Blow-job beendet.

Total ausgepowert lagen die drei wenig später bei einem weiteren Sekt auf dem Bett.

„Hatte was."

Simon war zufrieden.

„Aber voll."

Sein Lover nickte.

„Gleich zwei Weihnachtsengel gleichzeitig. Das können wir in der Silvester Nacht wiederholen."

Marc drückte die beiden damit an sich.

Beim späten Frühstück am nächsten Vormittag, war für die beiden Youngster ihr erster Dreier immer noch Thema.

„Da hatten wir echt einen Volltreffer heut Nacht", schaute Simon seinen Freund an.

„Ja. So unkompliziert. Schatz, ich liebe dich aber trotzdem voll. Das war nur Geilheit."

„Ja. Ich liebe dich auch. Stimmt. Nur Sex. Cooler Typ aber. Mit dem können wir ruhig in Kontakt bleiben, oder?"

„Klar. Eine Gefahr für unsere Beziehung ist Marc sicher nicht. Eher nochmal eine Bereicherung im Bett. Oder?"

„Ja. Vielleicht können wir mit dem Fotos machen oder ein Sandwich."

„Du Sau. Gefällt mir. Aber jetzt nach Las Palmas. Wenn unsere Geschwister da schon ein Essen für uns bezahlt haben."

Jan nickte seinem Schatz zu.

Eine Stunde später dann fuhren sie mit dem Wagen über die Autobahn Richtung Las Palmas. Es war relativ bewölkt und sie beschlossen, nach dem Dinner dort ein wenig die Stadt zu erkunden.

Unweit des Strandes fanden sie einen Parkplatz. Von dort ging es zu Fuß weiter zur Kathedrale. Nicht weit davon fanden sie dann in einer kleinen Seitenstraße das italienische Lokal. Simon musste kurz an seine Eltern denken. Beide liebten italienisches Essen. Ob er ihnen doch abends eine WhatsApp schicken sollte? Immerhin war Weihnachten.

Sein Freund zog ihn da auch schon in das Lokal. Ein junger Angestellter begrüßte sie und konnte sogar ein wenig deutsch.

„Tisch gleich frei. Nebenzimmer. Bitte kurz warten. Hier."

Der Angestellte deutete auf ein Sofa.

„Okay."

Simon nahm Platz, Jan rutschte an seine Seite.

„Der macht es aber spannend. So voll ist es doch gar nicht."

Jan schaute auf die leeren Tische im Lokal.

Da aber winkte der Kellner sie auch schon zu sich.

„Kommt mit. Hier."

Sie folgten durch einen Gang, dann plötzlich zog er eine Schiebetüre zur Seite.

Geblendet vom Licht, zog Jan kurz seine Augen zusammen.

„Frohe Weihnachten euch beiden", hörte auch Simon Stimmen.

Er schaute in das separate Zimmer. Vor einem großen Weihnachtsbaum stand ein runder Tisch. Was ihn aber völlig perplex machte, Laura, seine Schwester, aber auch seine Eltern saßen dort. Oder besser sie standen nun auf. Auch Jans Bruder Stefan und dessen

Eltern saßen in dem Raum.

Alle lachten und dann kam Laura auch schon auf ihn zu.

„Überraschung. Eure Eltern hatten Sehnsucht nach euch. Da haben wir das hier organisiert."

„Ja, voll krass."

Simon fasste es nicht, als seine Mutter ihn auch schon an sich drückte.

„Frohe Weihnachten. Alles andere tut mir leid."

Er begriff. Es war ihre Art, sich zu entschuldigen.

Auch Jan war perplex. Zum ersten Mal seit Jahren, drückte sein alter Herr ihn an sich.

„Mir tut leid, was ich gesagt habe. Du bist mein Sohn. So wie du bist."

Jans Mutter fing dann auch noch an zu heulen und alle waren fast froh, als der Kellner laut rief.

„Das Essen ist fertig."

„Das ist ja ein Ding", konnte Simon seinem Freund nur zu flüstern.

Der nickte.

Kurz drauf saßen sie auch schon beim Essen.

„Wie habt ihr das denn gemacht?"

Simon schaute seine Schwester an.

„Ganz einfach."

Sie lachte.

„Unsere Eltern wollten wegfahren. Da hatte ich die Idee mit der Kreuzfahrt. Ich wusste ja, wo ihr seid. Außerdem hab ich daheim gemerkt, dass du ihnen fehlst. Mir eh."

„Laura und ich hatten Kontakt. Bei uns daheim war es ähnlich. Als wir dann auf dem Schiff waren, haben sich die vier regelrecht angefreundet. Auch wenn sie anfangs zickig waren."

Stefan lachte.

Laura zwinkerte ihm zu.

„Alle vier. Aber dann hat sich das gelegt und jeder hat immer von euch erzählt. Auch gestern Abend. Na, und da haben wir dann die Katze aus dem Sack gelassen. Glaub, sonst wäre das nicht so ein fröhlicher Abend geworden."

„Sicher nicht. Wir sind euch da echt dankbar."

Jans Vater schaute in die Runde.

„Hauptsache, wir sind wieder eine Familie. Alles andere ist egal. Ihr seid beide bei uns willkommen. Immer."

Simons Mutter dachte scheinbar an die Nachbarn. Ihr Sohn aber lachte.

„Ich werde dich dran erinnern."

„Wirklich. Es war nur so neu für uns. Und so überraschend. Wir haben Zeit gebraucht."

Seine Mutter nickte ihrem Sohn zu.

„Dann sind wir jetzt eine große Familie. Wollt ihr nicht mitkommen? Vielleicht ist auf dem Schiff noch Platz?"

Jans Vater dachte schon weiter.

Doch sowohl Simon als auch Jan schüttelten den Kopf. Beide grinsten sich dabei an. So sehr sie ihre Familie auch liebten, aber der gemeinsame Urlaub, darauf wollten sie nicht verzichten. Zudem es vielleicht noch vor Silvester noch eine weitere geile Nacht mit Marc geben würde.

Später dann bummelten sie gemeinsam durch Las Palmas, eh es für die Familien dann gegen Abend zurück aufs Schiff ging.

„Diesmal keine Tränen", drückte Jan seine Mutter.

Die lachte.

„Sicher nicht. Wir sehen uns schon in zehn Tagen in Deutschland wieder. Da feiern wir dann nochmal richtig Weihnachten. Mit euch beiden. Mit euch allen."

Sie nickte in die Runde, um dann auch Simon kurz zu drücken.

Wenig später winkten dann die Youngster vom Peer aus zur Reling.

„Das war ja ein Ding", murmelte Jan.

„Unsere Geschwister halt. Ich bin aber mega froh. Nicht wegen

Weihnachten, aber das es so gekommen ist."

„Geht mir auch so. Und Weihnachten feiern wir hier weiter. Fahren wir zurück. Ich will mit dir kuscheln."

Jan drückte seinen Lover an sich. Der küsste ihn. Vor den Augen der Familien, die nun ein letztes Mal vom Schiff aus winkten.

Jan und Simon aber liefen da, Händchen haltend, auch schon zurück zu ihrem Auto.

Das nächste Abenteuer auf der Insel konnte starten.

Sex & Crime

Band 21

Marc Förster

Cooler Bulle goes Maspalomas

Himmelstürmer Verlag

Lily Novak
Der gestrandete Weihnachtsmann

Als die Stimme der Vernunft Anton Horvat endgültig verließ, befand er sich seit gut zwanzig Minuten auf einer Straße, die laut Anzeige optimistischer weise einfach nur „Hauptstraße" hieß. Dem löchrigen Asphalt und gewaltigen Schlammpfützen nach, durch die er seinen Truck navigieren musste, wirkte der Begriff „Straße" schon mehr als gewagt. Und das „Haupt" davor hätte ihn schon vor zehn Kilometern stutzig machen müssen. Trotzdem behauptete sein treuer Gefährte mit seiner von Darth Vader inspirierten Stimme steif und fest, dass dieser Weg ihn definitiv zur dunklen Seite der Macht führen würde – zumindest, bis sie in einem wahrlich scheußlichen Knistern unterging, das Anton aus seiner Lethargie riss.

„So ein ..." Sein Fluchen ging in dem tiefen Grollen unter, das ungebeten seiner Kehle entkam. Schon vor zwei Wochen hatte er Dejan gesagt, dass etwas mit dem blöden Ding nicht stimmte, denn mehr als einmal hatte sein sonst so verlässlicher Gefährte ihn in dieser Zeit in die Irre geführt. Aber wer wollte schon auf den Fahrer hören, der eh keine Ahnung hatte? Solange die Kiste fuhr, war seinem Boss anscheinend egal, wie er am Ende an seinem Ziel ankam. Nur, dass er jetzt nirgendwo mehr ankommen würde. Und das ausgerechnet heute, wo er anscheinend mit einer höchst wichtigen Lieferung unterwegs war. Warum sonst hatte sein knauseriger Arbeitgeber ihm eine mehr als großzügige Summe dafür versprochen, sämtliche Verkehrsregeln zu missachten, um an Weihnachten eine Speziallieferung in ein Kaff mitten im Nirgendwo zu bringen?

Im Gegensatz zu anderen Fahrern wusste Anton sehr wohl, dass an Weihnachten ein Fahrverbot in Deutschland herrschte. Deswegen sah sein ansonsten völlig unauffälliges Gefährt aus, als ob es der Hauptzulieferer des Weihnachtsmannes wäre. Als er seinen Truck vor einigen Stunden in der Halle abgeholt hatte, wäre er fast spontan erblindet bei den ganzen blinkenden Lichtern, die überall an der Plane befestigt worden waren.

„Niemand hält einen Weihnachtstruck auf, der Geschenke an Bedürftige ausliefern will", hatte Daniel, einer der Mechaniker, Anton erklärt, während dieser noch daran arbeitete, seine Kinnlade vom Boden aufzusammeln. Sein Grinsen, von dem sein Exfreund ihn versichert hatte, es würde ihn schon an einem guten Tag wie einen Superbösewicht aussehen lassen, ließ den armen Mann unwillkürlich zurückschrecken. Und das war, bevor er Anton kleinlaut seine Uniform für diese besondere Fahrt in die Hand gedrückt hatte.

Darth Vaders Verlust war also nur die Krönung eines ohnehin beschissenen Abends. Ho, ho, ho, alle miteinander! Jetzt musste er sich auf sein uraltes Handy verlassen, das mit dem Internet auf Kriegsfuß stand und hier draußen eine miserable Verbindung hatte.

„Folgen Sie der Hauptstraße weitere sieben Kilometer", äffte er die mechanische Frauenstimme nach, während er tat, was sie von ihm verlangte und sich seinen düsteren Gedanken hingab. Das war der schlimmste Weihnachtsabend, den er seit langem erlebt hatte und für einen kinderlosen Dauersingle ohne Verwandtschaft sollte das schon etwas heißen.

„In dreihundert Metern links abbiegen, auf Kreisstraße", wiederholte er ihre nächste Aufforderung. Vielleicht sollte er lieber Musik anmachen, aber im Radio lief nur nerviges Weihnachtsgedudel und er traute seinem Handy nicht zu, neben der Navigation noch eine andere App laufen zu lassen. Noch eine Stunde und siebzehn Minuten bis zur Ankunft. Wenn Dejan sein Wort gehalten hatte, konnte Anton dann in einem billigen Hotelzimmer verschwinden und dort abwarten, bis das Fahrverbot aufgehoben wurde, um mit einem weniger auffälligen Truck zurückzufahren. Was genau er die nächsten beiden Tage anstellen würde, wusste er noch nicht so recht. Zuhause in Hamburg würde er versuchen, jemanden zu finden, den die Einsamkeit an den Feiertagen genauso umtrieb wie ihn, doch hier, auf dem Land, würde er seine Finger schön bei sich behalten. Er hatte wenig Lust, mit Mistgabeln und

Fackeln aus dem Dorf vertrieben zu werden, nur weil er die Signale eines potentiellen Bettpartners falsch interpretiert hatte.

„Jetzt halbrechts abbiegen, um auf Kirchstraße zu bleiben." Instinktiv brachte er das Lenkrad in die entsprechende Stellung. Mit einem Stirnrunzeln bemerkte er, dass er sich nun auf einer schmalen Straße befand, die genau in ein Wohngebiet zu führen schien.

„Bist du sicher?", fragte er sein Navigationsgerät vorsichtshalber, doch die Nachricht auf dem Bildschirm blieb dieselbe. Wer war er schon, sich mit dem Gott der Informationsverarbeitung anzulegen? Trotzdem beäugte er die Familienkutschen, die links und rechts am Straßenrand parkten, argwöhnisch. Sein Truck fiel hier noch mehr auf als auf einer einsamen Landstraße und Weihnachten hin oder her, was er hier tat, war strafbar. Anton wollte gar nicht so genau wissen, welche äußerst wichtige Fracht er an Heiligabend transportieren sollte. Solange er nur der Fahrer war und keine Ahnung hatte, konnte er nachts gut schlafen, vielen Dank auch.

„Bitte wenden."

„Bitte was?"

„Bitte wenden", wiederholte die mechanisch klingende Stimme unerbittlich. Hastig blickte Anton sich um. Im Dunklen sah er ohnehin nicht besonders gut und diese engen, dicht geparkten Straßen machten es ihm schier unmöglich, sich einen Überblick über seine Umgebung zu verschaffen. Das Geradeausfahren war schon eine Herausforderung gewesen. Wo sollte er sein Gefährt denn hier bitteschön wenden? Etwas verloren blieb er an einer T-Kreuzung stehen.

„Bitte wenden", forderte die Stimme ihn ein weiteres Mal auf. Mit einem Seufzen schaltete er den Ton aus und tippte mit unsicheren Fingern auf dem Bildschirm herum, um in Erfahrung zu bringen, wo er hier überhaupt war und viel wichtiger, wie er aus dieser Vorhölle entkommen konnte. Am besten, bevor er mit seinem Weihnachtstruck die gesamte Nachbarschaft aufweckte!

Alles war perfekt vorbereitet. Das konstante Surren zu vieler Computer, die gleichzeitig liefen, war verstummt, das unregelmäßige Blinken der Kontrollleisten folgte einem eigens programmierten Rhythmus, der bei genauerem Hinsehen eine auditive Version des Liedes „Jingle Bells" darstellen würde. Sogar einige Plastikgirlanden schmückten die Balken der hohen Decke und ein kleiner (echter!) Nadelbaum, geschmückt mit weinroten Kugeln, setzte in einer Ecke des kleinen Dachzimmers langsam Staub an. Auf dem großen Bildschirm des Fernsehers versuchte ein dicker Mann in einem roten Mantel gerade durch den Kamin in ein Waisenhaus einzusteigen, um den dort lebenden Kindern Geschenke zu bringen.

„An jedem anderen Tag würde er dafür verhaftet werden", brummte Maxim Bauer in sein Handy, während er einen steinharten, in buntem Zuckerguss ertränkten Keks in seinen Mund schob. Nur mit Mühe gelang es ihm, eine ausdruckslose Miene beizubehalten. Selten hatte er etwas gegessen, was so widerlich schmeckte.

„Und überhaupt, warum sind Weihnachtsmänner in solchen Filmen immer alte, dickbäuchige Knacker? Eigentlich müsste es am Nordpol lauter durchtrainierte, hochgewachsene Kerle geben, die den ganzen Tag nichts anderes machen, als schwere Säcke zu stemmen und sich abends mit Glühwein zu betrinken."

Ein Schnauben war am anderen Ende der Leitung zu hören. „Das ist ein ganz normaler, jugendfreier Familienfilm. So etwas schaut man sich eben am Heiligabend an", behauptete eine Frauenstimme im Brustton der Überzeugung. „Oder die ‚Stirb langsam'-Reihe, kommt drauf an, wen du fragst", fügte sie nach einigem Zögern hinzu.

Maxim verdrehte die Augen. „Willst du mir jetzt ernsthaft sagen, dass wir, anstatt diesen Schund anzuschauen, auch den Abend mit Bruce Willis verbringen könnten?" Einem jungen, attraktiven Bruce Willis mit stahlharten Muskeln, der abgedroschene Sprüche von sich gab und Terroristen erledigte? „Vielen Dank auch. Und sowas nennt sich beste Freundin."

Anya, seine beste Freundin, lachte. „Sei still. Meine Nichte wollte den Film unbedingt schauen. Und wenn ich schon nicht bei dir sein kann, dann wollte ich dir wenigstens dabei helfen, einen ganz besonderen Abend zu haben. Gib's zu, sonst würdest du wieder auf drei Computerbildschirme gleichzeitig starren und auf dumme Gedanken kommen!"

„Ich weiß gar nicht, warum alle Leute so einen Aufriss um Weihnachten machen", murrte er und blies sich eine Strähne seines etwas zu langen dunkelbraunen Haares aus den Augen. „Es ist ein Tag wie jeder andere auch. Immerhin ..."

Sowohl Anyas genervtes Stöhnen als auch der Rest seines letzten Satzes ging in einem lauten Rumpeln unter, das die Wände des alten Hauses beben ließ. Maxim unterdrückte das Bedürfnis, sich irgendwo festzuhalten, damit ihm das Dach nicht um die Ohren flog. Nützen würde es sowieso nichts, denn wie es aussah, war schon wieder ein armer Trucker seinem Navigationssystem auf den Leim gegangen. Das Rumpeln wurde lauter und erstarb dann, wie erwartet.

„Siehst du, sogar die Lastwagen machen an deinem ach so besonderen Tag keine Pause", erklärte er und konnte sich ein Grinsen nicht verkneifen. „Ich kümmere mich eben darum, bevor Tante Marla aufwacht und einen Herzinfarkt bekommt."

Bevor Anya noch etwas sagen konnte, beendete er das Gespräch und schaltete den Film aus. So sehr er seine beste Freundin auch mochte, manchmal ging sie ihm auf die Nerven, wenn sie versuchte, ihm ihre Konventionen aufzudrängen. Schon früher hatte sich seine Familie nicht viel aus den Feiertagen gemacht, zumindest nicht genug, um ihre Arbeit ruhen zu lassen und zu ihrem einzigen Sohn zurückzukehren. Dass er ihre lieblosen Weihnachtskarten noch immer in einem Schuhkarton unter seinem Bett aufbewahrte, musste ja niemand wissen.

Ich hätte lieber den attraktiven Weihnachtsmann als diesen ganzen Kitsch, dachte er bei sich und schüttelte den Kopf. Stattdessen würde er sich wahrscheinlich gleich von einem übergewichtigen, schlechtgelaunten Typen mit Mundgeruch beleidigen lassen müssen, weil er zu blöd war, Straßenschilder richtig zu lesen.

Schnell lief er die Treppen hinunter, vorbei an der Tür, hinter der seine Tante vermutlich vor gar nicht allzu langer Zeit vor dem Fernseher eingeschlafen war. Vielleicht schaute sie sich sogar denselben Film an wie Anya. Passen würde es zu ihr, denn obwohl sie schon weit über siebzig sein musste und Maxim sich nicht sicher war, in was für einem Verwandtschaftsverhältnis sie tatsächlich zueinanderstanden, war die alte Frau doch eine der wenigen Konstanten in seiner Kindheit gewesen.

Bevor er sich in die Kälte hinauswagte, zog er sich Mantel, Schal und Mütze über. Wenn er sich schon gleich anschreien lassen musste, dann wollte er wenigstens nicht dabei frieren. Dann atmete er noch einmal tief durch und öffnete die Wohnungstür. Ein eisiger Wind wehte ihm entgegen, doch davon ließ Maxim sich nicht abschrecken. Immerhin machte er das hier an schlechten Tagen bis zu drei, vier Mal und hatte wirklich schon alles erlebt: Wütende Typen, die ihn in einer unidentifizierbaren Sprache anschrien und Prügel androhten ebenso wie Großmäuler, die seine Hilfe am Ende dankend annahmen. Den ganzen Ärger könnte man sich sparen, wenn eine gewisse Navigations-App endlich den Fehler in ihrem System beseitigen würde, durch den die armen Trucker ständig in die Irre – und somit auch vor seine Haustür! – getrieben wurden.

Da Maxim so sehr in seine eigenen Gedanken vertieft war, fiel ihm erst recht spät auf, was genau wenige Meter von ihm entfernt gestrandet war. Doch als er die bunten, blinkenden Lichter bemerkte, die vor ihm die Nacht erhellten, die Tannengirlanden, die bestimmt illegal an den Seiten befestigt waren und die drei Rentierfiguren auf dem Dach die einen altmodischen Schlitten zogen, blieb er unwillkürlich stehen. Fasziniert starrte er die Ausgeburt sämtlicher Albträume an, die er jemals über Weihnachten gehabt hatte. Was zur Hölle war das? Und was hatte es hier, mitten im nirgendwo, an einem Feiertag verloren?

Als sich die Fahrertür öffnete, hatte er gerade eben wieder seine Fassung wiedererlangt. Deswegen schockierte es ihn auch nicht mehr allzu sehr, als er sah, wie ein waschechter Weihnachtsmann fluchend die Stufen der Fahrerkabine hinabstieg. Der klassische rote Mantel umspannte breite Schultern und von der Seite betrachtet fehlte auch der obligatorische Bierbauch. Die wild blinkenden Lichter warfen gespenstisch wirkende Schatten auf das Gesicht des Fremden, sodass Maxim seine Züge zunächst nicht genau erkennen konnte. Auch der Rauschebart fehlte und die schweren Stiefel, die mit einem wuchtigen Stampfen auf dem Boden aufkamen, sahen aus wie ganz normale Arbeitsschuhe, auch wenn die etwas zu große, knallrote Hose sie beinahe komplett verbarg.

Obwohl sie mittlerweile kaum mehr als drei Meter trennten, hatte der Weihnachtsmann ihn noch nicht bemerkt. Stattdessen murmelte er leise vor sich hin, starrte abwechselnd auf sein Handy und die viel zu enge T-Kreuzung, durch die sein Truck nicht einmal mit viel gutem Willen hindurchpassen würde. Anstatt jedoch zornig um sich zu schlagen, die Reifen seines Wagens zu treten oder sonst irgendwie aggressiv zu werden, seufzte der Fremde lediglich schwer, verschränkte die Arme vor seiner breiten Brust und lehnte den Kopf, auf dem, wie sollte es anders sein, eine rote Weihnachtsmütze steckte, gegen die Außenstreben seines Lastwagens.

Trotz seiner beachtlichen Erscheinung war er bestimmt nicht viel größer als Maxim, der mit seinen einsachtzig weder besonders groß noch besonders klein war. Allerdings verbrachte der Fremde anscheinend deutlich mehr Zeit damit, seinen Körper zu trainieren, denn selbst durch den dicken roten Stoff konnte man die dicken Oberarme erahnen, die sich darunter befanden. Unwillkürlich spürte Maxim, wie hysterisches Gelächter seine Kehle emporstieg. Hatte er sich nicht eben noch einen attraktiven Weihnachtsmann herbeigewünscht? Nun stand einer vor ihm, samt Schlitten und benötigte offensichtlich seine Hilfe. Was sollte er also tun?

Auch wenn er großen Menschenmengen lieber aus dem Weg ging, war Maxim nicht schüchtern. Also schluckte er, um die plötzliche Nervosität, die ungebeten in seinem Inneren aufstieg, zurückzudrängen und trat auf den gestrandeten Weihnachtsmann zu.

Anton überlegte gerade, ob es sich lohnen würde, seine Zigaretten aus der Beifahrertür herauszukramen, während er auf die Bullen wartete, denn selbst die gemütlichsten Gesetzeshüter, die dieses Kaff hier zu bieten hatte, würden sein blinkendes Ungetüm nicht allzu lange übersehen können, da hörte er auf einmal eine fremde Stimme, die ihn von der Seite ansprach.

„In unserer Straße haben sich ja schon einige Lastwagen verfahren, aber ein Weihnachtstruck war noch nicht dabei."

Ein spöttisches Schnauben entfuhr ihm. Auch wenn es kindisch war, hatte er keine große Lust, sich umzudrehen und sein Versagen vor einem völlig fremden Menschen rechtfertigen zu müssen. „Vielleicht hätte ich mir ein besseres Navigationsgerät zu Weihnachten wünschen sollen."

„Genau das ist eine Frage, die ich mir immer gestellt habe: Wenn der Weihnachtsmann derjenige ist, der an alle Geschenke verteilt, bekommt er selbst auch welche ab? Oder muss er für immer anderen dabei zusehen, wie sie sich über die bunten Päckchen freuen, ohne selbst etwas abzubekommen?"

Die Stimme klang, als ob sie sich ihm langsam näherte. Außerdem gehörte sie definitiv einem Mann, nicht einer viel zu neugierigen, zeternden mittelalten Frau, die schon dreimal die Bullen angerufen hatte.

Beinahe gegen seinen Willen spürte er, wie sich seine Mundwinkel nach oben zogen, als er antwortete. „Dann würden die Geschenke im nächsten Jahr aber weniger nett ausfallen, oder nicht?"

Ein leises Lachen ertönte, das Anton erschaudern ließ. Die Stimme des Fremden klang nicht sonderlich tief, aber der spöttische Unterton gefiel ihm. Im Grunde gab es keinen festen Typ, zu dem er sich hingezogen fühlte und längere Beziehungen lagen ihm nicht, aber wenn es möglich war, vor der unweigerlichen Trennung gemeinsam zu lachen, war das definitiv ein Pluspunkt.

„Das müssen wir natürlich verhindern. Warte kurz, ich bin gleich wieder da und dann helfe ich dir, aus dieser Straße rauszukommen."

Nun drehte Anton sich doch um und sah noch, wie eine dunkelhaarige, in einen dicken Mantel eingehüllte Gestalt in einem der nahegelegenen Häuser verschwand. Er schüttelte den Kopf und verschränkte die Arme vor der Brust. Der unnachgiebige Stoff spannte über seinen Schultern, deswegen ließ er die Hände schnell wieder sinken. Auch wenn das nur ein billiges Kostüm war, wollte er seinen Boss lieber nicht verärgern, indem er es aus Versehen zerriss. Außerdem meinte er hinter einigen der anderen Fenstern ebenfalls Bewegungen gesehen zu haben. Viel Zeit blieb ihm nicht mehr, bis er sich einen Fluchtweg überlegen musste.

Als eine dunkle Gestalt aus dem Haus trat, das er seit einigen Minuten wie gebannt anstarrte, war er doch erleichterter, als er es im ersten Moment zugeben wollte. Zügig ging die auf Anton und seinen unmöglichen Truck zu. Zwischen Wollmütze und Schal konnte er lediglich erahnen, wie das Gesicht des Fremden aussah, doch sein Körperbau wirkte schlank und er war vermutlich etwas jünger als Anton. Und falls er ihm wirklich helfen konnte, aus dieser Sackgasse zu entkommen, würde ihn das für die letzten Jahre entschädigen, in denen er kein Weihnachtsgeschenk bekommen hatte.

Schwer atmend blieb der Fremde vor ihm stehen. Seine dunklen Augen funkelten vergnügt, das konnte Anton selbst unter diesen schlechten Bedingungen erkennen.

„Ich fahre eben mein Auto weg, das vorne an der Mündung steht. Dann sollte genügend Platz sein, damit du rechts abbiegen kannst, wenn du den Truck vorher ein Stück zurücksetzt. Wenn du es schaffst, zwei Querstraßen weiter noch einmal rechts abzubiegen, bist du bald wieder auf der Hauptstraße und von da aus solltest du eigentlich keine Probleme mehr haben."

„Ich bin also nicht der erste, der auf das Navigationsgerät hereingefallen ist?"

Der andere Mann lachte. „Nein, nur der erste Weihnachtsmann. Ganz ehrlich, das war das Beste, was seit Jahren an Weihnachten passiert ist!"

Am liebsten hätte Anton gefragt, was sein Gegenüber sonst an Weihnachten machte. Sie kannten sich aber nicht und würden sich nach diesem Erlebnis niemals wiedersehen. Wahrscheinlich hatte der andere Mann eine Familie, um die er sich kümmern musste. Je weniger er über ihn wusste, umso mehr konnte er später, wenn er in seinem winzigen, billigen Hotelzimmer lag, hinzufantasieren. Etwas Besseres würde er die nächsten Tage sowieso nicht zu tun haben.

Mit gemischten Gefühlen beobachtete er also, wie der Fremde wie angekündigt seinen roten Toyota wegsetzte und dadurch etwas

Platz entstand. Mit ein bisschen Glück und Fahrgeschick sollte es möglich sein, den schweren Laster um die Kurve zu fahren. Wenigstens würde er die Feiertage nicht im Knast verbringen müssen. Kaum drei Minuten später stand der andere Mann wieder mit einem breiten Grinsen vor ihm. Aus der Nähe betrachtet wirkte sein Gesicht eher rundlich und in einer größeren Menschenmenge wäre er Anton bestimmt nicht aufgefallen. Vielleicht lag es an den bunt blinkenden Lichtern im Hintergrund, doch mit einem Mal war er sich sicher, dass er die hohe Stirn, die buschigen Augenbrauen, die dabei helfen, das Gesicht des Fremden nicht zu blass erscheinen zu lassen, so schnell nicht wieder vergessen würde.

Ihre Blicke trafen sich. Seine Augen sind nicht dunkel, sondern blau, stellte Anton überrascht fest. Ein amüsiertes Funkeln lag in ihnen, wodurch sich seine Mundwinkel automatisch ebenfalls hoben. Hätte er nur etwas geschickter mit Worten umgehen können, so wäre ihm vielleicht ein lockerer Spruch eingefallen oder ein Kompliment, das nicht völlig daneben klang. Aber es gab einen guten Grund, warum er im Weihnachtsmannkostüm Trucks für seinen zwielichtigen Arbeitgeber durch die Gegend fuhr und sein Geld nicht als Hobby-Poet verdiente. Also schluckte er alles, was er hätte sagen können, mit leisem Bedauern herunter und gab sich stattdessen Mühe, dem anderen Mann sein bestes Lächeln zu schenken. Und da dieser nicht spontan Feuer fing oder sich angewidert abwandte, streckte er in Gedanken seinem bescheuerten Ex den Mittelfinger entgegen. Von wegen Superbösewicht! Zumindest einen Menschen auf der Welt gab es anscheinend, der nicht spontan Angst vor ihm zu haben schien.

Der Moment zog sich unangenehm in die Länge. Alles, was ihm noch übrigblieb, war einzusteigen und weiterzufahren. Stattdessen stand er wie ein Idiot hier herum, obwohl es dafür keinen plausiblen Grund gab. Ungebeten spürte er, wie ihm die Röte in die Wangen schoss. Hoffentlich war es dunkel genug, damit sein Gegenüber es nicht erkennen konnte. Anton räusperte sich umständlich.

„Danke für die Hilfe", brachte er schließlich hervor. Seine Stimme klang noch tiefer und rauer als gewöhnlich.

Der andere Mann zuckte mit den Schultern. „Wie gesagt, das passiert öfters. Und es gibt bestimmt viele Karmapunkte, wenn ich einem waschechten Weihnachtsmann helfen kann."

Anton lachte etwas zu laut, was nicht wirklich dabei half, seine Verlegenheit zu überspielen.

„Also dann, frohe Weihnachten."

Mit diesen mehr als lahmen Abschiedsworten drehte er sich um und kletterte die Stufen zur Tür seines Trucks hinauf. Entgegen seinen Befürchtungen landete sein Hintern dabei nicht wenig elegant auf dem Gehweg, was ihm dabei half, sich wie ein halbwegs vernünftiger Erwachsener und nicht wie ein peinlich berührter Teenager zu fühlen. Ohne weitere Zwischenfälle parkte er besagtes Hinterteil auf dem Sitz, schloss die Tür, ließ jedoch das Fenster herunter. Er ignorierte die eisige Kälte, die daraufhin in die Fahrerkabine kroch und sah noch einmal auf die dunkle Gestalt hinab, die ihn vor einem riesigen Haufen Ärger bewahrt hatte.

„Frohe Weihnachten!", rief der Fremde zu ihm hoch.

Anton wusste, dass er noch immer wie ein Vollidiot grinste. Um sich nicht noch weiter zu blamieren, winkte er dem Mann noch einmal zu und konzentrierte sich dann darauf, sein Gefährt aus dieser Falle hinauszumanövrieren. Zwar wusste er nicht einmal den Namen seines Retters, doch der Gedanke an das, was er eben erlebt hatte, sorgte dafür, dass der Rest seiner Fahrt trotz defektem Navigationsgerät weniger schrecklich als erwartet verging.

Maxim blickte dem Lastwagen hinterher, der langsam um die Kurve und dann aus seinem Sichtfeld kroch. Wie es aussah, war der Weihnachtsmann ein kompetenter Fahrer, was fast ein wenig schade war. Zwar wollte er auch nicht, dass der andere Mann Ärger bekam, weil er die Straßenverkehrsordnung missachtete, doch er spürte einen gewissen Unwillen, ihn einfach so ziehen zu lassen.

Vielleicht lag es nur an der absurden Situation, aber immerhin hatte er sich einen sexy Weihnachtsmann gewünscht und dass sein Geschenk jetzt einfach so davonfuhr, gefiel ihm nicht. Über die Jahre hatte Maxim ein gutes Gespür dafür entwickelt, wenn jemand Interesse an ihm hatte. Und auch wenn er dabei etwas unbeholfen wirkte, war er sich ziemlich sicher, dass der andere Mann in genau diese Kategorie gehörte. Wenn er nur etwas mehr Zeit gehabt hätte, den Fremden kennenzulernen ... aber mitten in der Nacht, während sein Gegenüber eine Straftat beging, war definitiv der falsche Moment, um seine eingerosteten Verführungskünste auszuprobieren. Aber das heißt nicht, dass dies unsere letzte Begegnung gewesen sein muss, hoffte er.

Bei seiner Rückkehr aus dem Haus hatte er nämlich den kleinen Aufkleber links neben dem Nummernschild an der Stoßstange des Lasters bemerkt: Ein schwarzer Kreis mit einem weißen Innenfeld, in dem sich wiederum ein schwarzer Punkt befand. Unter normalen Umständen würde wohl niemand eine solch simple Markierung bemerken, aber Maxim wusste nur zu genau, was das bedeutete. Oder besser gesagt, zu wem dieser aufgepimpte Weihnachtschlitten, der bestimmt nicht nur Geschenke für Bedürftige mit sich führte, gehörte.

Mit einem schweren Seufzen drehte er sich um, denn in der Kälte konnte er nicht vernünftig nachdenken. Doch auch als er wieder in seinem Zimmer saß und mechanisch den kitschigen Weihnachtsfilm wieder startete, wusste er, was er nun tun würde. Aufgeben war noch nie seine Stärke gewesen. Und wenn er sich einmal etwas in den Kopf gesetzt hatte, setzte er alles daran, um sein Ziel zu erreichen. Also überraschte es ihn nicht wirklich, als er auf einmal sein Handy in der Hand hielt und eine Nummer wählte, die er vor über fünf Jahren das letzte Mal kontaktiert hatte. Es dauerte auch nicht lange, bis das Freizeichen von einem leisen Knacken abgelöst wurde.

„So, so, der verlorene Sohn lässt sich dazu herab, seinen Erzeuger anzurufen? Hat der Geist der Weihnacht dir das Hirn vernebelt?"

Ungebeten stieg nervöses Gelächter in Maxims Kehle auf, das er nur mit Mühe zurückdrängen konnte. Seine Hände zitterten ein wenig. Selbst nach all den Jahren reichte allein die Stimme des anderen Mannes am Ende der Leitung aus, um ihn aus der Fassung zu bringen. Nur jahrelanges Training brachte ihn dazu, ruhig zu bleiben, als er antwortete: „Und wenn es so wäre?"

Das schien dem anderen Mann kurzzeitig den Wind aus den Segeln zu nehmen. „Du hast dich seit Jahren nicht mehr gemeldet, nachdem du mir versprochen hast, nie wieder auch nur ein Wort mit mir zu wechseln oder für mich zu arbeiten. Was willst du von mir?"

Wenigstens triefte seine Stimme nicht mehr vor Sarkasmus. Das war schon einmal ein Fortschritt, oder nicht?

Maxim dachte an den gestrandeten Weihnachtsmann, an das verlegene Grinsen auf den etwas zu breiten Zügen.

„Vielleicht ist mir wirklich der Geist der Weihnacht erschienen", murmelte er schließlich. Er warf einen Blick auf die blinkenden Lichter seiner Rechner und verzog das Gesicht. „Ich brauche Informationen über einen deiner Fahrer. Im Gegenzug dafür schulde ich dir einen Gefallen, wenn dein Internet mal wieder nicht richtig funktioniert."

Dejan schwieg einige Zeit. Selbst über sichere Leitungen mieden sie es, gewisse Schlagworte zu nennen und „Hacker" war so ein unschöner Begriff für die Art Magie, die Maxim mit seinen Computern wirken konnte. Und auch wenn er mittlerweile für weitaus größere Fische als für Dejan arbeitete, wusste er, wie schwer es ihm fallen würde, dem Angebot zu widerstehen.

Deswegen überraschte es ihn auch nicht als sein Gesprächspartner knurrte: „Was willst du wissen?"

Ein kleines Lächeln breitete sich auf seinem Gesicht aus. „Ich möchte alles über den Weihnachtsmann wissen, der heute mit seinem blinkenden Schlitten durchs Sauerland gefahren ist."

JUNGE LIEBE

Lily Novak
BIS ZUM SOMMERENDE
Roman

Himmelstürmer Verlag

Band 111

www.himmelstuermer.de